MERCI, MONSIEUR DIOR

AGNÈS GABRIEL

MERCI, MONSIEUR DIOR

Traducción de
Ana Guelbenzu de San Eustaquio

PLAZA JANÉS

Papel certificado por el Forest Stewardship Council* .

Penguin
Random House
Grupo Editorial

Título original: *Merci, monsieur Dior*

Primera edición: julio de 2021

© 2012, Aufbau Verlag GmbH & Co. KG, Berlín
Publicado por Aufbau Taschenbuch,
una marca registrada de Aufbau Verlag GmbH & Co. KG
© 2021, Penguin Random House Grupo Editorial, S. A. U.
Travessera de Gràcia, 47-49. 08021 Barcelona
© 2021, Ana Guelbenzu de San Eustaquio, por la traducción

Printed in Spain – Impreso en España

ISBN: 978-84-01-02653-9
Depósito legal: B-6.816-2021

Compuesto en Comptex & Ass., S. L.

Impreso en Rotativas de Estella, S. L.
Villatuerta (Navarra)

L026539

Para mis animadoras

Una dama no lleva vestido. Permite a los vestidos lucirse con ella.

YVES SAINT LAURENT,
(1936-2008)

Prólogo

Sobre la ciudad se extendía un cielo veraniego de color azul oscuro. Le pidió al taxista que diera un rodeo. Desde la gare Saint-Lazare se dirigieron hacia el sur, en dirección a la orilla del Sena. Ella aprovechó que tuvieron que parar en un cruce para bajar la ventanilla. Oyó el traqueteo de un tubo de escape defectuoso, el rugido de los motores, el silbato del guardia de tráfico en su podio, el penetrante claxon de un conductor de autobús, los gritos de los chicos de los periódicos en la esquina de la calle. Ruidos que le sonaban a música y que tanto había añorado. En ese momento comprendió hasta qué punto.

Cuando reanudaron el viaje vio que, en la acera, una joven ataviada con ropa elegante subía una escalera y se agarraba el ala del sombrero con un gesto delicado de la mano. Aproximadamente una docena de hombres con cámaras y reflectores la rodearon con un bullicioso trajín: no cabía duda de que había vuelto a la ciudad de la moda. Delante de los bistrós había gente sentada bajo las marquesinas en mesitas de mármol, conversando mientras tomaban café o una copa de vino. Aquí se entablaban relaciones, se hacían confidencias o se cerraban negocios.

El taxi cruzó el boulevard Haussmann, una de las calles comerciales más distinguidas de París, donde un vestido de día costaba el sueldo anual de un profesor y un pañuelo bordado el salario mensual de una modista. Los transeúntes callejeaban junto a escaparates de decoración exquisita o salían con bolsas a rebosar de los santuarios de la moda y la belleza. La gente se movía a paso ligero y a tal ritmo que parecía seguir una animada melodía que sonara en su interior.

El coche atravesó la place de la Madeleine, que albergaba una iglesia cuya fachada recordaba a un templo antiguo, y llegaron a la rue Royale. Posó la mirada en un edificio de color arenisca y sonrió al recordar la primera vez que estuvo en la ciudad, cuando estaba lejos de imaginar lo que le deparaba el destino.

En la place de la Concorde, el conductor giró a la derecha hacia la Cours-la-Reine. Las parejas caminaban cogidas de la mano bajo los altos tilos por el paseo junto al río. Las señoras de más edad sacaban a pasear a sus perros, con la correa en una mano y una sombrilla abierta en la otra para protegerse del sol deslumbrante. Hombres con sombreros de tela arrugados sujetaban sus cañas de pescar en el Sena, que fluía a sus anchas. A lo lejos se alzaba el esqueleto de acero de la torre Eiffel, cuya imagen le provocó palpitaciones, como siempre.

Tras los Jardins du Trocadéro el conductor abandonó la orilla del Sena y se acercó a la avenue Henri Martin. De pronto se le ocurrió algo. Pidió al taxista que se detuviera, le puso un billete en la mano y cogió la maleta. Quería recorrer el último tramo a pie. Sola. A su ritmo.

Caminó a paso lento bajo los imponentes castaños, pasando por edificios de viviendas de varias plantas con voladizos curvados y filigranas en las rejas de los balcones, donde sobresalían las rosas trepadoras. Sobre el poyete de una ventana había un gato tumbado que parpadeaba perezoso al sol.

Cuando llegó al boulevard Jules Sandeau aceleró el paso. Recorrió la calle lo más rápido que pudo, sin advertir el peso de la maleta en la mano ni la acera irregular bajo los pies. Se detuvo sin aliento frente al número 7 y buscó la llave.

Nada más abrir la puerta la invadió el aroma conocido de la bergamota, el jazmín y la madera de sándalo. Cerró los ojos, respiró hondo y supo que había llegado a casa.

PRIMERA PARTE

La partida

1

Célestine le dio un mordisco al jugoso trocito de bizcocho de almendra que su tía le había preparado para el viaje en tren. A Madeleine Dufour le resultó difícil dejar marchar a su única sobrina. Sin embargo, entendió la decisión de Célestine, después de todo lo ocurrido. Su marido, Gustave, en cambio, intentó disuadirla hasta el último momento para que abandonara su plan.

—Eres normanda, Célestine, tu sitio está aquí, en la costa. ¡Ninguna chica decente se muda por su cuenta a esa ciudad del pecado que es París! ¡Acabarás en el arroyo! —pronosticó.

Sin embargo, en ese momento Célestine se dirigía hacia la primera gran aventura de su vida. Miró por la ventana del compartimento, ensimismada, y vio pasar el paisaje de finales de otoño, con campos anchos y plantaciones de árboles frutales. A lo lejos se distinguían algunas granjas aisladas. Ya había dejado atrás más de la mitad del trayecto; dentro de dos horas llegaría a su destino.

Sacó una carta del bolsillo del abrigo y alisó el papel grisáceo. Cuántas veces había leído las palabras de Marie, su antigua compañera de colegio. Se habían visto por última vez hacía dos años y medio, antes de que su amiga se mudara con su familia a más de cien kilómetros al sudeste de Normandía.

Querida Célestine:

¡Cómo me habría gustado asistir a tu boda! Por desgracia, recibí tu invitación demasiado tarde para poder organizar el viaje.

Siempre fuiste la que más llamaba la atención de la clase por tu pelo rojo, no me extraña que hayas sido la primera en casarte, y encima el día de tu vigesimoprimer aniversario. Me cuentas que tu marido, Albert, heredará algún día un manzanar. Debes de ser muy feliz.

Tengo grandes novedades: le he dicho adiós a mi pueblo natal, Aubigny, y me he mudado a París. También por ese motivo no me llegó a tiempo tu correo. Como te imaginarás, tuve muchas discusiones con mis padres, pero aun así me fui. Ahora me levanto impaciente todas las mañanas en mi pequeña buhardilla bajo techo y me pregunto qué sorpresas me deparará el día.

Los parisinos no pierden ocasión de disfrutar de la vida. Cuando hace buen tiempo se sientan de día frente a los bistrós de los Campos Elíseos a beber una copa de vino. Por la tarde abarrotan los restaurantes, visitan exposiciones de arte y teatros o asisten a bailes. Como si quisieran recuperar todo lo que esta maldita guerra les ha impedido hacer durante años.

¡Tienes que venir a visitarme sin falta, Célestine! Seguro que tu Albert no pondrá ningún reparo. Exploraremos la ciudad, hay mucho por descubrir. Primero subiremos a la torre Eiffel en el ascensor y contemplaremos la ciudad desde arriba. Luego daremos un paseo en barca por el Sena. Tomaremos chocolate a la taza en una de las cafeterías, estoy segura de que te encantará París.

Ahora tengo que irme. Trabajo de camarera en una cervecería a solo unos minutos de aquí y pronto empezará mi turno. Ayer, un cliente, un joven bien parecido, me invitó a una cerveza. A lo mejor hoy vuelve...

¡Un abrazo, y espero que nos veamos muy muy pronto!

Je t'embrasse,

MARIE

Célestine dobló la carta con un profundo suspiro y se la volvió a guardar en el bolsillo del abrigo. Marie no sabía nada... Pero ¿cómo iba a estar enterada su amiga de los últimos acontecimientos mientras escribía esas líneas?

Le asaltaron las dolorosas imágenes que hacía días que la perseguían incluso en sueños. Vio a una chica joven que esperaba a su madre una mañana nublada de septiembre frente al registro civil de Genêts, con un vestido de novia que ella misma se había confeccionado con una tela vieja de visillo. La madre se había enganchado el dobladillo de la falda con una astilla de madera en la puerta de casa y quería arreglarlo en un momento antes de ir al registro civil. Cuando la chica corrió hasta su casa para meterle prisa a su madre, la encontró tumbada de espaldas en el suelo del dormitorio, con la mirada fija. La difunta era Laurianne Dufour, su queridísima madre, y la chica del vestido de novia era ella.

Entre sollozos, Célestine sacó un pañuelo de la manga, se secó las lágrimas del rabillo del ojo y volvió a pensar en el presente. Al fin y al cabo iba de camino a París para dejar atrás el pasado. Su infancia y juventud, la inesperada muerte de su madre, y también a Albert, el hombre con el que tanto se había equivocado. Un revisor fue de un vagón a otro anunciando el fin del trayecto.

—Próxima estación, gare Montparnasse. ¡Todos los pasajeros deben bajar!

Célestine sintió un leve mareo al dar los primeros pasos en suelo parisino. El penetrante silbido de los trenes que llegaban y partían en las vías cercanas resonaba en sus oídos.

Por las chimeneas de las enormes locomotoras negras se elevaban nubes de vapor hacia el cielo gris y encapotado de otoño. Una multitud inabarcable se apresuraba en todas las direcciones posibles por el andén. Célestine recibió el golpe de una maleta en la corva de la rodilla y después notó un codazo en las costillas.

Se asustó ante tal cantidad de gente y buscó el cobijo de uno de los altos contrafuertes de hierro fundido del andén. Se puso de puntillas y estiró el cuello. ¿Cómo iba a distinguir a su amiga Marie entre tanta gente? Marie le había telegrafiado que iría a buscarla a la estación. Célestine esperó impaciente un cuarto de hora y notó que empezaba a sudar. Quizá Marie había sustituido a una compañera enferma y no había podido salir del trabajo a tiempo. «También puedo encontrar el camino sola», se dijo Célestine para animarse. Cruzó el vestíbulo de la estación, cuyo frontón era más alto que el de cualquier iglesia que hubiera visitado jamás. También estaba abarrotado. Por todas partes oía lenguas extranjeras, veía personas cuyo tono de piel era negro, marrón o amarillo, como si el mundo entero se hubiera reunido en ese preciso lugar. Los repartidores de prensa, vestidos con anticuados pantalones bombachos y recias botas de piel, cargaban con pilas de periódicos bajo el brazo y anunciaban los titulares a voz en grito. Un vendedor con una bandeja colgada ofrecía brioches relucientes y dorados. Desde un bistró llegaba la música de un acordeón y el tentador aroma que solo puede proceder del auténtico grano de café. Un bien escaso en tiempos de racionamiento de los alimentos.

Abrumada por la cantidad de sensaciones, Célestine se detuvo y respiró hondo. Por los alrededores la plaza de la estación, con sus edificios de varias plantas de color arenisca, circulaban a escasa distancia unos de otros coches, motocicletas y bicicletas. Todos los conductores tocaban el claxon o el timbre para que les dejaran pasar. Nunca imaginó que la capital sería tan bulliciosa y ajetreada. Célestine se acercó con cuidado al bordillo y se detuvo, vacilante. ¿Cómo iba a cruzar la calle sin resultar herida con semejante tráfico?

Dos chicos jóvenes bajaron sin miedo a la calzada; un coche frenó y se oyó un chirrido de neumáticos, y luego los dos se abrieron paso entre varios vehículos de dos y cuatro ruedas hasta llegar a la acera de enfrente. Entre risas, saludaron a Célestine y la animaron con un gesto a imitarlos.

Ella se quedó petrificada, sin atreverse siquiera a poner un pie en la calzada. Ya se veía tumbada en el asfalto, arrollada por un coche; estaba al borde de las lágrimas. ¿Por qué se había marchado de su casa con tanta precipitación, y encima con una maleta en la que apenas había podido meter nada más que algunos vestidos y algo de ropa interior, su certificado de trabajo y tres libros de Germaine Mercier, su autora favorita? De pronto le pareció oír las palabras de su tío, que insistía en advertirle sobre los peligros de la gran ciudad.

Justo delante de ella se paró un coche. El conductor bajó la ventanilla y ella vio el rostro amable de un hombre de mediana edad con gafas de montura metálica y gorra ancha de cuadros con visera.

—¿Taxi, mademoiselle?

Ella asintió aliviada a su tabla de salvación. Sin embargo, acto seguido le asaltaron las dudas. ¿Podía confiar en ese completo desconocido? Con todo, se armó de valor, subió al taxi y le dio la dirección de Marie en el distrito de Montmartre.

Mientras el chófer conducía a través del denso tráfico, Célestine observaba con el corazón acelerado desde el asiento trasero. Vio bulevares arbolados por los que paseaba gente, imponentes hoteles con marquesinas que se descolgaban, bajo las que un portero con librea saludaba a los clientes que llegaban y salían. Vio espacios amplios con monumentos sobre altos pedestales de piedra y fuentes con gárgolas. Las mujeres llevaban esos vestidos funcionales de silueta esbelta elaborados casi siempre a partir de abrigos militares de los años de guerra. Sin embargo, por lo demás había poco en el aspecto exterior de aquella espléndida ciudad que indicara que dos años antes París había sido escenario de un conflicto bélico.

Célestine se estremeció al recordarse junto a su familia en agosto de 1944, conteniendo la respiración frente a la radio para escuchar el programa francés prohibido de la BBC. Hitler había ordenado arrasar la ciudad de París. Se habían colocado cargas explosivas en todos los puentes importantes y grandes edificios administrativos del centro de la ciudad, aunque esto solo se hizo público con posterioridad. A muchos franceses les seguía pareciendo un milagro que, tras la rendición de los alemanes, la capital hubiera permanecido casi intacta.

Célestine percibió el olor a cebollas asadas al entrar en el número 4 de la rue Capron, cerca de la place de Clichy. En la escalera, de paredes grises manchadas, la luz era escasa. Marie le había descrito por carta su pequeña buhardilla, así que Célestine subió los desgastados peldaños de madera que crujían hasta la cuarta planta. En la placa de color latón de la puerta leyó M. TOURENNE. Se quitó un gran peso de encima. Dejó la maleta y llamó al timbre, pero no se oyó ningún ruido en el interior. Llamó una segunda y una tercera vez y apoyó la oreja en la puerta. Silencio sepulcral.

¿Dónde diantres podía estar Marie? No había acudido a la estación, como habían quedado. Tampoco estaba en casa... Célestine respiró hondo. ¿Tendría que pasar su primera noche en esa ciudad desconocida sola en una pensión? Solo de pensar en lo que le costaría, se encontró mal de verdad. Sin embargo, luego oyó pasos en la escalera. Se inclinó sobre la barandilla y vio una figura rechoncha de mujer, vestida con un abrigo de color gris oscuro y una bufanda roja de lana enrollada en la cabeza, que subía los escalones.

—Célestine, ¿eres tú?

¡Conocía esa voz! Célestine se lanzó en brazos de Marie con un suspiro de alivio e inspiró el aroma de un perfume fuerte y dulzón. Le dio un fuerte abrazo a su amiga y sintió que la invadía un nuevo ánimo.

—¡Bienvenida a París! Vaya, estás aún más delgada que la última vez que nos vimos. ¿Cómo es que ya estás aquí? No te esperaba hasta mañana.

Célestine la soltó y negó con la cabeza, sorprendida.

—Llegada el miércoles, 13 de noviembre, a las cuatro de la tarde; eso te decía en el telegrama.

—¿De verdad? Pues me confundí en algo... —Marie cerró la puerta y encendió la luz—. Tendrás que perdonarme, no he tenido tiempo de ordenarlo.

La minúscula vivienda era de un solo espacio. A la izquierda Célestine vio una cama aún sin hacer y un armario ropero alto y oscuro con un espejo ovalado en una de las puertas. Bajo la pequeña ventana de la buhardilla había dos sillas negras lacadas alrededor de una mesa de mármol de bistró. En la pared de la derecha había una cocina parecida a la de su casa en Genêts, al lado un fregadero y un aparador cuyas puertas colgaban torcidas. Marie se agachó y recogió a toda prisa medias, corpiños y camisolas del suelo.

—El aseo y el lavabo están a mitad de la escalera hacia abajo. Mientras tanto, voy a encender el horno y prepararé algo de comer. Debes de estar hambrienta después de un viaje tan largo.

Poco después, las dos amigas estaban sentadas con un pedazo de pan y un trozo de queso, tomando una infusión de hierbas recién hecha. Marie observó a su amiga con la frente arrugada, dudó un poco y luego se atrevió a intentarlo.

—Veo que vistes de negro, Célestine, ¿ha muerto alguien de tu familia?

Célestine empezó a llorar. No podía parar, todas las lágrimas que había reprimido por consideración hacia sus tíos durante tanto tiempo salieron con fuerza.

—Mamá, el día de mi cumpleaños, que también tenía que ser el día de mi boda... —contestó entre sollozos.

Marie se sentó a su lado, la estrechó entre sus brazos y le acarició el cabello.

—Pobrecita, no lo sabía... Llora todo lo que quieras. Entiendo muy bien tu dolor.

Con la cabeza apoyada en el hombro de Marie, Célestine gimoteó y lloró hasta que se le secaron los ojos.

—Seguro que tu marido te apoya en momentos tan difíciles, ¿verdad? —preguntó Marie, compasiva.

Célestine soltó un suspiro angustiado.

—Mañana te hablaré de Albert. Estoy muerta de cansancio. —Bostezó varias veces y se agarró al borde de la mesa para no caerse de la silla.

Marie se levantó de un salto, sacó una manta y una almohada del armario ropero y sacudió las plumas. Poco después Célestine se tumbó en la estrecha cama junto a su amiga. Sintió el cuerpo pesado como el plomo. Estaba en París, y no estaba sola. El cariño y la comprensión de Marie le procuraron consuelo y confianza. Al día siguiente empezaría su nueva vida.

2

Célestine notó en la nariz el tentador olor a té de menta recién hecho. Agotada, parpadeó bajo la manta y vio a Marie, ya vestida, junto a la cocina, que filtraba las hojas y llenaba dos tazas.

—Buenos días. ¿Ya estás en pie? ¿Qué hora es? —Somnolienta, Célestine se incorporó y se frotó los ojos.

—Casi las diez.

—¿Tan tarde? Deberías haberme despertado.

—Yo me he levantado hace unos minutos. Hoy tengo turno de tarde. No hay nada mejor que remolonear un poquito en la cama después de despertarse. ¿Te gusta el té de menta? Lo siento, pero no puedo ofrecerte café. La semana pasada cambié mi cartilla de racionamiento de café por un frasco de perfume. El sueldo de una camarera no da para una vida de lujo.

—El té me parece muy bien.

Célestine salió de la cama a toda prisa, buscó sus zapatillas y se puso la bata azul de Marie con las brillantes amapolas rojas. Bajó con el máximo sigilo posible los escalones hasta el servicio, con la esperanza de no encontrarse con ninguno de los demás inquilinos vestida de esa guisa y con el pelo alborotado. Por una estrecha ventana se colaba el aire frío en el destartalado barracón. El olor a excrementos y huevos podridos le provocó náuseas. Esa mañana tendría que conformarse con un lavado rápido, sobre todo porque del grifo oxidado solo salía un hilo fino de agua sobre el lavamanos con manchas amarillentas.

Entretanto, Marie había puesto algunas galletas de almendra en un cuenco y encendido el horno. Un agradable calor se extendió por la pequeña buhardilla.

Tras beber unos cuantos sorbos, Célestine se sintió más llena de vida. Marie se metió una galleta entera en la boca.

—Me encanta todo lo que es dulce. A veces los clientes me dan cigarrillos en lugar de propina. Luego los cambio por chocolate o galletas. El tabaco no me atrae en absoluto. ¿Sabes lo que se puede conseguir ahora mismo en el mercado negro por una cajetilla de cigarrillos? —Sin embargo, no esperó respuesta—. Me muero de curiosidad. ¿Qué pasa con Albert?

Célestine se encogió de hombros, impasible.

—Lo dejé.

Marie la miró boquiabierta.

—¿Que has hecho qué? Pero... acabáis de casaros.

—No, por suerte no llegamos a eso. Mi madre murió una hora antes del enlace. Fue una absoluta sorpresa para todos, porque rebosaba salud.

—¡Es horrible! Pero ¿por qué dices «por suerte»? Pero si en tu carta te deshacías en elogios hacia tu prometido. ¿No es guapo, de pelo oscuro, con los ojos de color azul metálico...?

—¿Qué importa el aspecto? Unos días después de la muerte de mi madre, Albert quiso seguir adelante con la boda. Cuando le dije que necesitaba un tiempo de luto y que no podía pensar en una celebración alegre, me llamó «boba sentimental». Ante su insistencia, había renunciado a mi empleo en la oficina del alcalde. Tenía que dedicarme solo a él. —Célestine hizo un gesto de desdén y desmigó una galleta de almendra, malhumorada—. Pretendía ordenarme cómo tenía que vestirme, hablar y con quién debía tener trato. Luego habló de cómo debía llevar la casa en un futuro y traer al mundo hijos suyos, sin preguntarme ni una sola vez cómo imaginaba yo nuestra vida en común. Además, en vez de apoyarme en el entierro de mamá, celebró el cumpleaños de un amigo. En realidad yo no estaba tan ansiosa por casarme, pero no quería decepcionar a mi madre. Tenía tantas ganas de que yo volviera a tener a un protector a mi lado... ya sabes, papá y Pierre...

Se mordió el labio inferior y calló. Vació la taza de un trago, como si quisiera engullir de una vez todos los recuerdos tristes.

—Albert heredará una gran fortuna —reflexionó Marie al tiempo que mojaba una galleta en el té, ensimismada.

—¡Su dinero no me importa! —exclamó Célestine—. ¿Qué más da, si no me quiere? Solo me veía como un trofeo, algo que enseñar, como su Peugeot 202.

Marie masticó la galleta reblandecida y sacudió la cabeza en un gesto de desaprobación.

—Pero, Célestine, lo más importante para nosotras, las mujeres, es tener a alguien que nos sustente. Yo, por lo menos, a un hombre con dinero le perdonaría algunas cosas. De todos modos, jamás habría encontrado semejante ejemplar en mi pueblo de mala muerte. Por eso, entre otras cosas, me vine a París. La guerra se llevó a muchos hombres, nuestras opciones son limitadas.

—No voy a dejar que nadie me ordene la vida. Prefiero quedarme sola —la contradijo Célestine, decidida.

—Espera a encontrar al hombre adecuado y cambiarás de opinión.

Marie recogió la vajilla, la llevó al fregadero y añadió una cucharada de soda con agua caliente. Célestine no quiso continuar con la discusión. No quería mantener discrepancias en su primer día en París. Era evidente que su amiga y ella tenían conceptos distintos de las cualidades que debía tener un hombre. Cogió un trapo de cocina a cuadros y empezó a secar platos y tazas.

—Hagamos algo —propuso Marie—. No tengo que ir a trabajar hasta las cuatro. ¿Qué te apetece?

—Primero me gustaría enviar un telegrama a mis tíos para decirles que he llegado bien. Y luego... No lo sé muy bien.

—¿Qué te parece si vamos a explorar las Galeries Lafayette y hacemos que nos enseñen la última moda en medias? Siempre y cuando no nos paremos en todos los escaparates de camino, en un cuarto de hora estaremos en el boulevard Haussmann.

Cuando Célestine hubo enviado un telegrama en la oficina de correos, siguió a Marie hasta la place de Clichy, en cuyo centro se alzaba un grupo de figuras de bronce sobre un pedestal de piedra. Allí se encontraban cinco calles, así que no paraban de pasar a toda prisa coches, escúteres y bicicletas por todos los lados. En el centro trotaba despacio un carruaje de caballo cuyo cochero sujetaba en una mano las riendas y en la otra un cigarrillo. Célestine se detuvo en el bordillo, vacilante, y agarró la mano de Marie en busca de ayuda. Juntas esperaron hasta que un policía subido en un pedestal detuvo el tráfico con un gesto imperativo de la mano y dejó pasar a los peatones. Cuando cruzaron el boulevard des Batignolles, un guardia silbó como si trinara por detrás de ellas; Marie contestó con un saludo alegre.

—No tienes por qué tener tanto miedo, *ma chère*. Durante mis primeros días en la ciudad tampoco me atrevía a cruzar las calles. Créeme, enseguida te acostumbrarás al tráfico —le prometió Marie, y Célestine deseó que su amiga tuviera razón.

Un frío viento otoñal les sopló en la cara y las hizo tiritar. Recorrieron la rue de Clichy a paso ligero. Frente a una tienda en la esquina de la rue de Milan había gente que intercambiaba cartillas de racionamiento por mantequilla, leche, aceite, fideos, café, azúcar y harina. Eran alimentos básicos que, dos años después de la retirada de los alemanes, seguían racionados. Qué suerte la suya de que sus tíos hubieran seguido con la tienda de comestibles de Genêts, pensó Célestine, agradecida y nostálgica. De ese modo, durante los años de la guerra la familia tuvo comida suficiente, a diferencia de tantas otras personas, en las que aún eran evidentes incluso de lejos las privaciones de esa época.

Comprobó asombrada lo bien vestidas que iban algunas de las personas que la rodeaban. Contaba con que los parisinos vestían de manera muy diferente a la de los habitantes de un pueblo costero de Normandía, pero aun así le sorprendió el alcance de la elegancia que veía en ese momento. No solo escaseaban los alimentos desde el inicio de la guerra en septiembre de 1939, sino que también se racionaban las telas en toda Francia. El refinamiento y la elegancia en la moda desempeñaban un papel menor en el campo que en la ciudad, así que de un viejo abrigo militar a menudo se hacía un conjunto, de un traje una falda y de un chaleco una gorra. Su madre también se cosía sus modestos vestidos, pero solo utilizaba tejidos de la mejor calidad y siempre procuraba lograr un buen corte. El padre de su mejor amiga era comerciante de telas, así que Laurianne Dufour siempre tenía acceso a restos de telas de mayor calidad, con las que hacía magia.

Algunos de los paseantes parisinos con los que se cruzaba Célestine, en cambio, seguro que se habían gastado un dineral en su aspecto. Mujeres maquilladas y peinadas con esmero se pavoneaban con sus zapatos de tacón por la acera, llevaban abrigos con adornos de piel y bolsos a juego del mismo color. Los hombres que las acompañaban lucían abrigos hasta la rodilla del tejido de lana más delicado y completaban su atuendo con sombreros de ala ancha y guantes de piel. Hasta entonces Célestine solo había vivido algo así de lejos, cuando los ricos de la ciudad acudían a la costa normanda en verano.

Sin embargo, además de la belleza también le llamó la atención la miseria. No paraba de ver a hombres y mujeres con chaquetas raídas, zapatos agujereados y la piel pálida. Célestine leía en sus rostros el hambre y el sufrimiento, que aún no habían superado desde el fin de la guerra. Esas personas caminaban inclinadas sin apenas levantar la mirada.

Una mujer joven de ojos cansados y flequillo desgreñado bajo un pañuelo remendado arrastraba a un niño pequeño de la mano. La criatura no paraba de toser y se limpiaba la nariz con la manga. ¿Y si esa era una de las mujeres que echaron a las calles de París con la cabeza rapada tras la retirada de los ocupantes? Su delito consistía en haberse enamorado de un soldado alemán y haberse mezclado con él. Célestine recordaba muy bien las fotografías de los periódicos, que observó con rabia en el corazón y lágrimas en los ojos apenas dos años antes.

Un grupo de veteranos de guerra se encontraban junto a un quiosco. A uno le faltaba una pierna, al otro el antebrazo. Un soldado con un parche en el ojo le dio un trago largo a una botella de cerveza y se la pasó a los compañeros. De pronto, a Célestine le asaltaron las imágenes de dos hombres de uniforme, uno de apenas veinte años, el otro le doblaba la edad. La saludaron con alegría antes de alejarse con sus mochilas a la espalda. Después, una capa de niebla se posó sobre los caminantes, que desaparecieron en la nada...

—Ya hemos llegado.

Las palabras de Marie la devolvieron al presente. Le costó retener las lágrimas que la invadían. No, ahora no quería pensar en el pasado. Estaba en París, y ese día había empezado una nueva etapa de su vida.

Célestine atravesó la alta puerta de entrada acristalada con el corazón acelerado. Al otro lado, un mozo vestido con una librea de color gris oscuro daba la bienvenida a los clientes y les mostraba el camino hacia las distintas secciones. Se quedó sin aliento. De pronto se encontraba en un mundo que no tenía nada que ver con el de la calle. Nunca había entrado en un edificio de dimensiones tan gigantescas, ni visto semejante esplendor.

El interior, todo de color arena y dorado con altas columnas coronadas por arcos de medio punto recordaba al auditorio de un teatro. Sin embargo, la gente que se encontraba tras la balaustrada de los palcos no escuchaba ninguna actuación sobre el escenario, sino que pasaba ajetreada de aquí para allá haciendo sus compras. Célestine paseó la mirada por tres plantas hasta llegar a una altísima cúpula de cristal por la que entraba la pálida luz azul del día. Con la luminosidad de cientos, si no miles, de lámparas, ese templo del lujo y la abundancia brillaba con un resplandor claro y cálido.

—¿No es fantástico? ¡Vamos a subir arriba del todo con el ascensor! Para bajar usaremos la escalera —propuso Marie, que tiró de su amiga con decisión.

Exploraron planta por planta. Las diferentes zonas de venta estaban divididas en varias tiendas individuales dotadas con estanterías, armarios con cajones, espejos en marcos de oro y decoración floral. Célestine tenía la sensación de haber emprendido un viaje por todo el mundo. No se cansaba de ver las filigranas de la porcelana china con dragones y aves azules, las alfombras de vivos colores de Oriente, las telas de batista entretejidas con hilos de oro de la India, sombreros hechos a mano de Sudamérica y guantes de ante muy elegantes de Italia. En las vitrinas de cristal brillaban collares de diamantes que competían con teteras de plata y marcos.

Bajaron a la segunda planta por una amplia escalinata. Marie se dirigió decidida a la sección de medias. A Célestine le sorprendió la serenidad con que la dependienta pecosa y delicada, que no podía ser mucho mayor que ella, abría cajón tras cajón y les presentaba un par tras otro. Al fin y al cabo, con sus burdos abrigos de invierno no parecían en absoluto clientas adineradas, saltaba a la vista lo que eran en realidad: dos chicas de provincias sin recursos. Célestine deslizó con mucho respeto el finísimo tejido de nailon por la muñeca y admiró la costura de las medias, tan delicada como un trazo de pluma.

—Por supuesto, también ofrecemos un servicio de arreglo de carreras en caso de que les surja un percance —explicó la dependienta con una sonrisa encantadora y una mirada altiva.

—Muchas gracias, mademoiselle. Mi amiga y yo tendríamos que deliberar si nos quedamos con las medias de color perla o champán —afirmó Marie con una expresión muy seria, y le dio un discreto pellizco a Célestine en el brazo.

—Pero jamás podremos permitirnos algo así —intervino Célestine, asustada, en cuanto comprobó que la dependienta no podía oírlas.

—Por supuesto que no. Pero al final solo es un juego. Hay que actuar como si dispusiéramos de una fortuna para nuestras compras. Y quién sabe si un día encontraremos al hombre de nuestros sueños y podremos permitirnos docenas de medias así.

Célestine pensó con cierta satisfacción que una semana antes ella le había tirado a los pies el anillo de compromiso a un hombre al que, sin duda, otras mujeres definirían como el hombre de sus sueños. El mismo que una tarde la arrastró por el suelo de la cocina para conseguir lo que, según él, le correspondía a un marido. Porque hacía tiempo que estarían casados si la madre de Célestine no hubiera «echado a perder» la boda con su muerte, como decía. Sin embargo, Célestine logró que fracasara en su propósito mordiéndole con todas sus fuerzas en el dorso de la mano. Por suerte, Albert estaba lejos, y no quería ceder a la melancolía en su primer día en París. Aceptaba encantada las propuestas de Marie, que quería ver sin falta artículos inasequibles pero preciosos.

Al poco tiempo le daba vueltas la cabeza con las innumerables estolas de piel, neceseres de viaje y arañas de cristal, las enfriaderas de champán y las trufas. En la sección de perfumería relucían preciosos frascos de cristal en las estanterías con una iluminación muy cuidada que convertía cada recipiente en una obra de arte selecta. Dependientas solícitas le aplicaban unas gotas de los nuevos aromas de la temporada en el interior de la muñeca. Célestine olió fascinada las esencias, que embriagaban el olfato con matices florales, empolvados o especiados.

Tras más de cuatro horas de contemplar y asombrarse se sentía aturdida y le costaba soportar los pies doloridos. Se alegró cuando emprendieron el camino de regreso a casa. Estaba cansada de tantas impresiones. Marie, en cambio, estaba exultante y se agarró del brazo de su amiga.

—Contigo a mi lado es mucho más divertido dar una vuelta, Célestine. La próxima vez iremos al Printemps, que está a solo unos pasos de las Galeries Lafayette. Y luego al Bon Marché, en la orilla izquierda del Sena, que son los grandes almacenes más antiguos de París. En la sección de calzado trabaja un dependiente que es increíblemente encantador. También tenemos que ir sin falta al Samaritaine...

—¡Para, Marie, ahora mismo estoy mareada! Tengo previsto quedarme una temporada en París. Los grandes almacenes no se van a mover de su sitio.

3

Cuando Marie se fue a trabajar, Célestine se puso cómoda en la cama. De camino a casa había comprado un plano de París y un periódico, que abrió primero por la página de las ofertas de empleo. Sin embargo, al leer los anuncios se apoderó de ella un mal presentimiento. ¿De verdad era posible que en una ciudad como París se buscaran exclusivamente enfermeras, dependientas, costureras, camareras y lavanderas? ¿Acabaría de limpiadora, como había pronosticado su tío? Intentó calmarse pensando que sería casualidad que en esa edición no hubiera ofertas para mecanógrafas. Seguro que al día siguiente habría algo adecuado para ella.

A continuación, Célestine hizo lo mismo que llevaba haciendo desde pequeña cada vez que necesitaba consuelo en los momentos tristes. Cogió uno de los libros de tapas manoseadas de su autora preferida, Germaine Mercier: *La señora de Château Marmontelle*. Ella sabía trasladar de forma magistral a sus lectores al esplendor de la Belle Époque. Con chicas de la nobleza ataviadas con susurrantes vestidos de seda, elegantes caballeros con monóculos y férreos principios, butacas tapizadas de terciopelo en salones decorados con gusto, deslumbrantes arañas de cristal y porcelana con bordes dorados, paseos nocturnos por los parques, leves suspiros y setos de aligustre altos como una persona.

Los días en los que los partes sobre la población hambrienta en las ciudades, las ejecuciones de miembros de la resistencia y los miles de fallecidos en la guerra en el bando francés y alemán casi le quitaban las ganas de vivir, las novelas de Germaine Mercier eran su refugio secreto. Esos relatos románticos le daban la esperanza de que un día el mundo fuera mejor.

Llevaba un tiempo dándole vueltas a la osada idea de emular a Germaine Mercier y escribir un relato que distrajera a las lectoras de sus apuros y les infundiera ánimos. Hasta entonces nunca había hablado con nadie de ese proyecto; sin duda, su familia la habría tratado de loca. Sin embargo, eso era en su antigua vida. Ahora estaba en París, y seguro que el destino le tenía reservada alguna sorpresa.

Durante la semana siguiente Marie empezaba su turno a las seis de la mañana. Su amiga se iba de casa sin desayunar porque madame Renard permitía a sus empleados comerse los restos de pan y queso del día anterior. Esos alimentos hacía mucho tiempo que estaban racionados y a menudo se agotaban antes de conseguirlos, por lo que los empleados apreciaban la generosidad de la patrona.

Célestine aprovechó la ocasión para dar una vuelta por su cuenta y explorar el barrio. De vez en cuando se atrevía a alejarse de la rue Capron, descubría aquí la tienda de un zapatero y allí una panadería, aprendía rodeos y atajos. En poco tiempo ya no le costaba cruzar una calle con los demás peatones. Se sumaba con naturalidad al grupo de transeúntes y se sentía parte de una multitud anónima con el mismo destino.

Un día descubrió un anuncio que hizo que su corazón latiera más deprisa. Buscaban una mecanógrafa menor de veinticinco años para un hotel modesto. Desplegó el plano de la ciudad y comprobó con alegría que el hotel estaba en Montmartre, en la rue Pouchet, a pocos minutos a pie de casa de Marie. A la mañana siguiente se presentaría allí.

Su amiga, que no volvió hasta la noche, dormía profundamente cuando Célestine se levantó y se preparó con el máximo sigilo posible. Tras algunas dudas decidió ponerse un vestido de color azul marino con botones de nácar en lugar de su ropa de luto. El hecho de haber perdido a su madre pocas semanas antes era una circunstancia muy personal de la que no quería hablar con desconocidos. Además, el vestido era de mamá. Célestine tenía la misma figura, seguro que a Laurianne Dufour le habría gustado que su hija llevara su ropa.

Los postigos de la rue Pouchet estaban cerrados. Daba la impresión de que la casa había ido a menos; el revoque de las paredes se estaba desconchando, como la pintura de la pared. Célestine llamó al timbre varias veces. Cuando, decepcionada, dio media vuelta para irse, por fin se abrió la puerta. Una mujer de unos cincuenta años, vestida con una bata de color azul claro que apenas le tapaba los pechos, la escudriñó de la cabeza a los pies.

—¿Has venido por el anuncio?

—Sí, madame. —Le sorprendió el trato de confianza. ¿Acaso se había equivocado de dirección? Esa mujer no parecía en absoluto la empleada de un hotel.

—Pasa, soy madame Denise.

Célestine la siguió hasta un salón con escasa iluminación, unas butacas floreadas y un sofá de terciopelo verdoso en el que se había acurrucado un gato rojo atigrado. Sobre una barra había varias copas vacías y una cubeta de champán con rosas que se estaban marchitando. De cada una de las cuatro paredes colgaba un espejo ancho con el marco de oro. Célestine sintió una mano en la mejilla.

—Eres guapa, tienes un atractivo natural. Además, nos falta una pelirroja en el grupo. Creo que podríamos hacer negocios.

Célestine notó algo raro en la mujer y en la casa; le dieron ganas de dar media vuelta e irse. Sin embargo, no quería desanimarse tan pronto en su primera solicitud de empleo.

—¿Los trabajos de mecanografía en este hotel se llevan a cabo a mano o con máquina de escribir?

Madame Denise torció el gesto. En sus ojos se reflejaba la compasión.

—Acabas de llegar a París, ¿verdad?

—Sí, pero ¿qué importancia tiene eso? ¿Esto es un hotel o no?

—Por supuesto. Pero uno muy especial. Si fueras de aquí sabrías qué significa buscar una mecanógrafa de menos de veinticinco años para un hotel.

Célestine se sentía cada vez más confusa.

—No entiendo...

—Bueno, pues te traduzco el anuncio: «Se necesita prostituta para un burdel. Tiene que ser joven, los clientes exigen carne fresca». Pero la prensa jamás publicaría ese texto.

—Creo que ha habido un error... —balbuceó Célestine, horrorizada, y salió dando tumbos por la puerta. Fuera, en la calle, respiró hondo. ¿Acaso su tío tenía razón y era una ciudad del pecado? Esperaba que aquel encuentro no fuera un mal presagio.

Marie soltó una carcajada cuando unos minutos más tarde Célestine le explicó el malentendido.

—No te alteres, *ma chère*. Al principio todas pagamos caro el aprendizaje. Inténtalo mañana o pasado con otro anuncio.

4

Para compensar la hospitalidad de Marie, Célestine le propuso limpiar la casa, comprar y cocinar para las dos. Cuando fue a hacer los recados, el verdulero de la rue Ganneron, un bretón obeso con el pelo ralo, le tomó el gusto a recomendar los productos más frescos y aromáticos a su nueva clienta.

—Hoy llévese el repollo, mademoiselle. Con un poco de manteca, dos o tres granos de pimienta y una pizca de nuez moscada será una delicia. Los huevos son de nuestras propias gallinas. Los ha cogido mi mujer esta mañana del nido.

Cuando Marie llegó a casa a última hora de la tarde tras el turno de mañana, Célestine ya había encendido la estufa y la comida humeaba en la mesa. Las amigas charlaron sin parar y degustaron los platos. Poco a poco, Célestine tenía la sensación de que su tristeza, que en algunos momentos seguía oprimiéndole el corazón, se debilitaba.

—Podría acostumbrarme a una comida caliente después de trabajar. No tengas prisa en buscar trabajo. Dejaré encantada que me mimes un poco más —dijo Marie, y le guiñó el ojo.

Cuando, al día siguiente, Célestine sacó las patatas que había comprado del papel de periódico para hacer un gratinado, clavó la mirada en un anuncio.

Se busca secretaria seria y de confianza para domicilio privado. Requisitos deseados: conocimientos perfectos de mecanografía y taquigrafía. Las damas interesadas preséntese el miércoles 27 de noviembre a las tres en la rue Royale, número 10, tercera planta.

¿Sería un guiño del destino? Era 27 de noviembre y la manecilla del reloj marcaba la una. Nerviosa, Célestine buscó el plano de la ciudad y comprobó que el camino la llevaba por calles que ya conocía. Desde la rue d'Amsterdam debía pasar por la gare Saint-Lazare y, de ahí, casi en línea recta por la rue du Havre a la rue Royale. No necesitaría más de media hora.

Para dar la impresión de máxima seriedad, se recogió en un moño el cabello que le llegaba a los hombros.

Le escribió una nota a Marie en el dorso de la lista de la compra diciéndole que se dirigía a una entrevista de trabajo y que volvería a lo largo de la tarde. Por suerte no llovía, así que podría presentarse con los zapatos secos y limpios. Poco antes de llegar a su destino, Célestine pasó por la iglesia de la Magdalena, cuya fachada recordaba más a un templo griego que a una iglesia. Pensó en su tía, que deseó en vano tener hijos y soportaba los caprichos de su marido herido de guerra con actitud impasible. ¿Cómo estaría Madeleine en ese momento? Seguramente sentada a la mesa de la cocina, bien limpia, con su libro de cuentas, controlando los ingresos semanales de su pequeña tienda de comestibles.

Llegó más de un cuarto de hora antes, así que dio un paseo alrededor del insólito edificio de la iglesia. A lo lejos, al final de la rue Royale, reconoció un obelisco con la punta dorada. Si la memoria no le fallaba, ahí debía de estar la place de la Concorde. El lugar donde Luis XVI y su esposa María Antonieta fueron guillotinados, como tantas otras personalidades destacadas y anónimas durante la Revolución francesa.

Célestine notó que un escalofrío le recorría la espalda. Sin embargo, luego le llamó la atención un escaparate y se le hizo la boca agua. En la vidriera de una pastelería llamada Ladurée se presentaban en soportes plateados chocolates, bombones y macarons de unos maravillosos colores pastel. Esos finos y ligeros dulces de almendra y merengue que nunca había saboreado, pero que tan bien conocía por las novelas de Germaine Mercier, cuando los distinguidos señores invitaban al café de la tarde.

El número 10 de la rue Royale era uno de esos típicos edificios parisinos de cuatro plantas con una modesta fachada de color arenisca y una puerta de entrada alta de color verde azulado, por la que antes probablemente pasaban coches de caballos. Se le aceleró el corazón cuando subió por unos escalones de mármol desgastado hasta la tercera planta. ¿Cómo sería el interior? La placa de latón de la puerta no desvelaba nada más sobre su habitante que las iniciales C. D. Pasados unos segundos de duda, Célestine hizo de tripas corazón y llamó al timbre.

Un hombre flaco de mediana edad abrió la puerta chirriante. Por los pantalones de rayas blancas y negras y la chaqueta negra se reconocía sin dificultad que era el mayordomo. Con los labios finos y la mirada penetrante, le recordaba a su antiguo profesor de matemáticas, al que toda la clase temía.

—Buenos días, monsieur, me llamo Célestine Dufour. Vengo por la oferta de empleo —aclaró con el corazón palpitante, y unió nerviosa las manos en la espalda.

—Pase, por favor, mademoiselle —masculló el sirviente.

Célestine lo siguió al salón y contuvo la respiración. Un recubrimiento de papel de seda con un delicado estampado decoraba las paredes, y unos muebles de nogal suavemente curvados y decorados con marquetería congeniaban de forma impecable. Las cortinas de color champán de las ventanas conferían al espacio un aire ligero y elegante. Más de media docena de cuadros con marco dorado y la escultura de un fauno daban a entender que los habitantes eran amantes del arte. El exuberante ramo de lirios, tulipanes y zarcillos de rosas que descansaba sobre la repisa de la chimenea debía de ser obra de un maestro de la floristería. En ese instante Célestine supo que ese era el lugar en el que quería trabajar.

—Si lo desea puede tomar asiento ahí, mademoiselle. Monsieur Dior estará con usted en unos minutos. —El mayordomo señaló una butaca de seda gris.

En ese momento vio a tres mujeres sentadas juntas en un sofá ancho, detrás de una maceta con una palmera que casi llegaba al techo. La miraban con hostilidad, y Célestine comprendió que no era la única que solicitaba el puesto.

Con la máxima naturalidad posible se acomodó en el asiento que le habían asignado y observó con el rabillo del ojo a sus competidoras; todas la aventajaban en experiencia y años. La mujer de la izquierda como mínimo le doblaba la edad. En la raya al lado que se dibujaba en su cabello negro azabache se veían unas entradas blancas, y agarraba con sus dedos fuertes un bolso como el que llevaban las parteras en el campo. Con los cristales redondos de las gafas, los ojos de color ámbar y la nariz ganchuda, la rival del medio le recordaba a una lechuza. A la derecha estaba sentada una mujer de unos treinta años, muy maquillada y con las uñas largas y puntiagudas. Célestine se preguntó cómo pretendía usar una máquina de escribir con semejantes garras.

Al cabo de unos minutos, un hombre de estatura media, la cara regordeta y unas entradas pronunciadas apareció en el salón. Sin duda, el traje de color antracita que llevaba estaba hecho a medida y favorecía su complexión entrada en carnes. La corbata y el pañuelo de bolsillo estaban confeccionados con la misma tela bordada. Desprendía bondad, un aire paternal, sensación que reforzaba su voz cálida y melodiosa. Levantó las manos en un gesto de disculpa.

—Me llamo Dior, mesdemoiselles. No tengo palabras para

expresar cuánto lo siento. Se ha producido un lamentable malentendido. Sé que todas han venido por el anuncio, pero por lo visto en la sección de empleo han confundido algunas líneas de dos ofertas distintas. No busco secretaria, sino una empleada de hogar.

Sin darse cuenta, Célestine apretó con los dedos el reposabrazos. Su sueño de llevar una vida independiente en París amenazaba con sufrir una nueva derrota.

La mujer de pelo negro del sofá soltó un profundo jadeo.

—¿Qué quiere decir, monsieur?

—Estoy a punto de fundar mi propia empresa, y en el futuro pasaré muchas horas fuera de casa. Por eso busco a alguien que me ayude en mi refugio privado. Además de la limpieza, entre sus funciones figurarán hacer la compra y en ocasiones preparar un banquete. También debe recibir el correo, además de ocuparse todas las semanas de la decoración floral. Tareas para la que es necesario el tacto de una mujer y... —Mientras pronunciaba esas palabras, monsieur Dior lanzó una mirada a la puerta, seguramente para asegurarse de que su sirviente no le oía— que un mayordomo tan versado no es capaz de llevar a cabo.

Como si siguieran una orden, las tres mujeres se levantaron a la vez del sofá.

—Fui durante diez años la secretaria privada del marqués de Montessin, no voy a ensuciarme las manos en la cocina —bufó la que iba maquillada, y abrió la mano con las uñas limadas en punta.

La morena hizo un gesto de desdén con la boca.

—¡Las compras! Como si me gustara enfadarme con las vendedoras del mercado...

También la mujer lechuza desahogó su disgusto y reaccionó con un comentario sarcástico.

—No tengo talento para atar tallos de flores.

—Lamento muchísimo que hayan venido hasta aquí en vano, mesdemoiselles. —Monsieur Dior se dirigió a la puerta con una sonrisa de disculpa y se despidió de todas las candidatas con un apretón de manos. —Que tengan un buen día. Les deseo mucha suerte.

La última de la fila era Célestine. Le pasaban tantas cosas a la vez por la cabeza que le costaba ordenar las ideas. Solo sabía una cosa: se sentía atraída de una forma peculiar por ese ambiente tan refinado, y quería a toda costa que ese hombre educado y culto le diera un empleo.

Levantó la barbilla, enderezó los hombros y habló en un tono firme y decidido.

—Monsieur Dior, soy justo la persona que busca.

Sorprendido, el dueño de la casa retiró la mano que le había tendido para despedirse.

—¿Por qué lo dice, mademoiselle...?

—Dufour, Célestine Dufour.

—¿Puedo preguntarle qué le atrae de la actividad de una empleada del hogar siendo secretaria, mademoiselle Dufour?

—Hace cuatro décadas que mi familia regenta una tienda de comestibles. Por eso conozco bien la fruta, la verdura, el queso y el aceite. Además, me encantan las flores. Mis tíos tenían un centro de jardinería antes de la guerra. De pequeña, a menudo pasaba las vacaciones de verano con ellos y aprendí mucho sobre plantas. Y me gusta cocinar.

—Las funciones de una secretaria son mucho más completas que las de una empleada del hogar. No quisiera que usted... se aburriera o se sintiera insatisfecha.

Célestine no se dejó desanimar con ese argumento, aunque sonara plausible. Quería el empleo, así que tenía que convencer a ese hombre.

—A decir verdad, las funciones que ha mencionado me parecen más variadas que las que he desempeñado hasta ahora como mecanógrafa.

Monsieur Dior se acarició la barbilla, pensativo, mientras Célestine albergaba la esperanza de que fuera una señal de que iba a ceder.

—¿Dónde ha trabajado antes, mademoiselle Dufour?

—Después de cursar los estudios en la escuela de secretariado de Avranches, trabajé dos años en la administración municipal de Genêts. En un municipio de trescientas almas ese tipo de actividad no es muy variada.

Monsieur Dior dio un paso al lado y empleó un tono animado.

—Es usted normanda. ¡Qué casualidad! Deberíamos hablar en detalle. ¿Me permite su abrigo? Pasé mi infancia y juventud en su región, por así decirlo, en Granville.

El mayordomo apareció de la nada a su lado y cogió el abrigo. El dueño de la casa hizo un gesto y Célestine lo siguió de nuevo al salón, donde se acomodaron en el sofá. Notó que su mirada estudiaba las mangas del vestido y se inquietó. ¿Acaso había visto una mancha o un hilo en el tejido azul grisáceo? Sin embargo, no encontró ningún defecto. Monsieur Dior continuó en tono distendido:

—Trabajé seis años como diseñador de moda con monsieur Lucien Lelong en la avenue Malignon. Pero ahora he renunciado a la comodidad y la seguridad de un puesto fijo para crear mi propio taller de costura. A veces me pregunto qué demonios se había apoderado de mí para correr ese riesgo. ¿Por qué hay que hacerlo todo a la vez? Hay que amueblar los espacios, escoger telas, contratar a cortadoras y costureras, escoger maniquís... No obstante, para mí el mayor desafío consiste en crear por primera vez una colección completa de unas cien piezas.

Monsieur Dior apoyó la cabeza en el respaldo y cerró un instante los ojos. De pronto parecía cansado, exhausto, como si llevara muchas noches durmiendo poco.

—En estos días llenos de tensión pienso mucho en mi ciudad natal en Normandía, en la playa, en el mar, en el olor a tarta de manzana recién hecha y en nuestro huerto, donde jugábamos los hermanos... y de pronto me doy cuenta de que ya no soy un niño pequeño, sino el responsable de docenas de empleados.

—Creo que necesita un lugar donde no le molesten, y una buena samaritana que se ocupe de que usted recupere fuerzas en ese sitio para que pueda concentrarse en su trabajo. —A Célestine le sorprendió la naturalidad con la que salieron esas palabras de sus labios.

Asombrado, monsieur Dior levantó una ceja y asintió.

—Es eso. ¿Puedo ofrecerle un cigarrillo? —preguntó, y sacó un paquete de Gauloise del bolsillo de la chaqueta.

—Mejor no. Solo lo he probado una vez en mi vida. Luego me sentí tan mareada que juré no volver a tocar uno jamás.

Monsieur Dior se encendió un cigarrillo y sonrió.

—Hablemos de usted, mademoiselle Dufour. Aún es joven. ¿Sus padres no tienen inconveniente en que se mude sola a París? ¿O tiene familia aquí?

Célestine sintió que se le formaba un nudo en la garganta. Se le aceleró el corazón y empezó a temblar de frío. Cómo le gustaría volver a huir de sus recuerdos, que tanto dolor le provocaban. Sin embargo, una voz interior le recomendó confiar en ese hombre y ser sincera con él. Tragó saliva.

—Mi madre falleció inesperadamente hace unas semanas. Mi padre y mi hermano mayor, Pierre, cayeron en Alsacia poco antes de que terminara la guerra. —Célestine notaba el latido del corazón en las sienes y le temblaban las manos. Sin embargo, ya había dicho lo que le pesaba en el alma. Respiró hondo y volvió a sacar el aire; de pronto le resultó fácil seguir hablando—. Me fui de Genêts porque quería dejar atrás esos terribles recuerdos y empezar algo nuevo. Ahora mismo vivo en casa de una antigua amiga del colegio.

—Discúlpeme, mademoiselle. Mis condolencias. —Cohibido, monsieur Dior bajó la mirada. Luego le cogió la mano y la apretó con cuidado—. Entonces, en dos años ha perdido a toda su familia. Comprendo muy bien su dolor. Mi madre murió cuando yo tenía veintiséis años, y aun así para mí es como si hubiera sucedido ayer.

Permanecieron un rato en silencio. Reinaba el silencio en el salón, solo roto por el tictac del reloj de la chimenea decorada en dorado. Monsieur Dior le dio una calada al cigarrillo, sopló el humo hacia el techo y se aclaró la garganta.

—No hablemos más del triste pasado, dediquémonos al presente. Si le permite un comentario personal a un diseñador de moda extravagante, mademoiselle Dufour... lleva un vestido fascinante. Los hombros redondos y el dobladillo de la falda hasta las rodillas remiten a la época anterior a la guerra. El tejido de lana es exquisito, y está trabajado con más generosidad de la que es habitual en estos tiempos. Un diseño totalmente armonioso, diría yo.

Célestine se quedó sin habla. ¿Debía atreverse a dar otra respuesta sincera?

—No entiendo mucho de moda, monsieur Dior. El vestido era de mi madre, lo cosió ella misma. Le encantaban las telas nobles, a diferencia de mi tía, que era de la opinión de que un vestido ante todo debía abrigar y ser práctico.

Se arrepintió de haberlo dicho en cuanto terminó de hablar. Probablemente con esa afirmación había perdido su última oportunidad de conseguir el empleo. Contuvo la respiración.

—Su madre debió de ser una mujer con buen gusto, mademoiselle Dufour. Y, con su atractivo natural, le da usted un toque único a la prenda. Me encantaría que trabajara para mí. ¿Podría empezar el lunes que viene a las nueve?

5

—¡Qué lástima! Ya me había acostumbrado a sentarme a la mesa puesta después del trabajo. —Marie puso mala cara, pero le hizo un guiño a su amiga—. Es broma, Célestine. Claro que me alegro de que hayas encontrado trabajo. Y encima en una casa de moda. Ya llevas vestidos de buen tejido. ¿Te acuerdas de cómo nos rascábamos en la escuela porque esas telas ásperas nos rozaban la piel?

—Los vestidos son de mamá. Heredé su figura, así que ahora puedo llevar su ropa. Era mucho más habilidosa que yo cosiendo. Incluso monsieur Dior se fijó en el vestido azul.

—No me extraña, teniendo en cuenta su profesión. De todos modos, parece que tu futuro jefe lleva una vida muy elegante, para ser diseñador de moda. Tiene mayordomo y está rodeado de muebles y cuadros bonitos. ¿Dices que está soltero? Pero no tiene que ser así para siempre. Si procedes con habilidad... —Marie levantó una ceja y Célestine adivinó al instante las intenciones de su amiga.

—Marie, ¿adónde quieres llegar? Monsieur Dior podría ser mi padre. Además, no quiero un marido. Al menos no de momento. Después de la debacle con el egoísta de Albert aprendí la lección.

—Muy bien; en cuanto a los hombres, tenemos opiniones

distintas. Pero espero que me des la razón en que tienes que conocer sin falta el local donde trabajo.

Marie le explicó en pocas palabras que, una semana después de llegar, oyó por casualidad en la verdulería que en la cervecería Choupette buscaban una camarera.

—Fui, y ese mismo día madame Renard me contrató.

—Por lo visto las dos somos unas afortunadas. ¿Qué te parece si preparo una sopa de pescado para celebrarlo? Y de postre hay manzanas asadas.

Marie soltó un grito de alegría y le dio un abrazo a su amiga, exaltada.

—Creo que sabes leer el pensamiento.

Camille Renard era una mujer con el pelo gris recogido, una cara angulosa y las mejillas surcadas por las arrugas. El delantal almidonado azul marino que le llegaba a los tobillos reforzaba su imagen de severidad. Sin embargo, los ojos de un verde grisáceo trasmitían mucha calidez, por lo que Célestine supuso que madame Renard debía de ser una mujer comprensiva. Notó un firme apretón de manos que le pareció impropio de una persona tan delgada.

—Así que usted es la amiga del colegio de Normandía. ¡Bienvenida a París! Marie me ha hablado mucho de usted. ¿Puedo invitarlas a las dos a una taza de café?

Las dos amigas tomaron asiento en una mesita junto a una planta marchita en una maceta, y enseguida Marie empezó a hablarle de un cliente al que unas semanas antes había servido en esa misma mesa. El hombre de negocios argelino apareció sin compañía, pidió una botella de vino tinto y le puso en la mano, de propina, un billete de cien francos.

—Por desgracia, solo ha venido una vez. Me habría encantado conocer mejor a un hombre tan generoso.

Marie suspiró con pesar y mojó una galleta en el café que

la patrona le había llevado personalmente a la mesa. Olía de maravilla, a café de grano de verdad, nada de moca falso, según comprobó Célestine con alegría. Desde el racionamiento de alimentos, ese sucedáneo de café de achicoria se había convertido en la principal bebida para muchos franceses.

Mientras daba sorbos con cuidado a la bebida caliente, Célestine miró a su alrededor. La cervecería se llamaba Choupette en honor del gato de los primeros taberneros a finales de la década de 1860, según le contó Marie. Era obvio que el local había vivido tiempos mejores. El papel de flores rosas de pared lucía una pátina grisácea, la pintura de las sillas negras de madera curvada se había desprendido en muchos puntos y el antiguo color verde de las fundas de terciopelo de las butacas y los sofás de dos plazas ya solo se intuía. Pese a todo, el interior descolorido recordaba a la nobleza de épocas anteriores.

—Has tenido suerte. Madame Renard parece una persona afable.

—Es verdad. —Marie asintió y engulló el último trocito de galleta con un buen trago de café.

Entretanto, la cervecería se había llenado, como todos los días al mediodía. La mayoría de los clientes pedían una cerveza o una copa de vino mezclado con agua, con una tortilla de queso o de setas. Por orden de madame Renard, solo se servía alcohol de alta graduación, como coñac o absenta, a partir de las seis de la tarde. En su local no se podía uno emborrachar a plena luz del día. Una humareda espesa de cigarrillos se extendía sobre las cabezas de los clientes, que charlaban animadamente en voz alta.

—Célestine, ¿de verdad quieres ir a la basílica del Sagrado Corazón? Las iglesias son muy aburridas; además, tendríamos que subir muchos escalones en la colina de Montmartre.

—En la pregunta de Marie era evidente la esperanza de que la respuesta fuera negativa. Unos mundanos grandes almacenes serían para ella un destino mucho más atractivo.

—Solo un momento. Para poder rezar un padrenuestro por mamá.

—Está bien, te acompañaré.

Las dos amigas caminaron agarradas del brazo y con aire majestuoso por callejuelas estrechas y sinuosas y subieron infinidad de escalones de piedra hasta la cima de Montmartre, donde se erguía la fachada blanca de la célebre basílica con sus seis cúpulas en el cielo invernal azul claro. Junto a la torre Eiffel y la catedral de Notre Dame, Célestine había leído que era el tercer monumento más elogiado de París.

Se arrodilló en uno de los bancos traseros de la iglesia y juntó las manos. Mientras rezaba el padrenuestro y rogaba al Todopoderoso que concediera la paz eterna al alma de su difunta madre, dirigió la mirada hacia delante, al monumental mosaico situado encima del altar. La obra de arte representaba a Jesús con los brazos extendidos, como si quisiera proteger a toda la humanidad. Un gesto que provocaba en Célestine una profunda emoción y le daba esperanza.

Al salir de la casa de Dios las dos chicas se detuvieron detrás de las columnas del pórtico. Desde allí arriba tenían una vista privilegiada de la ciudad, incluso se reconocía a lo lejos la cinta plateada y serpenteante del Sena.

—¿Ves el cementerio de Montmartre, ahí delante? ¡Justo al lado está mi casa! —exclamó Marie, exultante, y señaló con la mano hacia la derecha.

—La vista desde aquí es fantástica. No imaginaba que París fuera tan grande —se asombró Célestine. Se le aceleró el corazón. En unos días se haría realidad su sueño de tener una vida independiente en la ciudad que yacía a sus pies.

6

Un minuto antes de las nueve Célestine llamó al timbre en la rue Royale. El mayordomo la saludó con un leve gesto con la cabeza.

—La esperan en el salón, mademoiselle.

Con una sonrisa cálida, monsieur Dior se apresuró hacia Célestine y le tendió la mano.

—¡*Bienvenue*, mademoiselle Dufour! Sentémonos un momento. Gracias a usted, a partir de ahora volveré a tener un hogar... y también algo de comer. Mi anterior empleada se jubiló hace un mes y se mudó a Bretaña con sus hijos y nietos. Desde entonces como fuera de casa.

Pese a la sonrisa, Célestine no pasó por alto que su jefe lucía unas profundas ojeras y parecía agotado. ¿Cuántos años tendría? ¿Cincuenta, o más bien sesenta?

—Hace semanas que paso la mayor parte de las horas del día en mi taller de la avenue Montaigne. Entre patrones, balas de tela, cofrecitos de botones y sombreros. Siempre llama alguien a la puerta con una pregunta o que me exige que tome una decisión. En una mano sujeto el auricular del teléfono, en la otra una cinta métrica o unas tijeras. Mire, así... —Monsieur Dior se levantó de un salto del sofá con una destreza de la que Célestine no le creía capaz y le enseñó con mímica lo que acababa de decir. De pronto se detuvo, como si acabara de tomar conciencia de lo que estaba haciendo, y los dos se echaron a reír.

Monsieur Dior se dejó caer en el blando tapizado y cerró los ojos. Cuando los abrió de nuevo, parecía que todo el cansancio había desaparecido de su rostro en un segundo.

—Esta casa debe convertirse en un oasis donde pueda plasmar sobre el papel mis ideas, sin el ruido y el ajetreo de la actividad de un taller. Los años de guerra en los que las mujeres llevaban ropa de uniforme por la rodilla con hombreras angulosas se acabaron, gracias a Dios. Mi moda debe reflejar el espíritu de ese nuevo comienzo.

Un leve escalofrío recorrió la espalda de Célestine cuando notó el empeño y la pasión que trasmitían sus palabras. A pesar de que su jefe era en cierto modo un desconocido para ella, sentía la misma confianza que si se conocieran desde hacía tiempo.

—¿Cuáles son mis funciones, monsieur Dior?

—En el cuarto de la limpieza encontrará los utensilios necesarios, además de una bata sin mangas. Solo debe ocuparse de la parte delantera de la vivienda, la que se encuentra en la rue Royale. El mayordomo se encarga de mis estancias privadas. El correo llega tres veces al día, como es habitual en París. Por favor, deje las cartas en el escritorio de mi despacho.

—¿Y las compras y la decoración floral?

—Mi mayordomo, Charles, le dirá las direcciones de las tiendas. Me conocen, puede comprar al fiado en todas ellas.

Célestine asintió, solo le quedaba aclarar algunas cuestiones importantes:

—¿Qué le gustaría cenar, monsieur Dior?

—Francamente, me encanta la comida casera normanda. Me recuerda a la infancia despreocupada que tanto añoro en esta época llena de incertidumbre...

El sonido del timbre, que sonó tres veces, puso fin a su conversación.

—Es mi chófer. Espera abajo, en la calle. Charles le enseñará las dependencias.

—¿Ha apuntado las direcciones, mademoiselle?

Aunque Charles ni pestañeó, Célestine intuyó por sus escuetas explicaciones que el mayordomo consideraba que la conversación con ella era una pérdida de tiempo y quería volver lo antes posible a su imperio heredado. Ella lo siguió mientras abría una puerta tras otra.

—Aquí está la biblioteca... ahí el comedor, al lado el lavabo y el cuarto de la limpieza... y aquí tiene el despacho de monsieur Dior. Detrás se encuentra la zona privada, con dormitorios, vestidores y baños, además de una habitación de invitados. Esta parte de la vivienda es solo responsabilidad mía. —Charles se irguió como un palo y levantó la barbilla. Su orgullo se veía y se notaba en el tono.

Célestine no salía de su asombro. Aparte del cuarto de la limpieza y el lavabo, cada estancia era una joya. Estaban decoradas con una elegancia y un equilibrio que eran un deleite para los ojos y los sentidos de todos los que las observaran. Los tejidos claros de los tapizados y las cortinas daban sensación de amplitud y holgura; las arañas relucientes y los muebles de madera de nogal pulida recordaban el estilo de una época anterior. Los cuadros, las esculturas y la kentia tan alta como una persona le daban un matiz más elegante. Era evidente que con monsieur Dior se había perdido un interiorista, o había consultado a alguno.

—Usted deberá ocuparse de la cocina y la despensa, mademoiselle. De eso no entiendo. Si tiene alguna pregunta más, hágamelo saber. —El mayordomo se alejó a toda prisa hacia la zona trasera de la vivienda, a las estancias privadas del dueño de la casa.

Con un compañero tan reservado seguro que Célestine no

tendría conversaciones superficiales. Pero hasta cierto punto, esa reserva era una de las cualidades imprescindibles en un mayordomo.

Al ver la moderna y reluciente cocina, Célestine dio una palmada de entusiasmo. Una cocina de gas, un fregadero amplio, una encimera generosa, una ventana ancha que dejaba entrar suficiente luz natural. Encontró todo lo que anhelaba su corazón. Echó un vistazo rápido a la cantidad de ollas y sartenes de cobre, las fuentes, bandejas de servir y terrinas de porcelana blanca con el borde dorado. Trabajar allí sería para ella un gran placer, ya que siempre le había gustado dar vida con la cocina a los distintos matices de sabor de los buenos alimentos.

En dos horas y media había limpiado el parqué, pulido los muebles, quitado el polvo de los marcos de los cuadros y todas las superficies horizontales y aspirado las alfombras. Uno de esos aparatos de limpieza eléctricos que hacían un ruido infernal y que eran inasequibles para la mayoría de la gente le había sido de gran ayuda. ¿Qué tipo de personas vivían antes en esa casa? ¿Qué tragedias o momentos de felicidad habrían tenido lugar entre esas paredes? Las preguntas aparecían en su cabeza de repente. Sin duda, esa suite era un escenario maravilloso para una novela.

Sonó el timbre de la puerta y Célestine esperó un momento por si regresaba el mayordomo. Luego abrió, vacilante. El cartero le dejó un paquete de cartas en la mano sin mediar palabra. De pronto, el joven de bigote pelirrojo se detuvo y soltó un silbido de aprobación.

—¡Mira tú por dónde, una cara desconocida! ¿Es usted de la familia o empleada?

—Soy la nueva empleada del hogar.

—*Très bien!* Volveremos a vernos. —Se dio un golpecito en la gorra con una sonrisa y bajó a toda prisa los escalones.

Los comercios donde Célestine hacía la compra para monsieur Dior estaban a solo unos minutos a pie. La tienda de comestibles se encontraba en la rue de Rivoli, justo enfrente estaba la frutería, y el panadero tenía su local en la rue Gabriel. ¿Era casualidad, o el nombre Dior tenía el mismo efecto que una palabra mágica? Esa mañana no se había agotado ni un solo alimento. Le sirvieron con unos modales exquisitos y Célestine pudo volver a su trabajo con la cesta de la compra llena.

La floristería Lachaume se hallaba en la rue du Faubourg Saint-Honoré. Gracias a la florista se enteró de que su jefe prefería los lirios de los valles, las rosas y las azucenas. Ya hacía un tiempo que todas las semanas abastecía al señor Dior con distintos ramos para el salón, el comedor y la biblioteca, así como el despacho y el dormitorio. La tarea de Célestine era acordar con la dependienta las flores, los colores y la composición de los ramos.

Célestine ya tuvo quebraderos de cabeza con la primera cena para su patrón. Al final se decidió por un plato que en su casa solía ponerse en la mesa los domingos y del que su padre y su hermano Pierre siempre pedían una segunda ración: crepes rellenas de carne picada y, de postre, arroz dulce con canela.

Monsieur Dior volvió a primera hora de la tarde y enseguida lanzó una mirada de curiosidad a la cocina, donde Célestine preparaba el relleno de carne picada. Se le iluminaron los ojos y soltó un chasquido de aprobación.

—Huele que alimenta. Charles me servirá la comida en el salón pequeño. Usted tiene la tarde libre, mademoiselle Dufour. *Au revoir* y hasta mañana.

Cuando Célestine llegó a la puerta de su casa, se sentía cansada y feliz al mismo tiempo. Estaba ansiosa por contarle a Marie cómo le había ido su primer día en la rue Royale.

7

Al día siguiente por la mañana, el jefe saludó a Célestine de un humor excelente.

—Me ha hecho usted feliz, mademoiselle Dufour. Sus crepes estaban exquisitas. Me atrevería a decir que ni siquiera nuestra antigua cocinera, Berthe, de Granville, podría haberlas preparado más sabrosas.

Célestine notó que se ruborizaba por la alegría de oír el halago.

—Después de cenar estuve trabajando hasta medianoche y llené un bloc de dibujo entero de vestidos de cóctel. Es asombrosa la cantidad de energía que puede llegar a generar una persona gracias a una comida bien hecha.

Célestine advirtió que la mirada de monsieur Dior había cambiado. La observaba y al mismo tiempo la atravesaba con la mirada. Absorto en sus pensamientos, se llevó la mano al bolsillo interior de la chaqueta y sacó una libreta y un lápiz.

—Hoy lleva un vestido distinto al de ayer. El corte es parecido, pero la superficie granulada del crepe de China le da al sencillo patrón un aire nuevo, intenso. ¿Le importaría que hiciera un esbozo de usted mientras camina de un lado a otro?

Célestine sacudió la cabeza, sorprendida.

—Claro que no. Para mamá habría sido un honor que alguien prestara tanta atención a su vestido. —Atravesó el salón a paso lento, dio media vuelta en la chimenea, cambió de dirección, se dirigió a la puerta y de ahí, tras medio giro, regresó al punto de partida. Monsieur Dior aguzó la mirada varias veces mientras Célestine le oía murmurar: «ingrávida», «fascinante», «muy natural».

Los tres timbrazos le recordaron que había llegado el chófer. En ese preciso instante apareció el mayordomo para entregarle el abrigo y el sombrero. Monsieur Dior se despidió con un gesto fugaz.

—Hoy tendré que prescindir de sus artes culinarias, mademoiselle Dufour, voy a cenar con un amigo al Ritz. Váyase a casa en cuanto el cartero traiga el correo de las cuatro de la tarde. Nos vemos mañana.

Pasados unos días, Célestine tenía la sensación de que hacía meses que entraba y salía de la rue Royale. Cada vez tardaba menos en limpiar, y las compras diarias le procuraban un placer especial. Cuando era más jovencita ayudaba durante las vacaciones de verano en la tienda de sus abuelos, pero ahora estaba al otro lado del mostrador, como cliente. Gracias a la florista pecosa, que siempre llevaba una flor prendida en el pelo, aprendió a mantener más tiempo frescas las flores cortadas con una moneda de cobre en el jarrón. Además, el cartero siempre tenía un guiño o un comentario divertido para ella.

Monsieur Dior no paraba de elogiar las artes culinarias de Célestine. Y, a veces, cuando la miraba con cara de máxima concentración y sacaba su bloc de dibujo, se sentía orgullosa de su madre, ya que eran el gusto selecto y la habilidad como modista de Laurianne Dufour los que despertaban el interés de su jefe.

Una mañana, el mayordomo le abrió la puerta con el semblante muy serio.

—El jefe recibió ayer la noticia del fallecimiento de su padre. Monsieur Dior tomó el tren nocturno y va de camino a la Provenza —explicó Charles, con una franqueza inusitada.

Célestine sintió que algo se contraía en su interior. El dolor por todo lo que había perdido volvió a cobrar vida. La pérdida de su familia, la ausencia del padre, la madre y el hermano sería una herida abierta durante toda su vida, de eso no le cabía duda. Para distraerse de sus tribulaciones decidió rellenar la despensa con algunos ingredientes básicos: harina, azúcar, vinagre y aceite, además de sal, pimienta y hierbas como tomillo, nuez moscada, vainilla, clavo y canela, huevos, cebollas, aros de manzana y setas deshidratadas, sin olvidar el tocino ahumado. Era evidente que los contactos de monsieur Dior eran excelentes, porque con su cartilla de racionamiento de alimentos no recibía en absoluto raciones limitadas, sino todos los productos en las cantidades deseadas.

Célestine aprovechó los días siguientes para limpiar la ventana que daba a la rue Royale, peinar los flecos de las alfombras y dar lustre a los candelabros de plata. A su regreso, monsieur Dior debía encontrar un hogar impoluto y agradable. Ni un solo pequeño fastidio debía irritar la visión del esteta ni distraerle de su trabajo.

Su jefe regresó de su viaje al cabo de cuatro días. Estaba pálido y somnoliento y tenía las bolsas de los ojos inflamadas.

Célestine dio un paso hacia él, le tendió la mano y él se la estrechó sin fuerzas.

—Mi más sentido pésame, monsieur Dior.

—Se lo agradezco. La muerte de mi padre no ha sido una sorpresa, como cabría pensar teniendo en cuenta mi edad.

Hacía años que sufría problemas de salud. Aun así, me apena pensar que no haya podido vivir la inauguración de mi casa de modas. Me habría encantado que mi padre estuviera orgulloso de mí. Aunque solo fuera por una vez...

Interrumpió la frase de forma abrupta. Sin embargo, Célestine reconoció en su mirada de dolor que la relación entre padre e hijo no había estado exenta de tensiones. Con un leve suspiro, el patrón sacó un pañuelo de la chaqueta y se dio unos golpecitos en los ojos con él.

—Ojalá supiera cómo unir mis esbozos anteriores en una colección completa. Dentro de ocho semanas tendrá lugar la muestra de estrenos y aún no están terminados los bocetos de los vestidos de día ni los trajes. Solo me queda poner todas mis esperanzas en que mi imaginación no me deje en la estacada, porque si no... —Las palabras siguientes fueron solo un murmullo confuso.

Hacia el mediodía, monsieur Dior llamó a la rue Royale y e indicó a través del mayordomo que no preparara el almuerzo, porque se quedaría en el atelier hasta última hora de la tarde y comería algo allí. Al día siguiente sucedió lo mismo.

Célestine observaba con preocupación cómo el jefe salía de casa por la mañana sin decir palabra ni saludar. Parecía estar en trance, apenas percibía el entorno. Saltaba a la vista que su estado de ánimo era delicado. La tristeza por la muerte de su padre había aumentado las dudas de si estaría a la altura de semejante tarea, y eso que justo en ese momento necesitaba todas sus fuerzas y energías. Al tercer día, Célestine hizo de tripas corazón y le habló con franqueza.

—¿Ayer dibujó nuevos esbozos?

Cansado, él negó con la cabeza y luego hizo un gesto de indiferencia con los hombros.

—He roto todo lo que he plasmado sobre el papel. —Su voz tenía un deje amargo, y siguió hablando como si quisiera autoinculparse—. El mundo no está esperando la moda de un tal Christian Dior, ni mucho menos. Lo peor es que estoy decepcionando a mis empleados, que dan lo mejor de sí mismos día a día.

Célestine temía una respuesta del estilo, pero había tramado un plan y esperaba que le saliera bien.

—Permítame una pregunta, monsieur Dior. ¿Cuál era el plato preferido de su padre?

—Chuleta de cerdo de Normandía con patatas gratinadas —contestó sin dudar. De pronto se detuvo. A continuación sonrió, al principio con vacilación, luego con seguridad—. Si no me equivoco, mademoiselle Dufour, ¿preparará ese plato para mí esta noche?

Célestine se alegró para sus adentros y asintió con ímpetu. Su plan había funcionado. Quería esforzarse al máximo para satisfacer a monsieur Dior con su cocina y que así pudiera continuar su trabajo con brío.

Cuando al día siguiente Célestine entró en el salón de la rue Royale, vio en la repisa de la chimenea un bloc de bocetos abierto. Reconoció la silueta de una mujer sin rostro con un vestido con el cuello redondo, la cintura estrecha y una falda acampanada. Pese a que la silueta solo estaba compuesta por unos cuantos trazos de lápiz, parecía que tenía movimiento y vida. Era maravilloso, como si estuviera a punto de saltar sobre un charco.

Célestine se acercó más a la chimenea y vio las finas sombras debajo de la cadera que insinuaban el efecto de la caída y un lazo sobre el hombro izquierdo. ¿O esos detalles eran fruto de su imaginación y en realidad solo se trataba de apenas una docena de líneas dibujabas con la mano suelta?

Retrocedió unos pasos y parpadeó. No, no se lo había inventado. El boceto era de un vestido que de lejos recordaba al de color gris azulado de su madre que llevó en su primer día de trabajo. Solo que en el dibujo, la cintura era más estrecha y la falda más abombada y larga.

Posó la mirada en un grácil adorno floral que había sobre la mesita auxiliar. Tiró de un tallo con unas campanillas de color violeta oscuro del jarrón y retrocedió otro paso. Luego estiró el brazo hacia delante y lo movió un poco arriba y abajo, de izquierda a derecha, hasta que una de las flores tapó el vestido del dibujo. Primero cerró el ojo izquierdo, luego el derecho, y se quedó anonadada. Los pétalos que colgaban coincidían exactamente con el contorno del vestido.

No había oído llegar al patrón, pero de pronto oyó su voz detrás de ella.

—Ayer, tras una deliciosa cena, trabajé hasta medianoche. Se me ocurrían ideas nuevas sin parar. ¿Le gusta el boceto, mademoiselle Dufour?

—Es fantástico. También he descubierto algo, mire. —Entusiasmada, le dio el tallo de la flor y observó emocionada cada uno de sus movimientos. Monsieur Dior también dio algunos pasos adelante y atrás, arrugó la frente y entornó los ojos. Luego se le iluminó la cara con una sonrisa que cada vez era más amplia y radiante.

—Llevo semanas llenando un bloc de dibujo tras otro, entre la esperanza y la inseguridad. Ahora me da usted un tallo floral y de pronto tomo conciencia de lo que me impulsa en realidad a idear todos esos vestidos, abrigos y trajes. Durante los años de guerra, las mujeres vivieron en la miseria y todas se privaron hasta de los lujos más modestos. Con mi moda quiero devolverles la belleza. Una belleza natural, pero que al mismo tiempo seduzca por su perfección, como la de una flor. —Observaba las flores que sujetaba en la mano con la mirada extática, como si fueran un raro tesoro.

A Célestine le latía con fuerza el corazón. Sabía que acababa de ser testigo de un momento especial. En cuestión de segundos, monsieur Dior parecía haberse convertido en otra persona. De pronto parecía joven, despreocupado y repleto de energía. Con una sonrisa, apretó el tallo floral contra el pecho y se inclinó un poco hacia ella.

—No se hace una idea de lo que su observación significa para mí, mademoiselle Dufour. Llamaré a mi primera colección línea Corolle, en honor a las campanillas. Solo usted y yo sabremos de dónde procede el nombre. ¿Guardamos nuestro secreto?

8

A Célestine le pareció que su jefe estaba inmerso en una auténtica embriaguez creativa. Nunca lo veía sin su bloc de dibujo y su lápiz. Las nuevas ideas llegaban sin tregua, y tenía que plasmarlas de inmediato sobre el papel.

Una semana antes de Nochebuena empezó a nevar. La ciudad se sumió bajo un tupido manto blanco. Los transeúntes caminaban por las aceras con paso firme, ataviados con abrigos gruesos y los cuellos alzados. Los niños echaban la cabeza hacia atrás y atrapaban los copos con la boca abierta. Célestine recordó las batallas de bolas de nieve con su hermano Pierre cuando eran pequeños. Sintió que la tristeza se apoderaba de ella.

Le dio vueltas y dudó durante un rato. No sabía si era sentimentalismo o un asomo de mala conciencia. Sin embargo, quería pasar las fiestas de Navidad en casa de sus padres, con su tío y su tía. Pese a que su tío juzgó con severidad su marcha, no debía mostrarse rencorosa. Con su visita quería agradecer a sus familiares lo que habían hecho por ella y por su madre durante los años anteriores.

Cuando llamaron a filas a su padre y poco después a su hermano en el verano de 1942 para luchar contra los alemanes, su madre perdió las ganas de vivir. Laurianne Dufour no se sentía en condiciones de llevar sola la tienda de sus difuntos padres. De no ser por Gustave, el hermano de su marido,

Laurianne habría tenido que vender el negocio. Gustave echaba una mano cuando se necesitaba la fuerza de un hombre, mientras su esposa, Madeleine, servía a los clientes y se ocupaba de la contabilidad al terminar la jornada.

Como no quería presentarse en Genêts sin avisar, Célestine fue a ver al panadero, el único de la calle que tenía conexión telefónica. Unos minutos después marcó el número por segunda vez y su tía cogió el teléfono con la respiración agitada por la carrera. Célestine oyó la alegría en la voz de Madeleine, pero también algo parecido a la resignación.

—¿Cómo estás? Entonces ¿has encontrado un trabajo? ¿Y tu jefe te trata bien? Qué alivio... sí, bueno, tu tío sigue enfadado porque te hayas ido. Nadie puede mencionar tu nombre en su presencia. Me encantaría volver a verte. Te echo de menos... Pero lo mejor será que te quedes en casa de tu amiga en París. Con nosotros no habrá ambiente navideño. Ya sabes lo irascible que puede ser Gustave...

Pese a la desilusión, Célestine sintió un extraño alivio. Así ganaba más distancia antes de regresar algún día al hogar. Sin duda, el tiempo curaría las heridas, las suyas y las de su tío. Prometió a Madeleine escribirle con frecuencia y mantenerla al corriente de su vida en París.

—En mi casa la Navidad será muy agradable —prometió Marie cuando Célestine le contó la llamada—. Yo también me quedaré en París. Ya sabes que para mis padres es como si hubiera muerto. ¿Qué te parece mi propuesta, *ma chère*? Tú cocinas y yo pongo la mesa y lavo los platos. Luego daremos un paseo por los Campos Elíseos y compraremos castañas calientes en un puesto callejero. Y celebraremos la Nochevieja en la cervecería Choupette. Madame Renard ha invitado a sus empleados y nos ha dicho que cada uno puede llevar a un acompañante.

—¡No solo somos amigas, también somos hijas de la fortuna! —Célestine agarró a Marie por la cadera redonda y blanda y dio una vuelta con ella entre risas.

Por la mañana quiso enviar a su familia como sorpresa navideña un paquetito con tabaco refinado y una caja de *madeleines*, esos dulces en forma de concha con el mismo nombre que su tía y por las que el gran escritor Marcel Proust había mostrado una predilección especial. Para Marie compró en la pequeña sombrerería de la place Vendôme una boina roja que conjuntaba a la perfección con su cabello negro y sus ojos oscuros. La encantadora madame Renard tendría que conformarse con un peine.

Un año lleno de penas y sorpresas llegaba a su fin. Era motivo suficiente para dejar atrás el pasado y mirar con esperanza hacia el futuro. Ilusionada, Célestine se preguntó qué sorpresas le depararía el nuevo año.

9

A principios de año Célestine acudió al departamento de contabilidad de la futura casa de modas de la avenue Montaigne para recibir su primer sueldo. De los ventanales que iban del techo al suelo del apartado palacete colgaban unas telas de fieltro oscuro. Intentó imaginar qué ocurría en el interior. Por los relatos de su jefe había deducido que todos los empleados trabajaban hasta la extenuación para terminar la colección a tiempo. Entre las costureras y bordadoras se producían en ocasiones gritos de histeria y crisis nerviosas. Todos esperaban con ansia el 12 de febrero, el día de la primera presentación.

¿La llevaría monsieur Dior al estreno? Le encantaría ver los diseños que hasta entonces conocía solo como bocetos a lápiz garabateados a toda prisa convertidos en creaciones completas de terciopelo, seda y satén. Sin duda, su jefe demostraría tener el mismo gusto selecto en sus vestidos y abrigos como en la decoración de su casa.

Cuando Célestine se vio con un fajo de billetes en la mano, al principio pensó que era un error. Monsieur Dior le pagó el doble de lo que ganaba en la administración municipal de Genêts. Sin embargo, el contable le aseguró que no le cabía duda de que se trataba del salario de mademoiselle Célestine Dufour. Ella no le había preguntado a su jefe por el importe de su sueldo, le habría resultado incómodo.

Antes de emprender el camino a casa compró media docena de macarons para Marie y para ella en la pastelería Ladureé; al fin y al cabo, tenían algo que celebrar. Además, sabía que su amiga no podía resistirse a los dulces.

Durante las semanas siguientes monsieur Dior fue solo un visitante fugaz en su propia casa. Pasaba la mayor parte del tiempo en las salas del atelier, y a Célestine no le habría sorprendido si le hubiera dicho que también dormía allí. Después, por fin llegó el gran día que todos esperaban con impaciencia.

10

Ferdinand, el portero, alto como un pino y vestido con un redingote gris oscuro y gorra de visera del mismo color, abrió las puertas del coche y esperó a que bajaran los ocupantes.

—*Bonjour, monsieur Dior; bonjour, mademoiselle.* —Tras una leve reverencia, señaló con evidente orgullo el edificio de color arenisca con el número 30, cuya entrada estaba cubierta por una marquesina de color crema. Parecía un guía turístico que llamara la atención sobre un monumento único—. *Voilà*, este es hoy el centro del mundo.

A Célestine le costaba respirar con el frío cortante. Metió las manos en los bolsillos del abrigo y siguió a su jefe. A la izquierda, junto a la entrada, aguardaban varias docenas de personas tras una cinta de separación. Monsieur Dior se hundió más el sombrero en la frente y se subió el cuello del abrigo, como si quisiera esconderse debajo. De repente se detuvo en la acera y miró alrededor en busca de ayuda. A Célestine le pareció que su jefe habría preferido volver corriendo al coche y dar instrucciones a Paul, su chófer, de llevarlo de inmediato a un lugar lejano y seguro.

Sin embargo, a continuación levantó la barbilla con ímpetu y se puso firme. En cuestión de un segundo mudó de semblante, como si se hubiera puesto una máscara, y le ofreció el brazo a Célestine con una sonrisa jovial.

—Vamos, mademoiselle Dufour, dejemos sorprendernos por cómo imagina un insignificante diseñador de moda llamado Dior a una mujer vestida con elegancia.

El portero abrió un ala de la puerta de entrada de madera y cristal y los dejó pasar. Una mujer alta con unos rizos cortos y oscuros se acercó a ellos presurosa y con las manos extendidas. Llevaba un vestido ceñido de seda negra y un collar de perlas largo de tres vueltas, con unos zapatos de terciopelo de tacón a juego.

—Tian, necesitamos muchas más sillas en el gran salón... ¿Esta preciosa chica que lo acompaña es una nueva maniquí?

—Permítame que les presente. Mademoiselle Dufour, mi nueva asistenta del hogar. Madame Suzanne Luling, la mejor directora de ventas del mundo.

Célestine notó un fuerte apretón de manos.

—¡Bienvenida a la familia! Pero ahora necesito arrebatarle a su jefe. Pase por la boutique, y llegará directamente a la escalera. Los ateliers se encuentran en el ático. Puede seguir desde ahí el desfile, aunque solo sea desde arriba.

La mujer hablaba alto, rápido y con firmeza. La ropa elegante no encajaba con su actitud desenvuelta, pensó Célestine. Habría imaginado a la directora de ventas con pantalones masculinos y una de esas camisas rojas resistentes al viento que llevaban los pescadores de Normandía para trabajar.

Cuando Célestine abrió la puerta de cristal con la ornamentación floral cincelada, creyó haberse trasladado a una tienda de accesorios de moda de una época muy anterior. Adondequiera que mirara había telas preciosas, como seda, satén y gasa transparente. Los maniquís llevaban *déshabillés* bordados y enaguas decoradas con encaje. Las vitrinas iluminadas con mimo rebosaban de ligas, cinturones, guantes y chales de los colores más vivos. En las estanterías, que llegaban hasta el techo, se amontonaban en un desorden aparente cajones y cajas de sombreros con la firma del dueño de la casa.

Las vendedoras susurraban sin alzar la voz, saludaban a las asombradas visitantes haciendo gestos silenciosos con la cabeza y colocaban jarrones de flores bien llenos en casi todas las superficies que quedaban libres. ¿Dónde podrían crecer en pleno invierno unas rosas tan majestuosas?, se admiró Célestine. A buen seguro se cultivaban en un invernadero y le habrían costado una fortuna al jefe.

En los peldaños de la escalera, Célestine tuvo que esquivar a varios trabajadores que iban en dirección contraria cargados con cubos de pintura y herramientas. Ignoró con gesto impasible los silbidos que le dedicaban los obreros. Cuando llegó a la primera planta, apareció ante ella otro mundo no menos fascinante. Vio un salón con las paredes y muebles de un blanco resplandeciente. Las alfombras y las cortinas, de un tono gris claro y un brillo mate, conjuntaban de un modo tan discreto como elegante. Los espejos, cuya forma recordaba a las ventanas de una iglesia, le daban a la sala un aire más generoso y amplio. Unas elegantes palmeras de maceta le daban un toque mediterráneo.

Unos obreros subidos a escaleras altas montaban arañas doradas en el techo y daban instrucciones a gritos. Sus órdenes quedaban acalladas por los golpes de martillo de varios trabajadores que atornillaban patas y respaldos de sillas, mientras otros hacían desaparecer el cable eléctrico detrás de los rodapiés y las cortinas. Unas empleadas vestidas de negro por completo llevaban jarrones con espuelas de caballero azules y arvejas de color rosa y los colocaban en las repisas de las chimeneas y columnas auxiliares.

Entre las filas de sillas colocadas muy juntas caminaba una joven que desprendía un perfume de bergamota, jazmín y madera de sándalo. Célestine no podía creer que dentro de menos de dos horas fuera a celebrarse allí un desfile de moda. Todo parecía improvisado y lejos de estar acabado.

Cuando la chica terminó, abrió una cortina blanca a un lado y desapareció. Célestine posó la mirada en una puerta abierta y una sala estrecha y alargada. Varias jóvenes estaban sentadas delante de espejos de maquillaje; algunas se empolvaban la cara, otras se ponían pintalabios. Debía de tratarse del vestidor de las maniquís. Unas chicas con bata blanca metían percheros tapados con pañuelos en el guardarropa. Las siguieron otros ayudantes que llevaban delante torres de cajas de sombreros y zapatos. Luego se cerró la puerta.

Célestine subió ilusionada piso a piso. No sabía qué más la esperaba en ese sitio de lujo y belleza, pero imaginaba que el día le deparaba muchas más sorpresas que todos los demás desde su llegada a París. Cuando llegó a la planta superior vio a un grupo de chicos y chicas jóvenes, más o menos de la misma edad, enfrente. Todos llevaban batas blancas de trabajo, guantes blancos de algodón y en la muñeca un brazalete con un cojín lleno de alfileres. Del pecho les colgaban unos bolsitos con tijeras y cintas métricas. Algunos estaban ocupados desdoblando con cuidado un velo de novia con rosas bordadas que medía varios metros de largo.

—Jeannette y Michel, llevadle el velo a madame Albertine. Tiene que volver a plancharlo con vapor. ¡Y que no me la encuentre yo! —oyó Célestine desde algún sitio. Era una voz baja pero penetrante. Luego pareció que el tul vaporoso descendía flotando la escalera.

Alguien le dio un golpecito en la manga.

—Seguro que eres Monique, la nueva del atelier. ¡Ten, ponte una bata! A la jefa no le gusta que nadie entre en el taller con ropa de calle. Me llamo Amélie. Los aprendices nos tuteamos. —Una chica mofletuda y con los ojos azules brillantes y la nariz respingona le tendió la mano.

—Célestine, pero no soy... —Sin embargo, antes de que pudiera evitarlo ya llevaba una bata en lugar de su abrigo de invierno. Sonrió para sus adentros. Madame Luling la había confundido con una maniquí, y ahora se convertía en una costurera en ciernes. Siguió a Amélie por una sala ancha y alta. Unas mesas amplias rebosaban telas, en los antepechos de las ventanas se amontonaban patrones de corte y al lado se acumulaban cajas con bobinas de hilo y tijeras de distintos tamaños.

Célestine solo vio una máquina de coser, una Singer con pedal, como las que conocía de su casa en Genêts. ¿Acaso en el atelier se cosían a mano los vestidos y los abrigos, siguiendo la antigua tradición? Entonces cada prenda requería días, si no semanas, de trabajo. ¿Qué clientas podían permitirse semejante extravagancia? Seguro que Célestine pronto averiguaría más sobre las peculiaridades del oficio de la moda.

Cuatro aprendizas con las manos enguantadas cogían con cautela los vestidos de noche de los maniquís y los colocaban en una percha acolchada. Al ver el vestido, Célestine se quedó sin aliento. Jamás había visto una tela tan opulenta. No pudo más que admirar la parte superior ceñida, la cintura de avispa y la falda acampanada que llegaba hasta la pantorrilla.

«Un vestido debe ser recio y práctico, y tiene que abrigar», era el lema de su tía Madeleine. Desde que existía el racionamiento del tejido, siempre había sido muy prudente y procuraba ahorrar material, modificar lo antiguo y reparar una y otra vez. Con la cantidad de metros de tela georgette o tricote que se usaba para un solo modelo de monsieur Dior, seguro que Madeleine habría cosido como mínimo media docena de vestidos.

En el atelier reinaban la tensión y la concentración. Todos hablaban con el semblante serio y en susurros. A Célestine le recordaba al ambiente antes de los exámenes finales en el colegio. De pronto, Amélie metió la mano debajo de un trozo de papel de seda y sacó algo de terciopelo.

—Cielo santo, el cinturón para el conjunto de seda de color azul marino... ¡Corre, Célestine! Ve por la escalera que hay al final del pasillo, es el camino más corto hasta el vestuario. Solo tienes que decir: «Para Lucile, veintisiete».

Con el corazón acelerado, Célestine siguió la extraña orden de Amélie y bajó a toda prisa los escalones que llevaban al vestuario de las maniquís. La puerta lacada blanca se abrió en cuanto la golpeó. Significara lo que significase «Para Lucile, veintisiete», era evidente que estaban esperando esa contraseña. Una mano cogió el cinturón a toda prisa. El rostro anguloso de una mujer de mediana edad con unas gafas doradas ovaladas apareció en el marco de la puerta, y Célestine recibió una mirada de reproche.

—¿Qué pasa? ¿Dónde está el sombrero cloche?

Célestine ya iba a volver corriendo cuando apareció a su lado una aprendiza con la cara picada y el pelo castaño cortado a cepillo y metió una caja de sombrero en el vestidor.

—Para Tania, dieciocho —susurró, luego cerró la puerta.

—No hay suficientes sillas. Algunos invitados tendrán que sentarse en la escalera —le murmuró la aprendiza a Célestine, y señaló la cortina del gran salón, tras la cual se oía el griterío de los invitados.

Volvieron juntas al atelier. De repente, Célestine sintió la misma impaciencia nerviosa que se reflejaba en el rostro de la aprendiza. Como si obedecieran a una señal secreta, todas entraron al mismo tiempo en el rellano de la escalera y se inclinaron sobre la barandilla. Espiaban esperanzadas en las profundidades, observaban las cabezas de los invitados, que habían tomado asiento en los escalones del gran salón.

Desde abajo se oyó primero la voz de madame Luling, que daba la bienvenida a los invitados en nombre del dueño de la casa, y luego la de una presentadora:

—Número uno. *Number one. Longchamps.*

—Allá vamos —susurró Amélie, que apretó emocionada el brazo de Célestine. Sin embargo, la maniquí tardó un rato en llegar al campo de visión de la aprendiza, y aun así se veía poco más que un sombrero y un brazo estirado con un guante.

—Número dos. *Number two. Doris* —anunció la presentadora, y así se sucedieron un modelo tras otro. Desde arriba, en la galería, a veces se veía una falda acampanada, otras solo un contorno. Comentaban entre susurros cada salida.

—Ese es mi traje. Yo he cosido los botones de la chaqueta.

—Hemos gastado diecinueve metros de tela para ese traje Bar. ¿No es maravilloso cómo combinan la falda negra y la chaqueta de color crema?

—¿Por qué lleva Tania mi vestido? Tenía que presentarlo Marie-Thérèse.

—Yolanda es la que tiene los andares más elegantes.

—Solo hace dos horas que las bordadoras terminaron la última flor de ese vestido de tarde.

El humo del tabaco ascendía desde los escalones del gran salón hasta la galería. De pronto, un murmullo recorrió las filas del público.

—¿Lo habéis oído? ¿Qué significa eso? —preguntó uno de los aprendices, receloso, y se inclinó sobre la barandilla con un ímpetu peligroso. Señaló con el dedo índice hacia abajo, alterado—. Ahí, veo a Noëlle... *Mon Dieu*, es el vestido de cóctel de color rosa: al público no le ha gustado.

—¡Pero si ese vestido es como un sueño! Seguro que solo están conmovidos —intentó calmarlo Amélie. Sin embargo, saltaba a la vista que la inquietud y la congoja se habían apoderado de todos los aprendices. Con cada modelo que se anunciaba, su ánimo oscilaba entre la esperanza y el miedo.

Célestine no habría sabido decir cuánto tiempo aguantó en la galería. Estaba atrapada por los misteriosos acontecimientos que se sucedían abajo, en el salón. De pronto notó que los que la rodeaban contenían la respiración. «Número noventa y tres, vestido de novia», susurró alguien. Sin embargo, antes de que se viera un pedacito de gasa blanca en la escalera, arrancó una ovación que no parecía tener fin. Sonaron gritos de «¡Bravo!», y los invitados se levantaron de un salto en los escalones y aplaudieron de pie.

Los aprendices observaban incrédulos. Luego liberaron

toda la tensión. Se echaron a reír, soltaron gritos de alegría y lloraron de felicidad. Célestine se dejó llevar encantada por el arrebato de entusiasmo, abrazó a desconocidos y recibió también abrazos.

De pronto, madame Luling se presentó exultante en la galería con dos grandes botellas en las manos.

—¡Lo hemos conseguido! ¡El público está totalmente entusiasmado! El jefe está orgulloso de vosotros. Aquí tenéis, champán para todos.

Llenaron las copas y las repartieron, brindando y hablando todos a la vez. Célestine disfrutó del ambiente electrizante y de ese peculiar picor en la lengua. Esperaba tolerar bien el champán, porque quería recordar hasta el último segundo de esa impresionante mañana. Solo tres meses antes había dejado su pueblo natal en Normandía y ahora formaba parte de un mundo que ni siquiera en sueños habría imaginado. El destino la había tratado bien.

Amélie debió de irse en algún momento sin que nadie se diera cuenta, porque de pronto subió la escalera con las mejillas encendidas. Casi se quedó sin voz de los nervios.

—¡*Mes amis*, he ido a espiar un poco ahí abajo! ¡Solo se oyen muestras de alegría y entusiasmo por todas partes! La begum se encuentra entre los invitados de honor, y también la actriz estadounidense Rita Hayworth. Imaginaos lo que le ha dicho al jefe Carmel Snow, la temida redactora de *Harper's Bazaar*: «*My dear Christian, your dresses have such a new look*».

La aprendiza con el pelo cortado a cepillo esbozó una media sonrisa y se encogió de hombros, aburrida.

—Impresionante, pero... ¿sabes qué significa?

—Claro, mi madre es inglesa. Carmel Snow ha dicho: «Sus vestidos tienen un aspecto muy nuevo». No, no es cierto. Quiere decir que los vestidos tienen algo que... no, eso tampoco. Ya lo sé. Nuestro jefe ha creado algo revolucionario, y no se puede describir de otra manera que... «¡New Look!»

11

En cuanto Célestine dejó el abrigo y la bufanda en la buhardilla de Marie, tuvo que contarle a su amiga con todo lujo de detalles lo sucedido en la avenue Montaigne. Los vestidos, el ambiente y los invitados.

—¿Y de verdad has visto a Rita Hayworth? La conozco de la pantalla. La llaman la diosa del amor del cine. Es realmente maravillosa, ojalá yo tuviera su cabellera rizada —confesó Marie, y tiró por encima de la frente de un mechón de pelo oscuro y liso que llevaba recogido en un moño suelto en la nuca.

—Bueno, no la he visto directamente —contestó Célestine—, pero las maniquís contaron que había seguido la presentación con mucha atención y había encargado que le enviaran al hotel Ritz varios vestidos de tarde y de cóctel para poder probárselos con calma.

—¡Qué emocionante! Me habría encantado estar allí. Aunque no estoy hecha para trabajar en una casa de costura. Ni siquiera sé coser un botón, por no hablar de bordar. Y está claro que soy demasiado baja y tengo demasiadas curvas para ser maniquí...

—¡Claro que no! Estás perfecta tal y como eres. —Célestine agarró a su amiga por la cintura y le dio un beso en la mejilla.

—Y tampoco me gustaría ser dependienta y atender a mujeres engreídas. —Marie se sujetó la nariz con el pulgar y el dedo índice e imitó la voz entre dientes de una clienta imaginaria—. Pero no, mademoiselle, el color me hace parecer demasiado pálida. Y el pliegue de la cadera se desvía demasiado de mi cintura estrecha... *Mon Dieu*, ¿qué es ese plisado debajo de la barbilla? El cuello de un vestido siempre debe ser liso, y la pulcritud resaltar la tez de una dama.

Célestine se apartó a un lado del espejo ovalado del armario y se pasó la mano por el hombro con un gesto afectado.

—Quiero justo este vestido de cóctel, pero en satén, no en tafetán. Además, en amarillo en lugar de verde. El dobladillo dos centímetros y medio más largo, y con una faja con un bordado de perlas —continuó Célestine con la conversación de tienda, dando vueltas con su amiga entre risas.

Marie le dio un golpecito en la nariz con el dedo índice y esbozó una sonrisa pícara.

—Dime, *ma chère*, ¿qué tipo de hombre se pierde en una casa de moda? O un marido o un amante que financia la ropa cara de su compañera. En otras palabras: lamentablemente, ese tipo de hombre no es candidato al matrimonio. En mi cervecería tengo mejores opciones, ahí entran tipos de verdad.

Monsieur Dior se dio unos golpecitos en la boca con la servilleta de damasco bordada. Parecía muy satisfecho.

—Su pularda con champiñones es un poema, mademoiselle Dufour.

A Célestine se le encendieron las mejillas de orgullo con el halago. Charles, el mayordomo, se había ido a Bretaña a la boda de su sobrina, así que ella había asumido la tarea de servir al jefe tanto el desayuno como la cena en el pequeño salón del área privada.

Sin embargo, acto seguido le pareció ver un gesto melancólico en la comisura de los labios de su patrón.

—Hace días que en todo París no se habla de otra cosa que de su maravillosa colección, monsieur Dior. Su nombre figura en los titulares de todos los grandes periódicos.

Su pequeña maniobra de distracción surtió efecto, porque acto seguido se le iluminó el rostro.

—Aún me parece que estoy soñando. Jamás habría imaginado que vendría tanta gente. Pero justo por eso no me resulta fácil. Las expectativas son altas. Incluso muy altas. Las damas esperan una colección nueva dentro de poco, igual que la prensa. Cargo con la responsabilidad de mis empleados... Así que, mal que bien, tendré que continuar interpretando el papel del modisto Dior —concluyó con un profundo suspiro, y se volvió hacia la mesita de noche, hacia un recipiente de compota de manzana que Célestine había preparado según una receta de su tía Madeleine con pasas y canela.

El trabajo cotidiano en la rue Royale había cambiado desde la presentación. Antes de entrar a primera hora en la casa del número 10, Célestine compraba en el quiosco de la acera de enfrente un ejemplar de los tres principales periódicos del país. Además de prensa, en la tiendecita se vendían también postales, sellos, cigarrillos y algunas bebidas alcohólicas. El propietario de la minúscula tienda, un hombre flaco de cara redonda al que le faltaba un incisivo, saludó a Célestine por su nombre desde el segundo día. Monsieur Martin nunca olvidaba dedicarle un cumplido sobre sus brillantes ojos verdes, el cabello de color cobre o su sonrisa juvenil.

Célestine aceptaba las lisonjas con una encantadora sonrisa porque sabía que el anciano no tenía intenciones deshonestas y solo pretendía ser amable.

Durante el desayuno, monsieur Dior estudiaba los periódicos y marcaba los artículos donde se mencionaba su nombre. Más tarde Célestine recortaba las noticias y las archivaba en una carpeta. El jefe quería así asentar las bases de un futuro archivo de prensa.

Al cabo de tres días Charles regresó de su viaje y se dedicó con gran esmero al trabajo. Sin duda, temía que el jefe hubiera tenido que soportar privaciones en su ausencia. Entre las funciones del mayordomo se encontraba también coser los botones de las camisas, cepillar y airear la ropa, llevar trajes, corbatas y camisas a la tintorería, limpiar los zapatos y supervisar las provisiones de vino y tabaco.

El propio jefe le había explicado a Célestine su cometido. A ella, Charles solía limitarse a decirle «buenos días, mademoiselle Dufour» o «adiós, mademoiselle Dufour». Si tenía el día parlanchín, quizá añadía: «Con este frío se les hiela la sangre en las venas hasta a los gorriones de París. ¿No le parece, mademoiselle?».

El mayordomo jamás esperaba una respuesta, sino que acto seguido se perdía de nuevo en su reino.

El joven cartero del bigote, en cambio, siempre intentaba entablar conversación con Célestine. Sin embargo, ella seguía mostrando sus reservas, aceptaba el correo con una sonrisa amable y fingía tener trabajo inaplazable. En su fuero interno le hacían gracia los argumentos con los que Dominique, como se le había presentado, intentaba embaucarla. Un día la invitaba a una copa de vino después del trabajo, otro a una escapada con su escúter, otro de pronto le entregaba un poema compuesto por él... o al menos eso decía. A Célestine los versos le resultaban extrañamente familiares, aunque no sabría decir si en efecto había leído esas líneas en algún sitio.

Procedieran los versos de la pluma del cartero o de un poeta importante, Célestine no quería de ningún modo coquetear con ese joven ni con ningún otro. No quería comprometerse con nadie ni dar falsas esperanzas, ahora que acababa de empezar a decidir por ella misma sobre su vida. Le gustaba mucho tal y como estaba.

—Si hoy va a Lachaume, pregúntele a madame Petit si puede encargar para la semana que viene tulipanes de color burdeos —le pidió el jefe una mañana.

Para Célestine, una visita a la floristería más famosa de la ciudad siempre era una ocasión especial. El interior de la tienda rebosaba de flores aromáticas de vivos colores, cultivadas en su mayoría en invernaderos del sur del país. Plantas de hojas trepadoras y formas extravagantes y una fuente iluminada rodeada de flamencos de bronce convertían el lugar en un deleite para los ojos.

Le encantaba hablar del negocio con la florista, con qué flores, hierbas y hojas debía decorar los jarrones de la rue Royale, si los ramos debían ser circulares, planos o en forma de pirámide y qué combinaciones de colores eran más adecuadas para cada estancia. Todos los jueves, un empleado entregaba los nuevos centros de mesa, y Célestine siempre quedaba fascinada con el encanto que un ramo de flores creado por una mano experta podía trasmitir.

12

Célestine prefería recorrer a pie el camino entre la casa de Marie y su lugar de trabajo en la rue Royale. Aunque ganara lo suficiente como para permitirse un billete en autobús, el gasto le parecía un despilfarro. Se gastaría el dinero que ahorrara en cosas más importantes, como un cepillo nuevo o unos guantes de lana. Así, dos veces al día se unía a la corriente de transeúntes que caminaba por la rue d'Amsterdam. Cada uno a su ritmo.

Por un lado estaban los parisinos que se dirigían a los grandes centros comerciales del boulevard Haussmann y los turistas extranjeros. Paseaban con parsimonia, se paraban delante de los escaparates, tenían todo el tiempo del mundo. Por otro lado, estaban los hombres y las mujeres de camino al trabajo o a casa. Avanzaban presurosos, esprintaban y miraban con insistencia al suelo, como si lo que ocurriera alrededor no les interesara lo más mínimo.

Entre el incesante chirrido de los neumáticos y el petardeo de las motocicletas se mezclaban los pitidos de las locomotoras que resonaban desde la cercana estación de Saint-Lazare. Esos sonidos sonaban a música a oídos de Célestine. El invierno aún tenía agarrada a la ciudad con firmeza, pero los días eran notablemente más largos y pronto haría más calor. Esperaba con gran impaciencia y curiosidad su primera primavera en París.

Cuando estaba a punto de girar el interruptor de la luz en la escalera para subir corriendo a casa de Marie oyó unas voces a su espalda. Se volvió y reconoció a su amiga en la penumbra. Estaba en el patio trasero, bajo el arco de un portal, abrazada a un chico que llevaba una chaqueta de piel y una gorra ancha con visera. Los dos se reían y se besaban, traviesos.

—¿Por qué no me dejas subir? —la apremió el chico.

—Ya te lo he explicado, Jérôme. Mi amiga vive conmigo, y puede volver del trabajo en cualquier momento.

—Como si en París no hubiera habitaciones amuebladas para chicas solteras. *Chérie*, quiero estar a solas contigo de una vez sin que nos molesten y... —El resto acabó en un murmullo incomprensible.

La respuesta de Marie sonó severa y decidida.

—Célestine es nueva en la ciudad, y vivirá conmigo mientras lo considere necesario. Tú y yo hace solo una semana que nos conocemos. ¿Qué te parece si me llevas por una vez a un buen restaurante, *mon ami*? Con una buena carta podemos charlar sin que nos molesten de las cosas importantes de la vida.

Célestine subió la escalera en silencio y no mencionó la escena del patio trasero cuando Marie la siguió, aunque a Célestine se le enturbió el ánimo. Marie buscaba y mantenía amistades masculinas, y ella era la amiga que se interponía en su camino. Necesitaba una casa propia lo antes posible.

Durante la cena, Célestine expuso su plan.

—Ya me he aprovechado suficiente de tu hospitalidad —dijo—. A partir de mañana miraré los anuncios clasificados. Preferiría un alojamiento en el octavo distrito, donde seguro que puedo encontrar una vivienda decente con baño propio. Hay muchas tiendecitas en las que encontrar todo lo necesario, y no está lejos de la orilla del Sena y el Jardín de las Tullerías. No tardaría mucho en llegar al trabajo desde allí.

—Tómate tu tiempo —farfulló Marie embelesada mientras se deleitaba en el macaron de vainilla que había comprado Célestine y que se le deshacía en la boca—. Desde que vives conmigo y compartimos el alquiler me queda más dinero para medias y ropa interior bonita. Y si encima me mimas con estas delicias... —Marie cogió un macaron de pistacho con un brillo en los ojos y mordisqueó con devoción ese dulce ligero.

Célestine estudió los anuncios de pisos durante una semana, pero o bien los alojamientos eran muy caros, o muy grandes, o buscaban explícitamente hombres como inquilinos. A principios de marzo, cuando empezó el deshielo, una mañana de camino al trabajo Célestine acabó sin querer bajo un intenso aguacero. Se enfadó por no llevar paraguas. Cuando monsieur Dior la vio con el cabello mojado y la ropa empapada en el salón, ordenó al mayordomo que le llevara una toalla para secarse.

—Parece que haya recorrido un largo camino a pie. ¿Aún vive en casa de su amiga en Montmartre? —preguntó. A Célestine le admiró que su jefe recordara después de semanas un comentario que hizo un día por casualidad.

—Sí, monsieur Dior, pero estoy buscando mi propia casa. Preferiría una por aquí, en los alrededores.

Su jefe comprobó con una mano la situación de la corbata de color gris azulado, que contrastaba a la perfección con el traje azul marino, y luego se aclaró la garganta.

—A lo mejor no hace falta que siga buscando, mademoiselle Dufour. En esta casa hay una pequeña vivienda entre la planta baja y el primer piso que ocupó durante varias décadas la viuda de un zapatero. Cuando la señora falleció en octubre, alquilé las habitaciones. Por aquel entonces buscaba un almacén de telas, pero últimamente el piso se me está quedando pequeño, así que trasladé el almacén a la avenue Montaigne.

A Célestine le dio un vuelco el corazón. De esa forma no tendría que recorrer largos trayectos por la ciudad, ya estaría a unos pasos de su puesto de trabajo.

—Eso sería... maravilloso. Siempre que el alquiler no sea muy alto —añadió después, vacilante.

—Ya encontraremos una solución entre los dos —la tranquilizó su jefe—. Charles le enseñará la vivienda. Si es de su gusto, puede mudarse mañana mismo.

La vivienda vacía del entresuelo estaba formada por una sala rectangular con tres ventanas a media altura que daban a la rue Royale. Cuando Célestine abrió la ventana y se asomó un poco, vio a la derecha la iglesia de la Madeleine y, a la izquierda, el obelisco de la place de la Concorde. Estaba decorada con muebles sencillos cubiertos por un barniz oscuro, parecidos a los que había en casa de sus padres en Genêts. Entre esas cuatro paredes estaba todo lo necesario para vivir: una cama, un sofá, un armario ropero, un aparador, una mesa con dos sillas, además de una cocina y un fregadero. Al entrar en el minúsculo baño con paredes de color ocre Célestine sintió una gran felicidad. A partir de entonces no solo tendría lavabo propio, sino también bañera.

Echó un vistazo al aparador y vio que incluso había vajilla, cubiertos, vasos, ollas y sartenes. Aunque a algunas tazas les faltara el asa, varios platos estuvieran dañados y las ollas abolladas, podía utilizar los utensilios y no necesitaba asumir gastos adicionales. Solo tenía que airear bien la habitación, limpiar los suelos, las ventanas y los armarios. Lo primero que compraría con sus ahorros sería un colchón y ropa de cama. Más adelante buscaría cortinas nuevas y cojines para el sofá con un estampado bonito para estar más cómoda.

—Eres realmente afortunada —afirmó Marie, sin el más mínimo rastro de envidia en la voz.

Célestine asintió. Desde que había llegado a París, la suerte estaba de su parte. Esa misma noche escribió unas líneas a su tía. Ella nunca recibía correo de Genêts, porque a Madeleine no le gustaba escribir cartas, pero sabía que su tía se alegraba siempre que recibía noticias suyas y la hacía partícipe de su vida en París.

Célestine pasó dos tardes frotando todas las superficies de su nuevo hogar. Cuando terminó, hizo las maletas y se despidió con un cariñoso abrazo de Marie, a la que de pronto se le empañaron los ojos.

—Es una lástima que te mudes —murmuró su amiga, que sacó un pañuelo de la manga al tiempo que se sorbía los mocos y se sonaba la nariz con fuerza.

—Pero seguiré en París. Vendré de visita, tú me visitarás a mí y, cuando las dos tengamos el día libre, haremos algo bonito juntas —le aseguró Célestine en un intento por consolarla. Luego le dio un beso en la piel rosada y suave de la mejilla.

Marie se esforzó por sonreír.

—Tienes razón. Por cierto, esta noche me han invitado a cenar. Se llama Jérôme, es guapísimo y le gustan las mujeres con curvas como yo.

—Te deseo mucha suerte. ¡Hasta pronto!

De repente, a Célestine le entraron las prisas por llegar a la rue Royale. Cuando cerró la puerta de la vivienda del entresuelo y dejó la maleta junto a la cama recién hecha, estiró los brazos como si quisiera abrazar las paredes y cada mueble por separado. Estaba en París, tenía un trabajo que la hacía feliz y ahora también casa propia. Por tanto, podía afirmar con toda la razón que era independiente.

¿Qué más podría soñar en ese momento?

13

Célestine sentía un placer especial al cocinar para monsieur Dior platos que le recordaban a su infancia feliz en Normandía. Se ponía un delantal blanco recién almidonado en la cocina, sazonaba un guiso con nuez moscada recién molida o clavo, vertía un chorrito de vino blanco en la salsa, decoraba el plato terminado con algunas hojas de perejil o unas finísimas rodajas de limón. Sin embargo, algunos días el jefe volvía a salir de casa después de comer porque había quedado con unos amigos o socios en un restaurante. Para Célestine era un misterio cómo podía su jefe engullir un solo bocado más después de las enormes raciones que le preparaba ella. Por lo visto tenía buen apetito.

Una mañana, cuando Célestine le llevó la prensa matutina como de costumbre, el jefe le cogió la mano y la sostuvo así un momento.

—Ya no puedo imaginar cómo era la vida en la rue Royale sin usted. Por fin vuelvo a saber lo que es tener un hogar.

Célestine notó que se le encendían las mejillas, como siempre que su jefe le dedicaba un halago. De pronto él entornó los ojos y la observó con un interés que ella no supo interpretar bien. Hablaba despacio y en tono reflexivo; era evidente que buscaba las palabras adecuadas.

—Hace un trimestre que trabaja para Christian Dior, la

persona. Sin duda tiene usted una fantástica figura, así que me pregunto si le gustaría llevar un vestido hecho en nuestro atelier?

¿Lo había entendido bien? A Célestine se le aceleró el corazón.

—Para mí sería un honor —contestó ella, sorprendida y sin aliento.

—No todos mis diseños entraron en la colección. Algunos vestidos están sin terminar, en otros no me gustó la ejecución o la tela. Cuando vaya a la avenue Montaigne, pregunte en el atelier de madame Monique qué aprendiza sería la adecuada para ajustarle un traje de día del fondo de devoluciones. Además, tendría la ventaja de que una modista en ciernes con talento podría hacer pruebas y adquirir experiencia.

—Pero, monsieur Dior, no puedo... quiero decir, ¿cómo voy a...? —tartamudeó Célestine. Ahora era ella la que buscaba las palabras adecuadas.

—Por supuesto, el vestido no le costará nada. Considérelo una especie de uniforme de trabajo, y de eso me encargo yo.

¿Es que ese hombre le leía los pensamientos? Célestine respiró aliviada. La propuesta siguiente le hizo olvidar cualquier rastro de vergüenza.

—El pastel de almendra de ayer estaba delicioso. ¿Podría hacerlo otra vez para el fin de semana? Me han invitado a ir a casa de un viejo amigo del colegio y no imagino un regalo mejor como invitado.

Al entrar en el establecimiento comercial de la avenue Montaigne, Célestine sucumbió de nuevo al peculiar encanto que desprendían los tejidos de seda, los colores estridentes y el dulce y penetrante aroma a bergamota, jazmín y madera de sándalo. Cuando vivía en Normandía contemplaba con asombro y de lejos a los veraneantes parisinos; a diferencia de su madre apenas le interesaba la ropa o la moda, y ni en sueños habría imaginado que eso podría cambiar algún día.

Subió ilusionada a la planta superior, donde se encontraba el atelier. Las costureras estaban sentadas, tranquilas y concentradas en sus mesas. También había algunos chicos jóvenes con batas blancas que cortaban telas de forro, cosían botones en chaquetas de traje o añadían encaje a un escote. Todo era muy distinto del día del desfile de presentación, cuando la actividad allí era frenética. Algunas aprendizas levantaron la vista un momento y saludaron en silencio con un gesto de la cabeza. Las otras estaban tan absortas en su trabajo que ni siquiera advirtieron la presencia de la visita. Una mujer pecosa de unos treinta años con un flequillo de color caoba hasta las cejas se acercó a Célestine.

—Usted debe de ser mademoiselle Dufour. El jefe me avisó de que vendría. Soy madame Monique. Amélie se ocupará de usted.

Empujó a Célestine con suavidad pero con decisión hacia la puerta. En efecto, la Amélie que ya conocía la agarró del brazo y caminó con ella hasta el final del pasillo.

—Me alegro de volver a verte. ¿Qué te parece que mi primer ajuste de un vestido sea para ti? Por aquí delante se va a la sala de devoluciones y vestidos incompletos, como la llamamos nosotros.

Amélie activó el interruptor de la luz y entró en una sala sin ventanas. En tres de las paredes había unas barras metálicas colgadas a la altura de los ojos. Vio vestidos y abrigos de distintos colores y tejidos en perchas acolchadas. Célestine deseó poder tocar todos los vestidos para sentir la suavidad de esas telas nobles en la yema de los dedos.

—El jefe ha dicho que te lleves un vestido de día. He escogido uno que en mi opinión queda perfecto con tu cabello de color cobre y los ojos verdes. ¿Te gusta? —Amélie, muy resuelta, hizo aparecer como por arte de magia un vestido sin terminar de color jade con mangas de tres cuartos.

—Es... fantástico —susurró Célestine. Se quitó su ropa a toda prisa y se puso ese sueño de georgette delicadísimo.

Amélie retrocedió algunos pasos y rodeó a Célestine mientras la analizaba con la mirada.

—Es tu talla, pero hay que acortar un palmo la falda. Y el cuello ancho parece demasiado grande. Propongo un cuello vuelto estrecho. Y para que puedas ponértelo y quitártelo sin ayuda, cerramos la costura de la espalda y ponemos botones forrados de terciopelo en la parte delantera. Quitaremos las enaguas reforzadas, así la tela caerá más suelta y podrás sentarte con mayor comodidad.

Célestine aguantó la verborrea de Amélie mientras le cogía el dobladillo y marcaba con un hilo la longitud y la anchura del cuello, así como los ojales.

Una semana después, Célestine recibió una llamada del atelier para avisarle de que ya podía ir a probarse el vestido a la avenue Montaigne. Gritó de júbilo cuando se vio en el espejo. Dio varias vueltas sobre sí misma y levantó y bajó los brazos. Nada le apretaba ni le pellizcaba, la sensación de ligereza de la tela era maravillosa sobre la piel y favorecía su silueta. Le dio un abrazo a Amélie, loca de alegría.

—¡Me queda perfecto! Me siento como si fuera otra persona.

Amélie aceptó el halago con una sonrisa feliz.

—Con los hombros redondos, la cintura estrecha y la falda ancha, el vestido encaja muy bien en la línea Corolle del jefe. Pero como hemos quitado las rígidas enaguas, parece una versión deportiva del New Look.

—Eres una auténtica artista, Amélie. Entiendo perfectamente por qué monsieur Dior siempre habla con orgullo de sus empleados.

Célestine recordó con una media sonrisa cómo el modisto tiró de las campanillas del ramo de flores y dio con el nombre de su primera colección. Sin embargo, eso sería para siempre un secreto entre ella y el jefe.

—Aún me queda mucho por aprender —repuso Amélie con modestia—. Monsieur Dior es una persona muy generosa, pero también puede ser severo. No le gustan nada los pequeños errores. Y si ordena que hay que modificar un corte o separar una costura, a veces también caen lágrimas en el atelier.

Célestine sacudió la cabeza, perpleja. Hasta entonces solo había conocido la versión apacible y encantadora del jefe. Sin embargo, quizá Christian Dior era otra persona como modisto y jefe de docenas de empleados.

De camino a la planta baja se encontró en la escalera con madame Luling. La directora de ventas llevaba un pesado collar dorado con un colgante de un ancla, a juego con el vestido de seda negro. Célestine supuso que se trataba de un guiño a su ciudad natal de la costa normanda. Se había enterado por Amélie de que el jefe y madame Luling se habían criado en la misma ciudad y eran amigos de la infancia. Por eso la directora de ventas podía dirigirse a él en confianza por el apodo «Tian».

—Ah, mademoiselle Dufour. Venga conmigo a mi despacho, tiene que conocer sin falta al trío creativo de la casa Dior... *Mes amies*, esta es mademoiselle Célestine Dufour, el ángel de la rue Royale —la presentó madame Luling.

En la sala minúscula del entresuelo, justo encima de la entrada, había tres mujeres de mediana edad sentadas muy juntas en un sofá. Madame Mitzah Bricard, amiga del jefe desde hacía muchos años, había adoptado el papel de musa. Su opinión era siempre infalible, según había deducido Célestine de los comentarios de su jefe sobre esa empleada tan especial. Madame Bricard llevaba un collar de perlas de tres vueltas, además de un sombrero de piel de leopardo con un velo negro que le llegaba por encima de los ojos. Su sonrisa tenía un aire misterioso, todo su aspecto irradiaba estilo y elegancia. Era, según explicó madame Luling, la asesora artística del jefe.

A su lado estaba sentada madame Raymonde Zehnacker. Monsieur Dior había conocido a esa mujer de brillantes ojos azules y sonrisa agradable durante la época en que fue diseñador de moda con Lucien Lelong y le había tomado aprecio. Como confidente personal, siempre estaba a su lado y conocía sus deseos antes de que él los expresara en voz alta.

La tercera era madame Marguerite Carré. Compartía con el jefe su pasión por el oficio y un afán irremediable por alcanzar la perfección. Su misión era convertir los bocetos del creador de moda en vestidos terminados. El modisto había conocido a la antigua diseñadora en la casa de modas Patou y había inventado para ella el puesto de directora técnica, responsable de todo el atelier.

Al poco tiempo las cinco mujeres estaban enfrascadas en una animada conversación. Comentaban acciones y planes que Célestine conocía gracias a la lectura de la prensa matutina, temas que el modisto Dior dejaba en la puerta de la rue Royale antes de entrar en su reino privado.

Todas coincidieron en que las maniquís de la casa Dior tenían que ser las más conocidas del país. Recorrían toda la ciudad, donde los grandes fotógrafos nacionales e internacionales escenificaban el New Look: en la orilla del Sena, delante del Louvre, junto al Arco de Triunfo o al pie de la torre Eiffel. Un cuarto atelier con más costureras se pondría en marcha durante los próximos días, así que la casa Dior contaría con más de cien empleados, comunicó madame Carré con evidente orgullo.

—Parece que ejerce usted una buena influencia en nuestro jefe, mademoiselle Dufour. Desde que se ocupa de que también tenga vida personal, parece mucho más sereno —aseveró madame Zehnacker con una sonrisa de satisfacción.

—Por lo visto, es usted una cocinera fantástica. Nuestro amigo ha tenido que encargar trajes nuevos a su sastre, los antiguos se le han quedado estrechos —remató madame Bricard con un elocuente guiño de ojo.

14

Marie recogió a Célestine en la rue Royale y pasearon cogidas del brazo por el pont de la Concorde. De ahí siguieron junto a la orilla del Sena en dirección a la torre Eiffel. Parecía que ese domingo París entero se había echado a la calle para pasear, ver y ser visto. Cuanto más se acercaban a su objetivo, más imponente le parecía a Célestine el monumento de fama mundial, erigido en 1889 con ocasión de la exposición universal. Hasta entonces solo la había podido admirar de lejos. Le resultaba completamente incomprensible que, en su momento, numerosos escritores y artistas hubieran protestado contra la construcción por considerarla un atentado contra la belleza de la ciudad. La torre se elevaba elegante sobre los tejados de color zinc de la urbe, a los que el sol de principios de verano confería un brillo dorado.

En el Champ du Mars se hacinaba la gente. Lugareños y turistas, sobre todo estadounidenses a juzgar por el idioma y por los pantalones cortos de cuadros de los hombres. La mayoría sujetaban cámaras en las manos y fotografiaban la torre desde todos los ángulos, ya fuera desde lejos, desde la avenue de la Motte, o colocándose justo en el centro del plano cuadrado.

Había varios hombres ocupados colocando sus trípodes mientras otros manejaban unos reflectores. Un taxi se detuvo y bajó una mujer joven vestida con elegancia. Los hombres apretaron el disparador a toda prisa, al tiempo que lanzaban varias órdenes a gritos.

—¡Baja la cabeza! ¡Levántala! ¡Bájala! ¡Levántala!

—¡Sonríe, sonríe más!

—¡Mira directamente a la cámara! ¡Así, muy bien!

—¡Y ahora un giro! ¡Otra vez! ¡Más rápido, más rápido!

Célestine reconoció a Nadine, una de las maniquís de monsieur Dior, ataviada con un vestido de seda roja de la temporada actual. Seguro que pronto aparecerían las imágenes en una de las grandes revistas de moda.

Marie retiró la cabeza hacia atrás y alzó la vista hacia la torre de hierro.

—Es taaan alta... ¿Tenemos que subir a pie?

—Cogeremos el ascensor, y estás invitada. —Célestine ganaba bastante más que Marie, por eso le procuraba un gran placer sorprender a su amiga con esos detalles.

Arriba del todo, en la plataforma de visitas, hacía bastante más frío que abajo. Un fuerte viento arrebató a un anciano el sombrero junto con el bisoñé, para gran divertimento de dos niñas de unos diez años que se llevaron la mano a la boca entre risitas.

Célestine se acercó con cuidado a la barandilla y miró hacia abajo. Una sensación desagradable se apoderó de ella. Era evidente que tenía vértigo, así que clavó la mirada en la lejanía, más allá de los límites de la ciudad.

—Es impresionante —murmuró.

Marie también estaba sobrecogida.

—En la oscuridad, cuando todas las luces están encendidas, me imagino que estar aquí arriba debe de ser muy romántico. Convenceré a André para venir a la torre conmigo una noche.

—Pensaba que se llamaba Jérôme —se asombró Célestine.

Marie hizo un gesto indiferente con la mano.

—Bah, con Jérôme hace tiempo que se acabó. Era demasiado tacaño como para llevarme de paseo como es debido, solo insistía en pasar conmigo una tarde en mi piso. Entonces lo mandé a freír espárragos. —Dudó un poco, parecía no querer seguir hablando. Sin embargo, Célestine notó que algo la afligía.

—Marie, sé que te pasa algo, pero por desgracia no soy vidente.

—Sí, ya sabes... André me ha invitado al cine. Iremos a ver la nueva película de Rita Hayworth. Y luego queremos tomar algo en un bar de los Campos Elíseos. ¿Te importa pasar la tarde sola?

Célestine sacudió la cabeza con energía, intentando que no se le notara la decepción. Habían quedado en ir juntas a la rue Royale después de la excursión, y Célestine había preparado expresamente un pastel de manzana. Sin embargo, no podía reprochar a su amiga que diera preferencia a su nuevo amor.

En sus excursiones por la ciudad, Célestine se había acostumbrado a alejarse de las rutas conocidas y explorar caminos y callejuelas desconocidos, así que ahora paseaba por la rue de Sèvres hacia el Barrio Latino. Allí no había tiendas con escaparates decorados con mimo, como un lutier que expone sus instrumentos en maletas de viaje. Allí había una tienda que vendía exclusivamente ribetes de encaje de fábricas de Bruselas o un zapatero que, además de botas infantiles minúsculas, también ofrecía un zapato de piel roja para un elefante de circo adulto.

A Célestine le sorprendió que hubiera tantos chicos jóvenes con gorros de estudiante por la zona hasta que cayó en la cuenta de que probablemente acudirían a la Sorbona, muy cerca de allí. A menudo oía un chasquido de dedos o un silbido por la espalda. Luego, unos chicos se apartaron a un lado de un salto en la acera y le dejaron paso con un exagerado gesto de respeto.

En un callejón estrecho se encontró delante de un quiosco con un grupo de veteranos de guerra con muletas. Eran siluetas que despertaban la compasión, como las que veía a veces en las calles de Montmartre, cerca de la buhardilla de Marie, donde vivían los más pobres. A uno de esos hombres demacrados le faltaba casi la mitad del rostro. A Célestine no solo le impresionó su imagen, también despertó los recuerdos de su padre y su hermano. No pudo evitar pensar en su tío Gustave, que volvió de la guerra con una pierna destrozada y desde entonces llevaba una prótesis de madera. Su tío nunca le había hablado de lo que ocurrió ese día de mayo de 1940 en Dunquerque, cuando la Wehrmacht alemana les atacó. Además de la parte inferior de la pierna, perdió también la fe en una victoria del ejército francés.

Quizá esa amarga experiencia lo volvió tan duro e intransigente, reflexionó Célestine, y decidió enviar a su paciente tía una cajita de trufas de praliné de las que no se podían encontrar en Genêts y que Madeleine jamás se habría comprado por su elevado precio.

Célestine estuvo a punto de tropezar con los pies de un mendigo que estaba acuclillado en un portal, tapado con una manta gris. Desde que vivía en París, nunca salía de casa sin algo de dinero en el bolsillo del abrigo. Se inclinó hacia el hombre y le dejó una moneda en la mano. El indigente la miró con incredulidad, luego le agarró la mano como un rayo y la cubrió de besos.

Ella se soltó con un gesto más grosero de lo que pretendía y aceleró el paso en dirección a pont Neuf. Sin embargo, esta vez apenas vio la majestuosa fachada del Louvre con el sol de tarde en alto. Tampoco se fijó en los arriates de flores del Jardín de las Tullerías, donde los jardineros habían creado patrones artísticos.

Respiró aliviada cuando entró en su modesta casa de la rue Royale. Durante el resto del día quiso olvidar el sufrimiento humano del Barrio Latino y sumergirse en un mundo mejor y más bello, el que ella quería crear. Ya de pequeña se le ocurrió la idea de escribir y plasmar en un texto las imágenes que le procuraba su fantasía. Sus historias transcurrirían en el pasado, en una época pacífica y despreocupada. Los personajes se moverían en espacios elegantes, parecidos a los que monsieur Dior había creado para la rue Royale.

En cuanto tuviera una máquina de escribir, se dedicaría a ese nuevo cometido.

15

Los redactores y fotógrafos enviaban siempre un ejemplar de la publicación con sus reportajes como comprobante a la avenue Montaigne, así que monsieur Dior llevaba a casa casi todas las tardes un montón de revistas de moda: inglesas, estadounidenses, italianas, españolas... Al día siguiente, Célestine recortaba artículo por artículo y archivaba las páginas.

Ya había llenado cinco carpetas, y estaba segura de que necesitaría muchas más. Si el éxito de su jefe perduraba, en algún momento la sala de la biblioteca de la rue Royale se quedaría pequeña. Tendrían que buscar una habitación más grande para el archivo privado de la casa de costura Dior.

Le Monde, el mayor periódico del país, dedicó página y media a informar de que el primer desfile de moda de Dior fuera de Francia era inminente; se celebraría en Sidney, la mayor metrópolis de Australia. Cuando Célestine archivó el artículo, no pudo evitar sonreír. Sabía algunas cosas de la vida privada de Christian Dior, conocía su preferencia por los sabores fuertes, con quién y cuándo quedaba para comer, a qué recepción era invitado, y también que nunca salía de casa sin sombrero o qué óperas le gustaba escuchar por la noche para relajarse, pero casi todo lo que sabía sobre la vida profesional de Dior lo había averiguado por la prensa.

Una mañana, cuando el mayordomo le estaba entregando

el sombrero y el abrigo, monsieur Dior soltó un profundo suspiro. Célestine reprimió una risita, porque la expresión triste de su jefe le recordaba al cocker spaniel de su difunto abuelo cuando encontraba el comedero vacío después de un largo paseo por la playa.

—Estoy cansado, he dormido mal, preferiría volver a la cama ahora mismo —gruñó el modisto, y clavó la mirada en la puerta de la casa, temiendo oír en cualquier momento el sonido del timbre, la señal de su chófer.

—¿Quiere que le prepare otra taza de café, monsieur Dior? Mi abuela solía decir que, con la dosis adecuada, se puede resucitar a un muerto.

—Mejor que no. Madame Zehnacker ya me riñe porque bebo demasiado café en el trabajo. Dice que no es bueno para el corazón. Mi falta de sueño se debe a un motivo muy distinto: he recibido una invitación a Texas. Quieren darle a un diseñador de moda francés un Oscar a la moda estadounidense.

—¡Eso es fantástico! —se alegró Célestine, pero monsieur Dior no compartía en absoluto su entusiasmo.

—Detesto los viajes. Si supiera hasta qué punto prefiero quedarme en casa y trabajar con calma en la siguiente colección...

El timbre de la puerta sacó al jefe de sus pensamientos. Estiró los hombros un momento y adoptó una expresión decidida.

—Pasado mañana empieza la travesía. No puedo decepcionar a monsieur Boussac, mi director comercial, ni a los empleados. —Resignado, se volvió hacia el mayordomo—: Charles, tengo intención de quedarme dos semanas en Estados Unidos. Prepárelo todo para el viaje.

Durante los días siguientes los periódicos franceses se llenaron de noticias sobre el viaje a Estados Unidos de Dior. Parecía que en muchos países el nombre del modisto era más conocido que el de Vincent Auriol, el actual presidente de la República. Nadie pudo prever el meteórico ascenso de su casa de moda, fundada solo medio año antes.

Sin embargo, luego leyó la reacción de los estadounidenses a la moda del modisto europeo y se quedó perpleja.

«¡Abajo el New Look!»

«¡Monsieur Dior a la hoguera!»

«¡Christian Dior, *go home*!»

Esos eran los lemas de las mujeres que protestaban contra los corpiños ceñidos con cordones bajo unos vestidos que, a su juicio, eran demasiado largos, exuberantes y sin duda muy caros. Era evidente que el modisto no había comprendido la profundidad de la transformación social que se había producido tras la Segunda Guerra Mundial. Dior devolvía la mirada hacia una época en la que las mujeres no trabajaban ni se movían en transporte público. Su moda era para mujeres cuya misión más noble consistía en ser el accesorio decorativo de su marido.

En una fotografía aparecía una joven a la que dos viandantes agarraban con firmeza en la calle, mientras una tercera le cortaba el dobladillo de la falda. El primer horror de Célestine se convirtió en rabia. ¿Cómo se atrevían esas mujerzuelas ignorantes a burlarse de esa manera de la obra de un hombre cuyo mayor empeño era resaltar la belleza femenina?

Le dieron ganas de destrozar los periódicos para que monsieur Dior ni siquiera los viera. Sin embargo, seguro que ya estaba al corriente de las protestas. Sabía que tenía un carácter muy sensible. ¡Con suerte no se dejaría afligir por ese tipo de manifestaciones! Al fin y al cabo había muchas otras personas, tanto mujeres como hombres, que sabían apreciar su arte.

Al principio, Célestine tenía pensado comprar una máquina de escribir de segunda mano con el dinero que había ahorrado de sus primeros sueldos. Sin embargo, luego comprobó con gran alegría y sorpresa que ganaba lo suficiente como para permitirse una nueva. Monsieur Martin, el propietario del quiosco de enfrente, le recomendó una tienda en la rue de Madrid, cerca de la estación de Saint-Lazare. La tienda era de su sobrino, y le aseguró que allí recibiría los mejores consejos.

Dos días después, Célestine era la orgullosa propietaria de una máquina de escribir portátil Olivetti, pequeña y manejable, con una pulsación ligera y precisa, al contrario de la Olympia pesada y grande que había en la oficina municipal de Genêts y que le provocaba dolor de muñeca solo con escribir una página de texto.

Ahora estaba decidida a poner en práctica su plan de la infancia, hasta entonces solo un vago deseo. Quería inventarse una historia y guiar a su futuro público en un viaje de fantasía a una época anterior y a otro lugar. No como la autora Colette, cuyas novelas le parecían demasiado desenfrenadas y frívolas en algunos puntos. Más bien prefería hablar de sentimientos elevados al estilo de la difunta Germaine Mercier. Cuántas veces sus libros la habían hecho olvidar la angustia durante los años de la guerra.

Célestine dedicaba todos los minutos libres que tenía a sentarse en su Olivia, como llamaba con cariño a su máquina de escribir. Unas veces tecleaba media página, otras una sola frase que descartaba al día siguiente. Jamás habría imaginado que escribir podría ser tan difícil, pero no quería desanimarse. Tenía tiempo, nadie la apremiaba.

—¿Quieres... escribir una novela? —preguntó Marie, que levantó las espesas cejas oscuras en un gesto de sorpresa—. Pero si no me habías contado nada. Me parece complicado.

Cuando pienso en las redacciones que teníamos que escribir en el colegio... ¡Uf! Seguro que alguna vez me habrían puesto peor nota si no hubiera podido copiarte.

Marie guiñó el ojo a su amiga y le apretó el brazo. Habían quedado en el bistró del centro comercial Printemps y estaban saboreando un café con un aroma delicioso. Se quedaron admiradas cuando el camarero les sirvió dos *éclairs* sin que lo pidieran. El dulce de pasta de buñuelo también era conocido como «huesos del amor», y estaba cubierto con un baño de chocolate negro y relleno de crema de vainilla.

—Por desgracia, la cobertura no ha quedado lisa, por eso no los podemos vender. Disfruten de este dulce pecado como un pequeño obsequio de la casa a dos damas jóvenes y preciosas —aclaró con amabilidad y una leve reverencia.

—¿Cómo te va con André? —preguntó Célestine, que miraba con ilusión el dulce en el plato, con su cobertura de chocolate que, a diferencia de lo que opinaba el camarero, le parecía inmaculada. Seguramente el pastelero del Printemps establecía unos niveles igual de estrictos en su trabajo que monsieur Dior con sus vestidos. Solo se podía vender lo que estaba perfecto.

Una sonrisa extática se dibujó en el rostro de Marie.

—André es tan encantador... Trabaja en un departamento financiero. Quiere presentarme a sus padres cuanto antes. Tienen una casa de vacaciones en Bretaña. Eso significa que son ricos. —Levantó con el tenedor la parte superior del *éclairs* y cortó el dulce en trozos del tamaño de un bocado mientras seguía charlando, animada—. Lo importante para una mujer es encontrar a un hombre que gane dinero suficiente para sustentar a una familia. ¿Cómo te va a ti? Me dijiste que tu jefe apreciaba tus artes culinarias. ¿Cómo es ese dicho tan bonito? A un hombre se le conquista por el estómago... —Se metió en la boca un pedazo de la parte de chocolate y lo masticó con deleite.

Célestine lanzó a su amiga una mirada de reprobación.

—Déjate de insinuaciones, Marie. Monsieur Dior es un adorable señor mayor, como sabes, aparte de que ahora mismo de todos modos no quiero a ningún hombre en mi vida. Seguramente querría que dejara mi puesto y mis intentos de escribir. ¡No, gracias! Disfruto de mi libertad y quiero saborearla todo el tiempo posible.

Marie se dedicó a la mitad inferior del *éclairs* con la crema de vainilla.

—Si encontrara al hombre adecuado, renunciaría hoy mismo a mi puesto con madame Renard —suspiró ella, y luego hizo desaparecer otro pedacito en la boca.

16

En una calle lateral de la rue Royale habían abierto una tienda de decoración, y Célestine había decidido acercarse para darle a su casa un toque personal. No podría comprar muebles nuevos, pero sí cambiar algo de la disposición del interior. Con una tela de tafetán irisada de color verde reseda encargó unas cortinas y unos cojines para el sofá, mientras que para la mesa escogió una manta con unas delicadas flores. Le asombró lo luminosa y agradable que parecía de repente la estancia, y se propuso embellecer en cuanto pudiera el baño desgastado con una cortina nueva y toallas con un ribete de color.

Los domingos, su día libre en el trabajo, disfrutaba durmiendo un poco más y desayunando en la cama. A veces evocaba un recuerdo de la infancia, como el aroma y el sabor de un cruasán de mantequilla recién hecho. En algún momento, en un futuro próximo, estaba segura de que el gobierno levantaría el racionamiento y la población podría volver a adquirir todo tipo de alimentos sin límites, como antes de la guerra. Hasta entonces, se contentaría con una rebanada de pan tostado y una gran taza de café: un falso moca con mucha leche. A menudo se vendían con antelación granos de café de verdad, aunque a cada francés le correspondían oficialmente ciento veinticinco gramos al mes. Célestine no quería pagar los precios del mercado negro, prefería invertir su dinero en dulces o invitar a Marie al cine o a una cafetería. Mientras se desperezaba encantada bajo la manta de la cama, su novela seguía adelante en su mente.

Cuando Marie tenía que trabajar un domingo en la cervecería, algo que rara vez ocurría, o si había quedado con André, que era más habitual, a Célestine le gustaba hacer una excursión por la orilla izquierda del Sena. Su destino era el Quai de Conti, donde los libreros vendían al aire libre, desde la salida hasta la puesta del sol, libros de anticuario, periódicos históricos, impresiones artísticas, postales, carteles publicitarios y sellos. Cuando hacía mal tiempo o en invierno, los puestos permanecían cerrados.

Al cruzar el pont Neuf, el puente más antiguo de París, oyó los gritos de los espectadores que animaban desde la orilla a los participantes de una regata de remo. Desvió la mirada a un lado, hacia la Île de la Cité, con la catedral medieval de Notre Dame, que Victor Hugo había convertido en un célebre monumento con la historia de Cuasimodo, el campanero jorobado y su amor por la joven gitana Esmeralda.

De pronto, Célestine recordó las horas que pasó con su familia de Genêts los últimos días de agosto de 1944, como seguramente todos los habitantes del país, sentados junto a la radio, rezando para que la guerra terminara pronto. El momento en que su padre y su hermano aún estaban vivos y luchaban en alguna trinchera contra los alemanes.

Muchos franceses interpretaron como una ironía del destino que precisamente un general nazi hubiera evitado que los suntuosos edificios y puentes del centro de París fueran arrasados, como había ordenado el dictador alemán Adolf Hitler. Como tantas otras veces, a Célestine se le hizo un nudo en la garganta al pensar en las voces alteradas de los locutores de la radio, en la mezcla de asombro, incredulidad y profundo agradecimiento cuando el comandante alemán de la ciudad, el general Dietrich von Choltitz, se negó a obedecer la orden del Führer y se entregó a los franceses.

Con un movimiento enérgico de la cabeza ahuyentó los recuerdos dolorosos y se apresuró hacia los libreros en sus cobertizos de madera pintados de verde. Como de costumbre, examinó las rarezas de los vendedores en las mesas de libros y sintió un gran respeto cuando abría un libro procedente de otro siglo, leído por alguien que había vivido la época de la Revolución francesa de 1789 o incluso el reinado de Luis XIV.

Uno de los libreros, un hombre siempre alegre de unos cincuenta años con un bigote retorcido, advirtió enseguida su predilección por los libros antiguos. No se cansaba de recomendarle sus rarezas de los siglos XVIII y XIX.

—A una preciosa joven como usted le haría un precio especial, por supuesto —prometió con una sonrisa triunfal.

—Es usted muy amable, acepto la oferta. ¿El pacto seguirá en pie cuando venga a verle dentro de veinte o treinta años? —preguntó Célestine, guiñándole el ojo.

El librero la agarró de la mano y le plantó un beso en el aire.

—Mademoiselle, seguirá en pie toda la vida.

Esta vez, el comerciante le presentó una primera edición firmada a mano: la autobiografía de Sarah Bernhardt, la actriz más célebre de su tiempo, que actuó en numerosas funciones como invitada en Europa y Estados Unidos y puso en pie al público de ambos lados del Atlántico. Germaine Mercier hizo que en una de sus novelas la protagonista asistiera al estreno de *Hamlet* en el que Sarah Bernhardt interpretaba al príncipe danés como si fuera un hombre.

A Célestine le atrajo también una fotografía con la imagen de una tienda de productos coloniales de la época del cambio de siglo. Compró la autobiografía y la imagen, que quería enviar a su tía Madeleine.

Ya iba a emprender el camino a casa cuando posó la mirada en un libro titulado *La condesa del Val de Loire*. Al principio no podía creer lo que estaba viendo y parpadeó varias veces. Pero no, no se había confundido, la autora de la novela era, en efecto, Germaine Mercier. Y eso que Célestine creía haber leído todas las obras de la autora.

Abrió el libro y hojeó emocionada las primeras páginas. No cabía duda de que era el estilo de Germaine Mercier, y supo que tenía que conseguir ese libro. Acarició las tapas con la yema de los dedos, ensimismada. Quizá algún día su libro tendría el mismo aspecto. Con una encuadernación de lino de color azul marino, su nombre y el título de la novela en letras doradas en relieve y, en medio, un medallón enmarcado en rosas con el perfil lateral de una joven como podría haberla imaginado el pintor Toulouse-Lautrec.

Cruzó a paso ligero el pont des Arts y tomó un atajo a través del Jardín de las Tullerías. De regreso en su piso, se desplomó en el sofá y se sumergió en la Belle Époque. Sus ojos recorrían línea a línea y al cabo de una hora había leído toda la novela, de la primera a la última página.

Descansó un momento y sacó su Olivia. Sus dedos volaban sobre el teclado como si tuvieran vida propia. No paraba de escribir, no sintió ni hambre ni sed hasta que poco antes de la medianoche se hundió en la cama, cansada y feliz.

17

Ante la insistencia de Marie, las amigas habían quedado en Montmartre. El local de baile Le Chat Sauvage abrió sus puertas nada más terminar la guerra en las salas de una antigua imprenta. Pronto se convirtió en un apreciado punto de encuentro donde la gente se divertía en un ambiente distendido.

Célestine había llegado con unos minutos de antelación y esperaba delante de la entrada. Entonces vio que Marie se acercaba por los peldaños de piedra que daban a la rue Gabrielle. Llevaba el sombrero de paja rojo ladeado y en su rostro se reflejaba una firme determinación. Algo había pasado.

—¿Dónde está André? Pensé que querías presentármelo hoy —se sorprendió Célestine.

Marie soltó un bufido de disgusto.

—¡No quiero saber nada de ese impostor! ¿Sabes lo que he descubierto? ¡Trabaja de portero, no en el Ministerio de Economía! Y la casa de sus padres es en realidad una cabreriza que construyó con su padre. ¡Como si fuera a perder el tiempo con alguien así! No me merece como esposa, en absoluto. Pero ahora entremos, vamos a ver si aquí hay un partido mejor.

Por dentro, el Chat Sauvage recordaba a los locales de baile del siglo pasado, tal y como los pintores Edouard Manet o

Toulouse-Lautrec los habían representado en varias ocasiones. Con mesas de bistró de mármol, taburetes de cafetería de madera clara, alfombras de color turquesa, espejos con marcos dorados colgados de las paredes y lámparas de techo que bañaban la sala con una luz cálida. Las dos amigas no dejaron de bailar, con bailarines gordos y flacos, hábiles y menos diestros. En cuanto sonaban los primeros compases, sus pies se ponían en movimiento como si tuvieran vida propia. Se movían de buena gana al ritmo de la música, balanceaban las caderas, flotaban con garbo con los valses por la pista de baile y bailaban con el jive por el pasadizo, unas veces despacio y otras rápido.

—Mademoiselle, ¿me permite preguntarle si me concedería el próximo baile? —oyó de pronto una voz por detrás. Se trataba de un joven larguirucho que llevaba el sombrero en el cuello con descaro y la miraba con gesto victorioso. Los músicos empezaron a tocar un boogie y Célestine saltó en el acto a la pista de baile. Su compañero la levantó en el aire, la volvió a dejar en el suelo y la hizo girar como si fuera una peonza. Cuando su bailarín la devolvió a la mesa, hizo una reverencia muy galante.

—Ha sido un placer, mademoiselle. También lo sería si pudiera acompañarla a casa hoy.

En su fuero interno, a Célestine le hacía gracia la manera de expresarse de su compañero de baile. La selección tan rebuscada de las palabras no encajaba del todo con un joven de su edad. Aún sin aliento, ella se disculpó con una sonrisa y mintió:

—Muchas gracias, monsieur, pero ya tengo compañero de camino.

Pese a su escepticismo inicial, resultó ser una tarde muy divertida. En Genêts, aparte de la fiesta anual del pueblo, había pocas diversiones. Además, la gente de provincias era más seria y pesada que los parisinos. Seguramente tenía que ver con la falta de cambios en el campo. Allí, sin embargo, disfrutaba de la compañía sin obligaciones y se sentía parte de una sociedad alegre.

Los cumplidos de los hombres le llegaban al oído, pero no al corazón. No quería dejarse deslumbrar una segunda vez como con ese fanfarrón de Albert, a cuyos halagos dio crédito al principio. Aunque siguiera llorando la muerte de su madre, su trágico destino la había salvado de una vida previsible y monótona. Una vida en la que una mujer se dejaba moldear por su marido según sus ideas y se entregaba por completo a su función de esposa y madre sumisa.

Sin embargo, ahora estaba en París y podía decidir qué hacer o dejar de hacer, y quería saborear esa sensación un tiempo más.

Cuando las dos amigas salieron del local por la noche, Marie parpadeaba encantada.

—Imagínate, el bailarín alto y moreno de la chaqueta de cuadros me ha preguntado el nombre. ¡Quiere volver a verme!

18

Célestine observaba con el ceño fruncido las estanterías que llegaban hasta el techo, de madera de nogal, brillante y pulida. Aún no faltaba sitio en la biblioteca, pero si la prensa seguía informando con tanto detalle sobre las futuras colecciones del jefe, como cabía esperar, ¿dónde iba a guardar la infinidad de revistas de moda?

Pasaba por alto las noticias sobre otros creadores de moda. ¿Qué le importaban nombres como Cristóbal Balenciaga, Jacques Fath, Elsa Schiaparelli o Pierre Balmain? Para ella solo existía Christian Dior, como para miles de mujeres en todo el mundo para las que el nombre de Dior se había convertido en tan poco tiempo en la encarnación de la moda y la elegancia francesas. Tenía que hablar con el jefe sobre un nuevo sistema de ordenación, sobre todo porque hacía mucho que no encontraba tiempo para ver las revistas que le enviaban.

—¿Qué propone, mademoiselle Dufour? —preguntó cuando Célestine le planteó su deseo.

—Los diarios reproducen los ánimos de los franceses, y las revistas extranjeras documentan los puntos de vista del resto del mundo. A no ser que tenga la intención de convertir toda su casa en un archivo, no deberíamos seguir recopilando todas las publicaciones semanales y mensuales, sino limitarnos a catalogar los reportajes que traten de la casa Dior.

Igual que de los diarios solo conservamos los artículos que sean importantes para nosotros. Así ahorraremos mucho espacio.

Célestine comprobó con gran alivio que el jefe escuchaba con atención y no se tomaba a mal su iniciativa. Al fin y al cabo, la habían contratado como asistenta del hogar y no como archivera. Animada, continuó con sus reflexiones.

—Creo que deberíamos ordenar los reportajes por años y los países correspondientes. Así más tarde podremos encontrar con rapidez, por ejemplo, lo que se escribió en agosto de 1947 en Italia sobre la longitud de la falda, y qué dijo la prensa española o inglesa sobre el tema. O qué vestido de una determinada colección fue el más copiado en Australia.

Monsieur Dior se acarició la barbilla con la mano en un gesto reflexivo y arrugó la frente. Célestine temió haber sido demasiado impertinente y casi se arrepintió de sus palabras. Sin embargo, el jefe asintió.

—Tiene razón, mademoiselle Dufour. Seguiremos con el archivo como usted indica. Así verá las consecuencias que puede tener que un pequeño diseñador de moda se proponga resaltar la belleza de las mujeres... Conozco a un encuadernador de la rue d'Athènes. Nos puede preparar carpetas con un lomo debidamente personalizado. No me gustaría sentirme en mi biblioteca privada como si fuera el registro de alguna administración.

Célestine se alegró de la buena acogida que había tenido su plan. Aun así, en algún momento la sala de la biblioteca no bastaría y habría que trasladar el archivo, seguramente a la avenue Montaigne. Entonces ella frecuentaría más ese palacete, en el que se oía el roce de la seda, se contemplaban telas coloridas y se respiraban ingredientes aromáticos en el ambiente. Una casa donde todos los días docenas de personas demostraban su entrega, concentración y capacidad artesanal, donde las lágrimas y la máxima felicidad iban muy unidas. Ella formaría parte de esa gran familia irisada de la costura.

—¡Será canalla! ¡Me ha dado plantón! —exclamó Marie entre dientes cuando Célestine se acercó a su mesa para darse un pequeño respiro. Ya había completado más de media docena de bailes en el Chat Sauvage mientras Marie se quedaba ahí sentada, con el gesto petrificado y rechazando a todos los chicos que querían sacarla a bailar con un gesto de la cabeza.

—A lo mejor le ha surgido algo, o se ha puesto enfermo —aventuró Célestine para intentar consolar a su amiga, aunque sin terminarse de creer sus propias palabras.

Marie sacudió la cabeza con tristeza.

—Me contó que trabajaba en correos, y los funcionarios siempre son muy precisos. ¿Por qué no me ha enviado un mensaje? Ya le expliqué dónde trabajo.

Célestine observó con el ceño fruncido cómo su amiga se quedaba ahí hundida, sentada, toqueteando un pañuelo de bolsillo. Lástima que Marie no disfrutara con la música arrebatadora y el baile relajado. Tenía la mente y los sentimientos demasiado centrados en encontrar a un chico que le ofreciera una vida despreocupada, pensó Célestine. Era evidente que su amiga poseía un talento especial para escoger al chico equivocado.

—Anda, Marie, vamos al cine. ¡No dejaremos que nos arruinen una bonita tarde!

Marie se dejó acompañar fuera sin rechistar y parpadeó al notar el radiante sol vespertino. Siguió a Célestine con los labios apretados por la multitud de peldaños de piedra de Montmartre hasta bajar a la place de Clichy, donde estaba el cine más grande de la ciudad. Célestine compró dos entradas para el palco. El protagonista era Fernandel, un actor alto con una nariz marcada, especialista en papeles cómicos. Célestine esperaba sacar a su amiga de su ánimo melancólico con una historia divertida, pero le salió mal el plan, porque al terminar la película Marie parecía aún más abatida que antes.

Se daba golpecitos en los ojos con el pañuelo y se aferraba al brazo de Célestine.

—Me muero de pena al ver cómo la sobrina se queda saludando a su prometido sin saber que va de camino a encontrarse con otra. ¡Será canalla! —Se le llenaron los ojos de lágrimas.

Célestine también se sintió abatida al ver a su amiga tan triste. Se apresuró a llevar a Marie a una cafetería recién inaugurada en la rue Nollet. Se le iluminó el rostro al ver la carta.

—¡Mira, tienen *flan pâtissier*!

—Escoge lo que prefieras. La cuenta corre de mi parte. —Célestine hizo una señal a la joven camarera y pidió dos porciones de pastel de budín con salsa de caramelo. Tras disfrutar de esa delicia dulce, Marie esbozó una media sonrisa.

—¡Gracias por la invitación, Célestine! Ya me encuentro mejor. No se puede contar con los hombres. Pero, antes de convertirme en una vieja solterona, me meto en un convento.

Célestine le puso una mano en el brazo a su amiga con dulzura.

—¡Claro que no, Marie! Eres joven, preciosa, y tienes los ojos más bonitos que he visto nunca en una mujer. Un día encontrarás al chico adecuado —proclamó con firmeza.

19

Cuando Célestine separaba las noticias de los periódicos y revistas de moda y las guardaba en carpetas de piel verde, el ascenso meteórico de su jefe le parecía un cuento de hadas. Además, ella era también una parte inesperada de ese misterio. Con la presentación de la primera colección, el nombre de Christian Dior se había hecho célebre en todos los continentes en cuestión de unos meses. En su segunda colección retomó la línea Corolle, con los hombros redondos, la cintura estrecha y una falda acampanada. Los reporteros se deshacían en elogios y celebraban a Dior como el creador de moda más influyente del siglo, que contaba entre sus clientas con las mujeres más famosas y atractivas de Hollywood, así como con representantes de la nobleza europea.

Monsieur Dior había dispuesto que Célestine, además de su sueldo, recibiera un vestido de día de cada nueva colección. Gracias a la habilidad manual de Amélie ahora podía decir que era propietaria de otro conjunto hecho a medida. Estaba formado por un jersey de color azul grisáceo muy suave, con el cuello en forma de cáliz y un angosto bordado de flores de color rosa en el escote y el borde de la manga. Ese adorno bien colocado y al mismo tiempo discreto le daba al traje un aire ligero y despreocupado. Le quedaba como un guante y resaltaba la silueta esbelta y femenina de Célestine.

—¡No te creerías lo orgullosa que estoy de poder llevar esta obra de arte! —exclamó Célestine al probárselo, y bailó nerviosa delante del espejo de un lado a otro.

—Imagínate, madame Monique ha dicho que tengo lo que hace falta para dirigir también un atelier algún día si sigo aprendiendo como hasta ahora —se entusiasmó Amélie—. Pero aún queda mucho para eso, y este traje ha supuesto un desafío mayor que el anterior. Lo he hecho desde cero según un modelo terminado en cretona. —A Amélie le brillaban los ojos, que reflejaban con claridad el orgullo y la dicha.

—¿De cretona? —se sorprendió Célestine, y pasó los dedos con suavidad sobre el tejido suave, que le parecía mucho más noble que la modesta cretona.

Amélie se plantó con las piernas separadas, se cruzó de brazos y puso un gesto severo, con los ojos entornados.

—Te voy a hacer una pequeña introducción a la alta costura: el jefe dibuja unos ochocientos bocetos para cada temporada. Trajes, abrigos, vestidos de día, de tarde y de cóctel, trajes de noche cortos y largos. Se los enseña a su trío creativo, las señoras Carré, Bricard y Zehnacker. Juntos seleccionan aproximadamente ciento cincuenta. Tardan varios días. Entretanto se producen intensos debates y discusiones, como te podrás imaginar. A partir de los esbozos que quedan, primero se fabrica un patrón de papel y luego se cose el vestido o el abrigo con una tela sencilla de cretona...

—Creo que ya lo entiendo —la interrumpió Célestine—. En un modelo de cretona se puede comprobar el efecto de un boceto sin necesidad de cortar un terciopelo o un brocado caro. Pero no se le da uso.

—Exacto. El jefe corrige, luego llega la versión de tela y el jefe vuelve a corregir. Incluso varias veces. ¡Y es estricto! No se le escapa ni un pequeño error. Se pone furioso y maldice a tal volumen que se le oye incluso en la calle. Muchas veces hay que separar costuras, cambiar botones de sitio o modificar las enaguas enteras. Pero cuando dice: «Este vestido tiene potencial», las costureras tenemos la sensación de que nos van a salir alas.

Una vez más, Célestine descubrió sin pretenderlo detalles sobre la forma de trabajar y de ser del modisto famoso en todo el mundo. Muy distinto del Christian Dior en su faceta más personal, educado y retraído, de la rue Royale. Una vez más admiró la creatividad y perseverancia del jefe, pero también el rendimiento de sus empleados.

—No solo sabes coser de maravilla, Amélie, también das muy buenas explicaciones. Estoy segura de que un día serás una directora de atelier ejemplar.

—¿Podría preparar la cena para dos personas esta noche, mademoiselle Dufour? Mi invitado adora la cocina normanda tanto como yo —anunció monsieur Dior al día siguiente por la mañana al salir de casa. Ya tenía la mano sobre el pomo de la puerta cuando se detuvo un instante—. El tono azul grisáceo del nuevo vestido le queda fantástico en la tez. Y la falda de caída suave que sigue todos sus movimientos hace que el New Look se convierta en... llamémoslo Pure Look. *Au revoir*, hasta la noche.

Célestine siguió al jefe con la mirada y una sonrisa. Comprendía a las mujeres, y tenía una forma muy peculiar de halagarlas. ¿Qué había más bonito que empezar el día con un cumplido de monsieur Dior?

Para el pequeño menú nocturno escogió un consomé, además de chuletas de ternera normanda y gratén de patata y zanahoria. De postre serviría una tarta de pera.

El mayordomo se hizo cargo del abrigo del invitado, un hombre de unos treinta años y cabello rubio y ondulado. Luego, monsieur Dior hizo las presentaciones.

—Querido Jacques, esta es mademoiselle Dufour, mi asistenta. Yo la llamo el ángel de mi refugio personal. Además, su especialidad son los platos normandos. Sus artes culinarias me hacen feliz a mí y rico a mi sastre. —Se dio una palmada en la barriga entre risas y luego animó a su invitado a pasar al comedor.

Célestine notó que la sangre le subía a la cabeza. ¿Había entendido bien? Ella, la pequeña mecanógrafa de provincias, que había sido contratada apenas un año antes como chica para todo, había sido ascendida por monsieur Dior a la posición de asistenta.

SEGUNDA PARTE

El riesgo

20

La mañana de su vigesimosegundo aniversario, Célestine se despertó bañada en sudor. Esa noche había dormido mal. Se vio justo un año antes, ataviada con su vestido de novia cosido por ella misma, envuelta en una gruesa manta de lana, delante del ayuntamiento de Genêts, buscando con la mirada a su madre. Fue a pie hasta su casa, impaciente, para decirle a Laurianne Dufour que se diera prisa, pero entonces... Célestine se tapó con la colcha hasta la nariz cuando sintió que un escalofrío le recorría la espalda ante la tortura del recuerdo de su madre tumbada en el suelo, sin vida.

Después de una taza de moca falso con mucha leche se sintió mejor. Era domingo. Marie se había tomado el día libre expresamente porque querían ir juntas al cine y ver la nueva película de Jean Gabin.

—Luego iremos a la nueva chocolatería del boulevard Haussmann y pediremos dos *petit fours* para cada una —propuso Célestine.

Estuvo a punto de tropezar con el paquetito del felpudo porque su mente ya estaba en la sala de cine de la place de Clichy.

¿Ese paquetito tendría algo que ver con su cumpleaños? Pero ¿quién conocía la fecha, aparte de Marie y el jefe? Volvió al piso, dejó la caja sobre la mesa de la cocina y despegó con cuidado el papel de regalo que luego plancharía para volver a utilizarlo. El estampado Paisley en la tríada de colores azul, rojo y verde ya indicaba que el remitente era una persona con gusto. Cuando levantó la tapa vio, sobre un papel de seda color crema, una tarjeta con un cisne que le resultaba muy familiar. Así que el jefe le había dejado el regalo delante de la puerta porque quería felicitarla en su día, pero sin molestarla.

Le dio la vuelta a la tarjetita y leyó en voz alta las palabras dirigidas a ella:

> Para mademoiselle Célestine Dufour, agradecido de corazón.
>
> CHRISTIAN DIOR

Ella desenvolvió el papel de seda con ilusión y sacó un bolso de color vino con un cierre decorado con nácar y las iniciales CD. De pronto se echó a reír. Soltó una carcajada tan sonora y continuada que tuvo que agarrarse la barriga y sentarse en la silla de la cocina. CD significaba Christian Dior.

Pero CD también significaba Célestine Dufour.

El ánimo melancólico con el que había empezado el día se esfumó. Sus recuerdos de Genêts formaban parte del pasado. Hoy iba a celebrar el presente y a pasar un día maravilloso con Marie. Sin dudar, metió el monedero, el pañuelo y el manojo de llaves en el bolso nuevo y salió de casa corriendo y tarareando.

21

Parecía como si monsieur Dior tuviera el monopolio del éxito. La línea Corolle había hecho estallar de júbilo al mundo de la moda. Su primer perfume, Miss Dior, fue recibido con grandes elogios. Era el mismo aroma que impregnaba las salas de avenue Montaigne el día del desfile de estreno: una mezcla de bergamota, jazmín, muguetes, rosas, madera de sándalo y musgo del roble. El jefe se lo había dedicado a su hermana menor. Para el año siguiente estaba previsto abrir más ateliers en la avenue Montaigne y contratar a nuevos empleados para cumplir los deseos de la clientela lo antes posible.

Durante las semanas anteriores a los reiterados desfiles de presentación el jefe apenas pegaba ojo. Había que escoger cortes y tejidos, probar el efecto de un vestido en una maniquí y combinarlo con accesorios como sombrero, bolso o paraguas. Para las costureras y bordadoras la época con más carga de trabajo llegaba después del desfile, cuando las clientas querían recibir de inmediato sus pedidos.

—La asistenta de madame Luling está enferma, y la secretaria de mi portavoz de prensa se ha torcido la muñeca. Me gustaría enviar un agradecimiento a un buen amigo, me fue de gran ayuda en una cuestión jurídica complicada. ¿Podría escribir una carta en la máquina de escribir para mí? —le preguntó una noche el jefe a Célestine, antes de retirarse de nuevo a su despacho un rato.

—Con mucho gusto, monsieur Dior. En la oficina del ayuntamiento de Genêts no hacía otra cosa en todo el día.

—Fantástico. ¿Podría hacerse cargo a partir de ahora también de mi correspondencia personal? Sería una gran descarga para las empleadas de la avenue Montaigne. El volumen de correo comercial es cada vez mayor y algunos días las lleva al borde de la desesperación.

—Si quiere dictarme el texto, monsieur Dior, en mi piso tengo una máquina de escribir nueva.

En menos de diez minutos le entregó al jefe la carta terminada, que él firmó con un gesto de aprobación con la cabeza.

—Tiene usted mucho talento, mademoiselle Dufour. No voy a poder evitar subirle el sueldo.

Célestine sintió que se le sonrojaron las mejillas de alegría e ilusión. ¿Qué habría dicho su madre de ese éxito inesperado? Probablemente Laurianne Dufour no habría aprobado el modo de vida de su hija y la habría instado a casarse lo antes posible con un hombre acaudalado y dedicarse a ser esposa y madre. Ese era el sueño de Marie. Pero desde el primer día que pisó la casa de monsieur Dior la suerte estaba de parte de Célestine. ¿Seguiría siendo así?

El día a día en la rue Royale seguía el ritmo de las colecciones. Durante los meses de mayo y noviembre reinaba la calma en la casa Dior porque el jefe no se pasaba el día en la casa de costura, sino en el campo, dibujando la nueva colección. Cuando las ventanas estaban relucientes, la cubertería y los candelabros de plata pulidos y todas las cortinas limpias, Célestine se sentaba en la biblioteca y estudiaba los libros ilustrados de muebles que monsieur Dior llevaba muchos años coleccionando. A menudo, luego añadía una descripción de ese elegante interior en el manuscrito de su novela.

Aunque aún no sabía muy bien cómo seguiría la historia, Célestine ya imaginaba el libro encuadernado. Estaba indecisa sobre si elegir un pseudónimo masculino, pero luego se decidió por la versión femenina. ¿No había pasado la época en que la gente solo estaba dispuesta a escuchar a los hombres? Seguro que las lectoras confiaban más en que una autora empatizara con sus necesidades femeninas y su vida interior.

Marie se había vuelto a enamorar perdidamente, esta vez del jefe de compras de la sección masculina de Printemps. Quería pasar con él todos los minutos que tenía libres.

—Célestine, no te enfadas conmigo si ahora mismo no podemos vernos más, ¿verdad? Esta vez es el hombre adecuado, estoy segura al cien por cien. Olivier me adora. Pronto no tendré que servir más a completos desconocidos en la cervecería. Solo quiero estar pendiente de mi marido.

—¿Tan poco significa para ti tu trabajo? —preguntó Célestine, asombrada. Ella no lo cambiaría por nadie.

—Las mujeres estamos predestinadas por naturaleza a tener familia. A Olivier le gustan los niños. Es un encanto cuando habla de la hija pequeña de su hermana mayor. Incluso es el padrino de su sobrina.

El tono entusiasta de Marie y el brillo de sus ojos no daban lugar a preguntas ni a la más mínima duda. Así que Célestine se acostumbró a que su amiga fuera una compañía poco fiable durante las fases tempranas del enamoramiento.

De vez en cuando quedaba con Amélie y algunas de las otras modistas en ciernes para ir juntas al cine o a tomar una limonada en los Campos Elíseos y observar a los transeúntes. Entonces las chicas comentaban, medio en serio medio en broma, el atuendo de los paseantes.

—¿Has visto a la rubia del recogido? El color beige del vestido la hace parecer demasiado pálida.

—Vaya, ¿alguien quería copiar el New Look? Pues por desgracia no lo ha conseguido. El vestido debería ser mucho más estrecho en la cintura y el dobladillo de la falda como mínimo dos palmos más largo.

—¿Una blusa de color violeta oscuro con una falda de cuadros marrón? ¿Cómo se puede vestir con tan poco gusto?

—Mirad mejor al acompañante de la daltónica. Por lo menos va impecable —intervino Amélie. Las amigas coincidieron con una risita y le lanzaron besos al aire al desconocido.

Así las costureras volvieron al tema que más les interesaba aparte de su trabajo en el atelier: los hombres.

Comentaron exaltadas la inminente boda de una cortadora del atelier Paul y la envidia que le tenían todas sus colegas.

Sin embargo, Célestine también se enteró de un trágico destino que le llenó los ojos de lágrimas. Julie, una joven bordadora con la nariz respingona y una melena corta negra, habló con orgullo de su hijo, que con apenas cinco años ya sabía leer y escribir. Su madre cuidaba durante el día del niño para que Julie pudiera ir a trabajar y ganar dinero. El padre del niño, un soldado alemán, volvió a su país tras la rendición sin dejar ni una dirección.

Julie describió casi con apatía cómo al terminar la guerra sus vecinos, furiosos, la ataron a una silla y le cortaron el pelo. Luego la arrastraron con la cabeza rapada por las calles de Burdeos, la insultaron y escupieron por colaboracionista. Acuciada por la necesidad, Julie huyó a París con su hijo, donde no conocía a nadie. Limpió una temporada en un burdel y luego encontró un puesto en el atelier gracias a la intercesión de madame Monique.

Célestine sintió que en su interior hervía una mezcla de rabia, horror y tristeza. Muchas jóvenes francesas habían vivido lo mismo que la joven bordadora, cuyo crimen consistía en haberse dejado arrastrar a una mala decisión por amor. A ella, la guerra le había arrebatado a su padre y su hermano. Sin embargo, a esas mujeres que eran tachadas de amantes de los alemanes y rameras les había quitado la dignidad.

—He descubierto un secreto. Sé cuándo es el cumpleaños de monsieur Dior —anunció Amélie dándose importancia, y se alegró al ver el asombro de sus compañeras.

Por mucho que el jefe procurara sorprender a todos los empleados con un pequeño regalo por su cumpleaños, su propio día le importaba poco. Incluso había dado instrucciones a madame Luling de tratar esa jornada como un día laboral normal, no quería felicitaciones ni obsequios. Amélie había escuchado por casualidad una conversación entre el modisto y su amiga de la infancia y así se había enterado de la edad del jefe. En enero, monsieur Dior había cumplido cuarenta y tres años.

—¿Eso es cierto? Pensaba que era diez, ¡incluso quince años mayor! —exclamó Célestine. Luego se mordió el labio inferior, porque no quería decir nada despectivo del jefe—. Lo digo porque tiene un aire muy bondadoso y paternal —añadió, con la esperanza de que sus acompañantes no la malinterpretaran.

22

En Milly-la-Forêt, a más de una hora en coche del centro de París, monsieur Dior había descubierto el antiguo molino Le Moulin du Coudret y lo había reformado y amueblado según sus propios diseños. Un día le enseñó a Célestine fotografías que había hecho un amigo del salón y del comedor. Enseguida reconoció el sello del jefe por la característica mezcla de opulencia y elegancia en la estilosa decoración.

Siempre que se lo permitía el tiempo pasaba los fines de semana allí. El éxito de su perfume Miss Dior había animado al jefe a crear otro aroma. Diorama —de nuevo su nombre estaba incluido en la denominación del perfume— recordaba a una mezcla de melocotón, melón, canela, violeta, pimienta y almizcle.

En una de sus visitas a la avenue Montaigne, madame Luling fue directa a los brazos de Célestine, ataviada con su típico vestido de seda negra y los zapatos de tacón de ante rojo. Una osadía en moda que Célestine jamás habría atribuido a la campechana directora.

—¿Ha visto el esbozo del nuevo frasco de perfume, mademoiselle Dufour? —preguntó, al tiempo que agitaba con entusiasmo la carpeta en la mano y sacaba un dibujo—. ¡Tian es un genio! Para mí no cabe duda, definitivamente.

Célestine vio un frasco de color azul marino con un tapón en forma de piña. El envase recordaba a un ánfora griega, parecida al jarrón de encima de la repisa de la chimenea en el salón de la rue Royale para el que escogía un ramo de flores todas las semanas en Lachaume.

Madame Luling sacó otra hoja de la carpeta.

—Para el embalaje, a nuestro jefe se le ha ocurrido algo aún más extraordinario: una cajita forrada de seda. Se podrá reutilizar como joyero cuando el perfume se haya terminado.

De pronto, Célestine oyó a su espalda una enérgica voz masculina.

—Disculpen, mesdames, estoy buscando a madame Luling, la directora de ventas.

Se dio la vuelta y vio a un hombre de unos treinta años vestido con traje y corbata y una camisa blanca como la nieve. Encima llevaba un abrigo un poco arrugado de color beige. A diferencia de su ropa, que trasmitía sencillez y seriedad a la vez, el pelo castaño le cubría la cabeza de rizos espesos, como si hubiera salido de casa sin peinar. El joven levantó las cejas pobladas, que casi se unían en el puente de la nariz y lanzó a Célestine una mirada que ella no supo interpretar del todo. ¿Expresaba simpatía o diversión?

Madame Luling le hizo un gesto con la cabeza.

—Soy yo.

—Con permiso: Jean-Luc Pellier, del *Figaro*. Estoy escribiendo un artículo sobre un nuevo perfume. Se llama Drama.

—El nombre del perfume es Diorama, joven. Por cierto, algún día su reportaje acabará en manos de esta fascinante dama que está a mi lado. Mademoiselle Dufour es la guardiana del archivo de prensa. Conoce todo lo que se ha escrito sobre la casa Dior. Si me acompaña a mi despacho, monsieur Pellier.

El periodista hizo una leve reverencia y le tendió la mano primero a madame Luling y luego a Célestine.

—*Enchanté*.

¿Le había guiñado el ojo?

Madame Luling indicó al reportero el camino a su despacho y le explicó con todo lujo de detalles la importancia del toque básico, de la cabeza y el corazón de un perfume. Célestine se sorprendió pensando que le habría gustado estar presente en la entrevista.

Al cabo de tres días, el cartero le entregó a Célestine un sobre grueso dirigido a ella. Dentro se encontraban los ejemplares de la última edición del *Figaro*, además de una tarjeta con una nota manuscrita.

> Estimada mademoiselle Dufour:
>
> Madame Luling tuvo la amabilidad de darme su dirección. Espero que mi artículo sea de su agrado.
> ¿Qué le parecería dar un paseo juntos por el Sena, hoy a las seis? Estaré puntual en la rue Royale y llamaré a su puerta. Siempre que no tenga mejor plan.
> Hasta entonces, atentamente,
>
> Jean-Luc Pellier

¡Qué descaro! A Célestine le faltaba el aire. ¿Qué se creía ese tipo? ¡Por supuesto que tenía mejores planes! Solo que aún no había pensado cuáles eran. Ahora mismo le haría llegar a ese periodista una educada respuesta negativa por correo urgente.

Jean-Luc Pellier le ofreció el brazo, y Célestine comprobó que su acompañante parecía aún más interesante a la luz del día que con la luz artificial de la avenue Montaigne. Era poco más alto que ella, pero la espalda ancha le daba un aire atlético. Hablaba rápido y sabía contar anécdotas divertidas. Hacía tres años que trabajaba en el *Figaro*, sobre todo en la redacción del centro de la ciudad, pero a veces también para el suplemento cultural. Como unos días antes, cuando sustituyó a un colega enfermo y se hizo cargo de la noticia de la presentación del nuevo perfume de la casa Dior.

—Debo darle las gracias a mi colega. Si no hubiera tenido amigdalitis, nosotros no nos habríamos conocido. Pero ahora me gustaría saber más de usted, mademoiselle Dufour. ¿Es usted parisina de pura cepa?

Célestine le contó en pocas palabras su infancia y juventud en Genêts, aunque se ahorró mencionar a Albert. Ese capítulo de su vida era demasiado personal para contárselo a alguien al que veía por segunda vez.

—Y ahora trabaja para un hombre que es aclamado en todo el mundo por ser un revolucionario. Un revolucionario con aguja, hilo y tijeras.

—Lo es, sin duda, además de una persona maravillosa. —Hizo un gesto de aprobación con la cabeza a su acompañante. Por lo general eran las mujeres las que admiraban la imaginación y el sentido especial de la estética del jefe, pero era indudable que también había hombres que sabían apreciar esas cualidades.

Célestine no se había percatado en absoluto de lo rápido que había pasado el tiempo. Sin saber qué camino habían seguido, pasaron por el pont de la Concorde, uno de los numerosos puentes que unían las dos orillas del Sena.

—¿Puedo invitarla a un vaso de pastís, mademoiselle Dufour? Un amigo mío regenta un local en la rue Cambon, el Chevilly. Su familia es propietaria de una destilería en el Loira. No encontrará en París un aguardiente de anís con más cuerpo.

Cuando una hora después Jean-Luc se despidió delante de la gran puerta de entrada de color verde azulado de la rue Royale, Célestine tuvo que prometerle que pronto continuarían con esa conversación, demasiado corta. Ella aceptó sin pensar y notó de repente que el corazón le latía con fuerza.

—¿Te ha invitado a un vaso de pastís? Me parece un poco pobre. ¿Por qué no ha ido a comer contigo? —Marie hizo un gesto de desaprobación.

Después de ir al cine juntas, las dos amigas se encontraban en el piso de Célestine saboreando un chocolate caliente, preparado con una ración extra de azúcar y mucha nata. Hacía poco que se habían suprimido las cartillas de alimentos y, aunque los precios eran altos, de vez en cuando Célestine se permitía el lujo de un pecado dulce para ella y su amiga.

—Primero, solo me tomé un dedal de pastís, y el resto del vaso lo llené de agua. Ya sabes que no estoy acostumbrada al alcohol. Y segundo, un periodista que solo hace tres años que trabaja en una redacción no gana mucho dinero —defendió Célestine a su acompañante—. Además, prefiero un hombre que se muestra modesto a uno que presuma de su riqueza, como Albert.

Marie sonrió satisfecha y le dio un empujoncito a su amiga en el costado.

—Entonces te gusta ese Jean-Luc, ¿eh? Sabía que un día ibas a dejar de resistirte y te enamorarías.

—¿Enamorarme? Pero qué dices. Fuimos a pasear y mantuvimos una agradable conversación. Nada más. —En cuanto pronunció esas palabras notó cómo se le aceleraba el corazón y se preguntó en su fuero interno si era posible que hubiera algo más.

Querida Célestine:

Concédame el placer de acompañarme el sábado que viene a un concierto de Édith Piaf. La recogeré a las seis en la puerta de su casa.

Cordialmente,

JEAN-LUC

Había pasado sin más de «mademoiselle Dufour» al nombre de pila con confianza, y ni siquiera había preguntado si tenía algún plan para el sábado.

Sin embargo, justamente eso era lo que le gustaba a Célestine, esas maneras atrevidas y directas. Recordó cómo movía hacia atrás la cabeza de rizos desgreñados, se reía y le lanzaba una mirada burlona con sus brillantes ojos marrones, y sintió un leve cosquilleo en el estómago.

Ya estaba esperando abajo, en la calle, cuando Célestine salió por la puerta cinco minutos antes de la hora acordada. Se había puesto un abrigo nuevo de lana de color verde cálido y un gorro de un suave tono amarillo a juego.

—Está usted deslumbrante, Célestine. ¿Se lo han dicho ya?

Antes de que Célestine pudiera contestar, Jean-Luc le ofreció el brazo y caminó en dirección a la place de la Concorde. Ella aceleró el paso para poder seguir el ritmo.

—Por supuesto, también podríamos ir en autobús, si quiere. De todos modos, yo preferiría ser su acompañante en el paseo.

—Yo también prefiero caminar a ir en autobús o en metro. —A continuación, Célestine le contó que una vez quiso coger el metro en la place de Clichy y al ver la escalera mecánica que parecía sumergirse hasta el infinito en las profundidades sintió que se ahogaba. Presa del pánico, volvió corriendo al aire libre y se propuso no pisar nunca más ese pozo subterráneo.

—El concierto es en un bar en un sótano de Saint-Germain des Prés. Es donde van ahora mismo los jóvenes artistas más prometedores: Juliette Gréco, Charles Aznavour, Yves Montand... Estoy seguro de que dentro de unos años sus nombres sonarán en Francia y en toda Europa. Y a Édith Piaf la conoce todo el mundo, claro.

—La he oído muchas veces en la radio. Me gusta su voz, es tan...

Célestine se echó a reír sin querer cuando su acompañante entonó la canción «Un monsieur me suit dans la rue» intentando imitar la voz de la cantante arrastrando la erre. Recorrió la calle cantando hasta el centro de la plaza y bailó con ella unos pasos de vals alrededor del obelisco egipcio de más de dos mil años de antigüedad.

Poco después entraron en el Fleurs-de-Lys, donde los clientes estaban sentados muy juntos, algunos sobre simples cajas de madera porque no había sillas suficientes. Un humo de tabaco espeso se extendía por el local; la gente se conocía y brindaba sobre las cabezas de otros clientes. De algún modo, Jean-Luc consiguió hacerse con un tonel de vino vacío para que al menos ella pudiera sentarse. Le hizo una señal a uno de los camareros que pasaban y acto seguido Célestine tuvo delante un vaso con un líquido de aspecto lechoso. Bebió un trago largo y notó el suave sabor a anís, regaliz, hinojo y tomillo en la lengua. Jean-Luc parecía muy atento: se había fijado en la mezcla que ella había pedido la tarde de su primer encuentro, mucha agua con una pizca de pastís.

Se oyó un murmullo entre el público y se desató un aplauso. Célestine estiró el cuello. Ahí estaba ella, en un escenario improvisado, vestida toda de negro. La legendaria Édith Piaf, poco más alta que una colegiala de doce años. Un acordeonista tocó los primeros compases y después de los versos iniciales de la canción la artista ya había hechizado al público.

Célestine escuchó y se quedó fascinada con la expresividad que Piaf aportaba a su canto, con grandes gestos y moviendo todo el cuerpo. No solo cantaba una balada, la encarnaba con todo su ser. La mayoría de sus canciones trataban del amor y la nostalgia, de ser abandonado y la esperanza de empezar de nuevo. Célestine vio con el rabillo del ojo que Jean-Luc tomaba notas y se preguntó por qué no se limitaba a escuchar y disfrutar de un momento tan especial.

El bis de Édith Piaf fue una canción que a Célestine le sonó triste y alegre a la vez. La última vez que la había oído fue en la radio, en Genêts, poco después de morir su madre:

«Bonheur perdu, bonheur enfui». Sí, ella había perdido la felicidad de formar parte de una familia, su felicidad juvenil había resultado ser tan fugaz como la que cantaba Édith Piaf en «Mon Légionnare». Célestine tarareó en silencio la melodía y pensó en cómo su padre y su madre bailaban a menudo muy abrazados alrededor de la mesa de la cocina. Ahora era ella la que tenía que buscar la felicidad de esos momentos de nuevo, y estaba segura de que en esa ciudad lo conseguiría.

—Gracias por la invitación y por una noche tan extraordinaria, Jean-Luc —dijo Célestine más tarde al despedirse delante de la puerta de su casa.

—El placer ha sido mío. Pasado mañana podrá leer la noticia sobre el concierto en la prensa. Espero que le guste. —Luego le lanzó una mirada penetrante, como si quisiera adivinar sus pensamientos más íntimos. Célestine creyó leer una pregunta tácita en sus ojos, y ella se preguntó por qué de repente la inundaba un calor inexplicable.

—¿Qué? ¿Escribió sobre el concierto? Entonces no fue una invitación para seducirte. Si escribe una crítica, le dieron las entradas gratis. Seguro que el vaso de pastís lo cargó en la cuenta de gastos. ¿Apostamos algo? —Marie sacudió la cabeza en un gesto de reproche y luego hizo una mueca de desdén.

—Aunque así fuera —se defendió Célestine, irritada—, para mí eso no es importante. No es un fanfarrón, y eso me gusta.

—Los periodistas averiguan rápido lo que le gusta a su interlocutor. Forma parte de su profesión. Así que, si me preguntas, solo se pone esa máscara para ganarse tus simpatías.

—Pero no te lo he preguntado —repuso Célestine con impaciencia. Marie era muy buena amiga, pero en cuanto a los hombres no podían ser más distintas.

23

A partir de entonces Célestine empezó a prestar especial atención al *Figaro*. Recortaba todos los artículos donde figuraba el nombre de Jean-Luc Pellier o que terminaba con las iniciales JLP. Guardaba las noticias en una caja de zapatos y sonreía al pensar que estaba creando su propio archivo de prensa. Sin embargo, a diferencia del de la casa Dior, su colección estaría formada en exclusiva por los textos del periodista cuya mirada de ojos castaño oscuro bajo las cejas pobladas le provocaba una curiosa inquietud que nunca había sentido.

Casi todas las semanas Célestine recibía correo de Jean-Luc con la galante petición de que le concediera el placer de acompañarlo a algún acto. Un día era un concierto al aire libre en las Tullerías. Otro, la conferencia de una restauradora del Museo del Louvre. La científica había descubierto que uno de los cuadros de la colección no era de Jacques Louis David, el gran artista de la época de la Revolución francesa, sino que lo pintó una de sus alumnas, lo que provocó que el conservador de la colección declarara en una rueda de prensa convocada a toda prisa que, de todos modos, él nunca había dado un valor especial a ese cuadro.

Jean-Luc siempre llevaba el bloc de notas encima, y Célestine esperaba ansiosa a leer su artículo en la prensa al día siguiente. Sus excursiones juntos siempre acababan en el local de su amigo Emmanuel con un vaso de pastís con mucha agua para Célestine y una cerveza para él. Jean-Luc escuchaba con atención y siempre hacía muchas preguntas, pero no le gustaba demasiado hablar de sí mismo.

—¿Sabe, Célestine? Soy una persona bastante aburrida. Me crie en Burdeos. Mi padre es jardinero en un cementerio y mi madre ayudante de cocina en un orfanato. Trabajé una temporada para el diario local, hasta que hace tres años tuve la oportunidad de escribir para el *Fígaro*.

Se acercó mucho con la silla a Célestine y le agarró la mano derecha con las dos suyas.

—Me gustaría saberlo todo sobre usted. Debe de ser emocionante trabajar para un hombre que tiene tanta influencia en cómo visten las mujeres de nuestro tiempo. Como asistenta y archivera, seguramente sabe más de él que él mismo.

—En absoluto —le contradijo Célestine entre risas.

Durante el camino a casa el cielo se oscureció en cuestión de minutos. Arreció el viento y les cayó encima un intenso aguacero. Célestine había salido de casa sin paraguas, pero Jean-Luc sacó como por arte de magia uno plegable del bolsillo del abrigo y lo abrió sobre sus cabezas. Llegaron a paso ligero a la rue Royale y, antes de que Célestine pudiera sacar la llave de casa del bolso, notó su aliento cálido en el cuello. Se dio la vuelta y él posó los labios en su boca. Cuando estaba a punto de protestar le falló la voz y no pudo evitar devolverle el beso.

—Eres la mujer más maravillosa que he conocido jamás —susurró Jean-Luc.

El paraguas abierto los protegía de las miradas de los transeúntes que pasaban presurosos, así que Célestine le rodeó el cuello con los brazos y lo acercó hacia ella, primero con suavidad, luego cada vez con más ímpetu. Cuando pensaba que iba a hundirse el suelo bajo sus pies, se soltó del abrazo y abrió la puerta de la casa con dedos inseguros.

—¿Cuándo volveré a verte? —le preguntó Jean-Luc sin aliento al oído.

—Cuando quieras —contestó ella con voz ronca.

A Célestine le asustó el poder del sentimiento que se había apoderado de ella. Al fin y al cabo solo hacía unos meses que conocía al hombres cuyos besos tanto la alteraban. De algún modo consiguió abrir la puerta y cerrarla a toda prisa en las narices de Jean-Luc. Aturdida, subió los peldaños hasta su piso del entresuelo.

Se sentó frente a la máquina de escribir sin quitarse el abrigo. Los dedos volaban sobre las teclas. En su historia, la protagonista de Célestine continuó con lo que ella acababa de poner fin. Su heroína se dejó llevar por un delirio de deseo y pasión.

24

En su visita mensual a contabilidad, Célestine se encontró con su amiga Amélie, su modista de la corte, como llamaba a la joven costurera medio en broma, medio en serio. Sin embargo, esta vez estuvo más seca de lo normal y daba la impresión de estar de mal humor.

—Hoy pareces muy enfadada. ¿Habéis tenido problemas en el atelier? —preguntó Célestine con cautela.

Amélie hizo un mohín, se retiró un mechón de pelo de la frente y luego las palabras le salieron a borbotones.

—Llamarlo problemas es quedarse corto. Por la mañana, madame Monique ha pedido un patrón para un conjunto de tarde. Una condesa italiana lo pidió en un moiré de tafetán de color rojo burdeos y tiene que estar terminado dentro de tres días porque la clienta ha reservado un viaje en barco. Pero no encontramos el patrón por ningún sitio. Y no hemos dado con el corte en cretona correspondiente hasta hace media hora: en medio de los vestidos de cóctel, donde Dios sabe que no se le había perdido nada. La directora nos ha echado una buena bronca, y ha dicho que si no somos más minuciosas con nuestro trabajo nos pondrá a todas de patitas en la calle con el siguiente descuido.

—Imagino que el ambiente está caldeado. Seguro que madame Monique solo estaba enfadada y no lo decía en serio —alegó Célestine para calmar a su amiga.

Amélie respiró hondo.

—Todo esto es culpa de Baptist —aclaró—. Es el responsable de conservar los patrones. Es el que cose los mejores plisados, pero es un soñador y no mantiene el orden. Pero no voy a permitir que ponga en peligro mi puesto y los de mis compañeros. Debe disculparse con madame Monique y con todos nosotros. —Amélie se dirigió deprisa y con gesto decidido hacia el atelier.

Célestine imaginó la reprimenda que le esperaba a Baptist, al que no conocía. Recordó su época en la oficina del alcalde de Genêts. Un colega que era el encargado del archivo municipal sufrió un ataque al corazón y Célestine tuvo que sustituirlo durante unas cuantas semanas. A veces tuvo que pasarse todo el día buscando un documento o una alegación importante porque el sistema de registro era defectuoso. Por eso, al crear el archivo de prensa de la casa Dior quiso fijar un orden claro desde el principio. No quería pasar nunca el bochorno de no poder entregarle al jefe un artículo que necesitara.

Sonrió, ensimismada, al pensar en los artículos de prensa que ella leía con especial atención porque le gustaban más. Y porque el autor de esas líneas le gustaba aún más.

Cuando acompañaba a Jean-Luc a una inauguración en una galería del Barrio Latino o a una regata de remos entre estudiantes de la Sorbona en el Sena, se sentía orgullosa porque ese periodista tan divertido e inteligente la hiciera partícipe de su trabajo. Aunque siempre luciera el mismo traje de color beige pasado de moda y el mismo abrigo arrugado, siempre llevaba la camisa blanca limpia y recién planchada.

En cuanto Jean-Luc guardó el bloc de notas y el lápiz en el bolsillo se fueron al Chevilly, su local habitual, donde siempre tenían la misma mesa reservada y el camarero, Emmanuel, los saludaba con mucho cariño.

En cuanto se instalaron les sirvieron la cerveza y el vaso de pastís aguado de rigor, cuyo sabor a finas hierbas Célestine seguía guardando en el recuerdo días después, cuando pulía el parqué, escogía el ramo de flores semanal para el jefe o le preparaba la comida. Las excursiones con su novio terminaban siempre delante de su casa en la rue Royale con abrazos impetuosos y besos cada vez más apasionados.

Célestine disfrutaba de la atención que le prestaba Jean-Luc cuando ella le contaba la cautela con la que el jefe dirigía la casa de modas. Cómo regalaba presencia y gracia a las mujeres de todo el mundo con sus diseños y al mismo tiempo se preocupaba por el bienestar de sus empleados.

—Sé por una amiga del atelier de madame Monique que monsieur Dior es el que paga los sueldos más altos del sector. En la cantina, cada uno paga según sus ingresos. El jefe incluso ha instalado un ambulatorio en la avenue Montaigne, donde todos los empleados pueden recibir tratamiento médico gratuito. Las costureras y bordadoras se hacen revisiones de la vista con regularidad, y monsieur Dior tiene pensado construir fuera de la ciudad una clínica de reposo para los empleados con enfermedades prolongadas.

—Noto en todas tus frases la admiración que sientes por tu jefe. ¿Acaso tengo motivos para estar celoso? —Jean-Luc esbozó una sonrisa burlona que a ella le puso la piel de gallina.

De pronto sintió que una mano subía por debajo de la mesa por la falda y le tocaba la rodilla. Célestine contuvo la respiración un momento al notar las suaves yemas de los dedos debajo de la tela del vestido que subían decididas hacia el muslo. Apartó la mano a un lado con un movimiento brusco y le hizo un gesto severo.

—¿Qué va a pensar el camarero? —murmuró ella, que se esforzó por emplear un tono de reproche.

—¡Bueno, imagino que estaría encantado de ocupar mi

puesto! ¿Has visto su mirada de envidia? Estoy seguro de que has notado algo.

Célestine miró alrededor, cohibida, pero solo vio que el camarero ponía una mesa en el rincón del fondo del local.

—¡No ha visto nada de nada! —le riñó ella, fingiendo estar enfadada, y le dio una suave patada en la espinilla.

—¡Vuelve a decir eso, *chérie*! Me encanta cuando quieres parecer enfadada, aunque en realidad nunca puedes enfadarte conmigo.

Célestine se dio por vencida entre risas.

—Dime la verdad: ¿por qué me pides que te acompañe cuando vas a algún sitio para escribir un artículo?

—Eres objetiva, buena observadora... y eres una acompañante absolutamente encantadora.

—No te diré que no. ¿Y qué motivo debería tener yo para ir contigo?

—Bueno, mademoiselle *archiviste*, responderé con modestia. Primero, soy guapísimo; segundo, soy interesante; tercero, atento; cuarto, polifacético... y quinto, tengo previsto un ascenso a redactor jefe de la redacción central junto con un cuantioso aumento de sueldo. Sí, y sexto... eso me gustaría contártelo cuando estemos solos. Solo los dos.

Célestine sintió un leve mareo. Así que eso se sentía al estar enamorada. ¡Era una sensación agradable! Sin embargo, necesitaba mantener la cabeza fría. No quería superar bajo ningún concepto ciertos límites antes de estar segura de que Jean-Luc era de verdad la persona adecuada.

Al despedirse en la rue Royale, a Célestine le entraron de repente las prisas. En lugar de los habituales besos apasionados se limitó a acariciar con suavidad las mejillas de Jean-Luc.

—*Adieu*, monsieur Buen Partido. Hasta pronto.

Se deshizo de su abrazo precipitadamente y subió corriendo la escalera, huyendo de los sentimientos confusos que la habían asaltado de repente y haciendo caso omiso de las protestas de él por haberlo dejado plantado con tanta brusquedad.

Una vez en su casa, se sintió aliviada de no tener que poner a prueba su firmeza. Se colocó frente al espejo del armario y se observó con los ojos entornados. Vio a una joven delicada con el cabello color cobre recogido y los rasgos de la cara proporcionados. Con su vestido de color azul claro de cintura estrecha y la falda acampanada parecía aún más frágil y joven de lo que era.

Se desabrochó los botones muy despacio. Primero se quitó el vestido y luego las amplias enaguas de tul; luego se quitó los zapatos y las medias y siguió con atención todos sus movimientos en el espejo. Nunca había metido su cuerpo de muchacha en un corpiño o una faja como hacían las mujeres de casi todo el mundo occidental, fuera cual fuese su figura. Necesitaba tener la sensación de moverse con libertad y poder respirar sin estar limitada por ganchos, corchetes o cordones.

Se quedó un rato así, hasta que se quitó la camisa interior y por último las bragas. Estiró los brazos hacia arriba, unió las manos en la nuca y movió la cadera con suavidad. Luego le sonrió a su imagen en el espejo.

25

—Se te nota en la cara. Has caído. Está muy claro. —Marie se acomodó en el sofá de flores del piso de Célestine. En la mano sujetaba una bandeja de macarons que su amiga había comprado en la pastelería cercana, Ladurée—. Por cierto, es la primera vez que tú tienes a un hombre a tu lado y yo me quedo sola. Olivier, que se decía experto en finanzas, hablaba sin cesar de balances, cuentas de beneficios, volumen de negocios y rentabilidad. Me reprochó que no sabía ahorrar y que me gastaba demasiado dinero en perfume y ropa interior. —Suspiró, luego cogió un macaron de color amarillo claro con relleno de crema de limón y lo mordisqueó con deleite.

—Marie, tarde o temprano volverás a enamorarte.

—¿Tarde o temprano? ¡Ya nos toca! ¡Pronto seremos viejas solteronas! Y yo soy un año mayor que tú.

—Ni siquiera tienes veinticuatro años. —Célestine se rio para sus adentros y se metió en la boca la mitad superior de un macaron de fresa—. De todos modos, yo me siento de todo menos vieja. Pero admito que he aprovechado el tiempo para tomar distancia. De las ideas de mi familia en Genêts, y sobre todo de Albert. Lo que viví con él me hizo dudar mucho del amor, pero de momento París solo me ha aportado felicidad. Adoro esta ciudad bulliciosa, colorida y viva. Aquí tengo un cometido que me llena y por el que encima me pagan bien. Y puedo trabajar al lado de un hombre considerado la mente más creativa del mundo de la moda francés.

Como siempre que hablaba de monsieur Dior, su voz adquirió un tono entusiasta. Al final se enderezó y expresó lo que llevaba tiempo pensando:

—Creo que ha llegado el momento de volver a creer en el amor y comprometerme con él.

Marie dio una palmada.

—¡Bravo, *ma chère*! Así me gusta.

Paseó la mirada hasta la máquina de escribir, donde había introducida una hoja de papel.

—¿Has vuelto a trabajar en tu novela?

—Sí, y ¿sabes qué? Ya casi he terminado. Solo quiero revisar otra vez el último capítulo.

—¿Y qué harás cuando tengas la historia terminada?

A Célestine le sorprendió la pregunta de Marie. ¿No era obvio?

—Ofreceré el manuscrito a una editorial. Para que publiquen un libro.

Jean-Luc había invitado a Célestine a un paseo vespertino por el Parc Monceau, situado entre la estación Saint-Lazare y el Arco de Triunfo. Quería enseñarle por fin dónde se encontraba el barrio en el que vivía. El parque contaba con un lago artificial y senderos tortuosos en medio de bancales de rosas al más puro estilo inglés. En medio se extendían amplias superficies de césped con estatuas de célebres poetas y compositores que parecían erigidas allí por casualidad. Pasearon cogidos de la mano por un camino angosto, respirando en el aire tibio de la tarde el aroma embriagador de las rosas en flor.

—¿Ves esa casa de allí? —Jean-Luc señaló un triste edificio gris de piedra con rejas desmoronadas en las ventanas que parecían demasiado pequeñas—. Allí, en la rue Murillo, vivo yo. Me encantaría llevarte a mi habitación para enseñarte la carpeta con todos mis artículos, mademoiselle *archiviste*. Y unas cuantas cosas más... —Se inclinó hacia ella y le susurró algo al oído que hizo que se sonrojara. Tiró de ella a toda prisa hasta detrás de un arbusto de aligustre, donde quedaban protegidos de las miradas de los paseantes curiosos. Presionó con fuerza con los labios en su boca y Célestine sintió un calor abrasador en su interior. No sabía si pasaron segundos o quizá horas cuando él se separó y suspiró.

—Por desgracia, no puedo recibir visitas femeninas, va contra las normas de la casa. Y la conserje es lo que podría llamarse una auténtica arpía. Esta casa es una residencia masculina, compartimos la cocina y el baño. Solo viven solteros: actores, estudiantes, licenciados en derecho. También hay un escritor. Es barato vivir allí, por eso me conviene. Pero tengo muchas perspectivas de ser ascendido pronto. Entonces buscaré un piso con una mejor ubicación y podré recibir día y noche una visita tan fascinante como tú. —Abrazó a Célestine por la cintura, la levantó y dio varias vueltas con ella.

En cuanto notó que volvía a tocar tierra firme con los pies, le dio un empujoncito juguetón en el pecho.

—¿Me has preguntado si quiero visitarte? —Un escalofrío le recorrió la espalda cuando los labios de Jean-Luc le rozaron el pabellón de la oreja.

—No me gusta hacer preguntas obvias. Estamos hechos el uno para el otro, lo supe en el primer instante en que nos encontramos. ¿Te acuerdas? En la escalera de la avenue Montaigne...

Claro que lo recordaba. Sin embargo, antes de entregarse a sus recuerdos, Célestine se agarró del brazo de Jean-Luc.

—Vamos a caminar un poco antes de echar raíces aquí. ¿Dices que uno de tus compañeros es escritor?

—Sí. El mes pasado publicó su primera novela. Desde entonces se mueve por esferas más altas.

Un grupo de conejos que habían salido de sus madrigueras en el ocaso llamó la atención de Célestine. Algunos de los animales estaban sentados en la hierba, mordisqueando; otros saltaban tan rápido por el parque que parecían estar haciendo una carrera. Sonrió sin querer, porque en todos los libros de Germaine Mercier había un picnic en el parque con una escena graciosa con los roedores de orejas largas. Miró a Jean-Luc, que le lanzó una mirada divertida y, sin pensarlo, le salieron las palabras sin más.

—Lo que te voy a contar es un secreto. No lo sabe nadie más que mi amiga Marie. Hace tiempo que sueño con escribir un libro. Mi modelo es Germaine Mercier, he leído todas sus novelas. Hace tiempo me inventé una historia, y ahora mi novela está casi terminada.

Jean-Luc soltó un silbido de sorpresa.

—*Chapeau!* No lo habría imaginado. Una archivera que guarda los textos de otros y a la vez escribe ella...

A Célestine le dio un vuelco el corazón de la alegría.

—Temía que te rieras de mí.

—Claro que no; escribir es un pasatiempo divertido para una chica joven. No se puede estar haciendo ganchillo o bordando todo el día.

Ella se detuvo ahí mismo. ¿Es que Jean-Luc no la había entendido?

—No escribo porque me aburra. Para mí es un deseo de expresarme.

Jean-Luc la observó boquiabierto, como si fuera un ser de otra galaxia.

—¿Quieres decir que quieres... publicar tu historia?

—¡Por supuesto! Tú también escribes tus artículos para

un público y no para meterlos en un cajón. —La respuesta sonó más insolente de lo que pretendía. Aun así, no quiso retirar ni una sola palabra.

Acto seguido la mirada de Jean-Luc pasó de ser de asombro e incredulidad a leve comprensión.

—Pues claro, *chérie*. Lo entiendo. —Se paró, la atrajo hacia sí y le dio un golpecito en la punta de la nariz con el dedo—. Y ahora te voy a desvelar yo un secreto. Conozco a un editor de Gallimard. Lo conozco bastante bien, es el padrino de mi hermano menor. Si le hablo bien de ti, a lo mejor pronto tu sueño se hace realidad...

—¿Lo harías por mí? Vaya, eso es... es... —balbuceó Célestine, sin aliento. Le rodeó el cuello con los brazos y lo besó con efusividad—. Dentro de poco el jefe se irá una semana de viaje. Entonces me sentaré en mi máquina de escribir de la mañana a la noche y terminaré la historia.

—A veces las cosas salen mejor de lo que uno pensaba al principio —murmuró Jean-Luc, que de pronto parecía muy satisfecho.

«¡Qué hombre tan maravilloso!», pensó Célestine, que lo miró de soslayo. Como siempre, los rizos oscuros le salían disparados y desordenados de la cabeza, pero era justo eso lo que le gustaba. Como también le gustaba su estilo audaz, intrépido.

Al día siguiente por la tarde el cartero del bigote le entregó a Célestine un sobre con una educada reverencia. Al ver la dirección y reconocer la letra, no pudo evitar sonreír.

—¿Puedo esperar que esa sonrisa sea por mí y no por el remitente, seguramente aburrido y carente de interés, de ese correo? —preguntó el cartero con marcada seriedad—. ¿Por qué nunca sale conmigo, Célestine? Podría contarle muchas cosas de la gente de mi barrio. Los carteros no somos personas sin imaginación, como quizá supone.

—¡Jamás pensaría algo así, Dominique! Pero ¿qué diría mi prometido si saliera con un hombre tan guapo e interesante como usted?

Al joven cartero le encantaban esos intercambios inofensivos, y Célestine entraba al trapo con gusto. Practicaban casi a diario ese juego de ironía y de tomarse el pelo mutuamente, para deleite de ambos.

—¡Pobre! Explotaría de envidia y celos. Pero no todos los compromisos acaban en boda, querida mademoiselle Célestine. Si cambia de opinión, yo aún estaré aquí.

—Eso me tranquiliza. En ese caso, buscaré su consejo y consuelo, por supuesto.

Dominique se dio por satisfecho con la respuesta de Célestine. Se dio un golpecito en la gorra, sonriendo, y bajó la escalera para continuar con su entrega en la casa del vecino.

Célestine abrió el sobre con un cuchillo de cocina. No podía creer lo que estaba viendo: Jean-Luc le había enviado una página del *Figaro* de abril de 1928 con una entrevista a Germaine Mercier, que entonces tenía setenta y un años. La autora había invitado a un periodista a su casa para hablarle de su infancia, sus tres matrimonios fracasados, los primeros intentos fallidos de escribir y sus éxitos posteriores.

Célestine envió a su novio mentalmente infinidad de besos. Con esa sorpresa le habría conquistado el corazón, si no lo hubiera hecho ya hacía tiempo.

Marie se sentó junto a Célestine en el sofá de flores. Estaba de buen humor y saboreó una trufa de mazapán.

—Jean-Luc va en serio. Con el artículo de prensa sobre tu autora favorita en cierto modo te ha hecho una proposición tácita. ¿Podré ser tu dama de honor?

Célestine echó la cabeza hacia atrás entre risas y brindó con su amiga con una taza de café.

—¿Quién puede estar a mi lado el día de mi boda si no tú? Pero aún no hemos llegado tan lejos. Jean-Luc no es un hombre que actúe precipitadamente. Esperará a que le asciendan para hacer la petición.

Célestine vio una luz en los ojos de Marie que le resultaba demasiado familiar.

—¡Cuéntamelo ya! Sé que te pasa algo.

Marie cogió una trufa de crocante y la observó con detenimiento por todas partes antes de metérsela en la boca con una sonrisa. Masticó, tragó y puso morritos como si fuera a dar un beso.

—¡Sé que por fin he encontrado al hombre adecuado! Se llama David, un día heredará la imprenta de su tío y quiere ir conmigo a Saint-Tropez en otoño, donde pasan las vacaciones los ricos y guapos. ¿No es fantástico? Te enviaré una postal. Te lo prometo.

Al final de la jornada, Célestine bajó a toda prisa de la tercera planta a su piso para revisar el último capítulo de su novela. Por fin había llegado el momento, el que tanto había deseado Célestine, de escribir la palabra «fin» en el manuscrito.

26

Monsieur Dior se había ido a su molino. Una vez terminados los diseños de los vestidos de día y de tarde de la nueva colección, quería reunir ideas para los vestidos de cóctel y de noche en un entorno rural, sin que le molestara el trajín cotidiano.

Era evidente que Jean-Luc la había escuchado con atención durante su paseo por el parque aquella tarde y recordó que el jefe quería irse de viaje. También había deducido que Célestine se quedaría sola en la rue Royale. Cuando tuvo su nota en las manos, Célestine lanzó un grito de júbilo.

> Célestine, *chérie*:
>
> He hablado con el padrino de mi hermano. Le gustaría leer tu manuscrito lo antes posible. El miércoles estaré a las seis en tu casa. Llevaré algo de beber, tendremos que brindar por tu futuro éxito.
>
> JEAN-LUC

Célestine contaba las horas que quedaban para recibir a su novio por primera vez en su casa. Había decorado la mesa con un centro de flores y sacado las copas de vino más finas de las existencias del armario de la difunta inquilina anterior.

Puntual, a las seis llamaron a la puerta. Allí estaba Jean-

Luc, con los ojos brillantes y una botella de vino en la mano. Con la otra atrajo a Célestine hacia él.

—Por fin... —murmuró él mientras la besaba. Paseó la mirada hasta la mesa puesta y olisqueó en dirección a la cocina—. Vaya, si sabe tan bien como huele... ¿Por qué no me has invitado antes a tu casa?

Célestine le cogió la botella de la mano.

—Si no recuerdo mal, fuiste tú quien te invitaste. Además, vivo en un piso propiedad de monsieur Dior. No estoy segura de que le gustara que recibiera visitas masculinas mientras él está dos plantas más arriba.

Jean-Luc se quitó el abrigo y lo lanzó con descuido al sofá.

—Ah, mademoiselle *archiviste* es un dechado de virtudes... ¿Me cuentas qué delicia estás preparando con tanto primor?

—He hecho un caldo de gallina con hierbas frescas. De segundo plato hay ragú de ternera con setas deshidratadas estofado al horno siguiendo la receta de mi abuela. Y de postre, sorbete de manzana.

Jean-Luc se relamió, encantado.

—¿Cómo has adivinado mi plato favorito? Carne en la sopa y en el plato principal: está claro que conoces a los proveedores adecuados de unos ingredientes tan selectos.

Célestine observó con el rabillo del ojo que intentaba echar un vistazo a la cama. Para que ese espacio pareciera un salón acogedor y no un dormitorio, había instalado un biombo.

Jean-Luc se acomodó en el sofá y atrajo a Célestine hasta su regazo. Recorrió despacio con los labios la curva del cuello y el inicio del cabello en la nuca. Ella se estremeció al notar sus suaves caricias. Luego le agarró la mano izquierda y le besó el pulgar, el dedo índice, el dedo corazón, el dedo anular y el meñique. Cogió la derecha y besó todos los dedos uno a uno. Despacio. Con fruición. De pronto paró y la miró a los ojos.

—Y estas preciosas manos han escrito una novela que esta preciosa cabeza... —le dio un golpecito suave en la frente con el dedo— ha inventado.

Célestine se levantó de un salto de las rodillas de Jean-Luc y sacó su manuscrito del cajón superior del aparador, anudado con una cinta de lazo de color verde.

—Es este. ¡Estoy tan emocionada! Me encantaría saber lo antes posible si al editor le gusta mi historia.

Jean-Luc observó la portada, confundido. *Célestine Benoît: la villa de las rosas en las afueras de la ciudad.*

—¿Por qué Benoît? ¿Por qué no usas tu verdadero nombre?

—Benoît es el apellido de soltera de mi madre. Decidí usar pseudónimo porque la Célestine romántica y sentimental que ha escrito esta novela es distinta de la que tienes delante. Igual que existe Dior, el modisto de fama mundial de la avenue Montaigne, y Christian Dior, la persona, que vive dos plantas más arriba.

Jean-Luc guardó el manuscrito en el bolsillo interior del abrigo.

—Estoy seguro de que el tío Albert quedará encantado.

Célestine se estremeció sin querer al oír el nombre de Albert. Hasta entonces no le había contado nada a Jean-Luc de su exprometido, y en ese momento tampoco le pareció necesario. No tenía nada que ocultar. Albert formaba parte del pasado.

Jean-Luc la agarró de los brazos, la atrajo hacia sí y le mordisqueó el lóbulo de la oreja.

—¿Sabes que tengo hambre? Mucha, incluso.

—Entonces empecemos por la sopa. El ragú aún tiene que hacerse un ratito más.

Mientras Célestine servía los platos, de pronto se sintió

insegura. ¿Dónde se había metido? Estaba por primea vez sola en su piso con un chico que le gustaba. Al que ella le gustaba... Él probó la sopa y luego hizo un gesto embelesado.

—Formidable. Qué honor para una gallina que la trates con tanta destreza. Si te queda algo de sopa, no le diría que no a otro plato.

Célestine no pudio evitar sonreír satisfecha al oír esa petición decidida y un poco descarada. No había mayor cumplido para ella que hacer disfrutar a la gente con su comida. Tras el último bocado, Jean-Luc dejó la servilleta a un lado, cogió la botella de vino y acarició la etiqueta con gesto elocuente.

—Es un Château Lafitte Émilien, de la añada del cuarenta y dos. Me parece que unas gotas tan nobles son perfectas para brindar por el éxito de la futura escritora.

—Ya sabes que no estoy acostumbrada al alcohol, pero puedes servirme media copa —le dijo mientras sazonaba el ragú con una pizca de clavo.

—Si me dices dónde puedo encontrar un sacacorchos...

Célestine se detuvo y sacudió la cabeza.

—No tengo... pero monsieur Dior tiene varios. Voy a subir un momento a buscar uno.

Jean-Luc se levantó, la agarró por la cintura y le dio un beso en la nariz.

—Gracias al cielo no tendremos que pasar esta noche con un vaso de agua.

Célestine retiró con dos agarradores la olla hasta el borde de los fogones y la tapó. Así el ragú se mantendría caliente sin quemarse. Cogió el estuche de piel rojo del cajón superior del aparador donde estaban las llaves de su piso y del de monsieur Dior. Jean-Luc la siguió con toda naturalidad y subieron juntos a la tercera planta. Célestine abrió la puerta con cuidado. Monsieur Dior estaba de viaje, y ella no tenía permiso para dejar entrar a un desconocido en su piso. ¿Su novio no debería esperar en el rellano, delante de la puerta? Pero él ya había entrado en el salón detrás de ella.

Al ver el mobiliario selecto, las preciosas alfombras y los fastuosos cuadros, Jean-Luc se quedó quieto, sorprendido, y soltó un silbido entre dientes.

—¡Vaya, hay que reconocer que ese hombre tiene buen gusto! Ya lo demostró al contratarte —añadió, y la atrajo con tanta fuerza hacia sí que Célestine notó su cálido aliento en la nuca.

Fue rápidamente a buscar un sacacorchos de los cajones de la cocina y volvió corriendo a la puerta de la casa. Sin embargo, Jean-Luc se interpuso en su camino.

—¿Y si hacemos una pequeña visita? Me interesa muchísimo ver dónde trabaja mademoiselle *archiviste*. —Le lanzó una mirada tan suplicante que Célestine no supo negarle el deseo.

Le enseñó todas las habitaciones, como hizo el mayordomo con ella en su primer día. Dos horas antes, Célestine había estado en la tercera planta para completar la carpeta de las últimas noticias de prensa estadounidenses. En ese momento, en cambio, en presencia de su novio, esas estancias adquirían otro significado, y no era capaz de explicar qué había cambiado.

—Es de envidiar que trabajes en un ambiente de una elegancia tan selecta —admitió Jean-Luc—. Si supieras lo espartanas que son las salas de nuestra redacción... ¿Adónde da esta puerta? —Señaló la de al lado de la repisa de la chimenea del salón.

—Al otro lado está el despacho de monsieur Dior, y de ahí vas a sus estancias privadas.

En el último segundo Célestine consiguió impedir que su novio bajara el pomo de la puerta.

—¡Para! Esa parte de la casa es sagrada para el jefe, no puede entrar ningún extraño.

Jean-Luc levantó las manos y esbozó una sonrisa culpable.

—Perdona, *chérie*, ¡no lo sabía! Pero ¿y el despacho? ¿No dejas todos los días el correo allí? Me encantaría ver dónde plasma el célebre modisto sus ideas sobre el papel.

Célestine dudó un momento. Jean-Luc tenía razón. En realidad él tampoco era un desconocido, ya estaba planeando su futuro, y prácticamente estaban prometidos. ¿Por qué no iba a poder ver lo que ella veía a diario? Abrió la puerta con cuidado y se asomó a la sala como si temiera que alguien los estuviera observando.

—No tocaré nada —prometió Jean-Luc, que le lanzó una mirada cómplice. Rodeó el escritorio con pasos comedidos. Luego posó de repente la mirada en una tetera con símbolos chinos y unos conejos voladores—. Asombroso, un francés que toma té en lugar de café.

Célestine se rio por lo bajo.

—Claro que no, a monsieur Dior le encanta el café. Solo y con mucho azúcar. La tetera es herencia de su tía. Dentro guarda la llave del atelier.

Jean-Luc no pudo reprimir una sonrisa.

—Y los diseños de moda supongo que están bajo la alfombra oriental.

—Si supieras cuántos esbozos hace el jefe para cada colección —aclaró ella, que hizo caso omiso del comentario de su novio—. Los diseños están en la sala de almacén en la buhardilla de la avenue Montaigne.

De repente, Jean-Luc agarró de la muñeca a Célestine y se la llevó con decisión hacia la puerta.

—El invitado le agradece la visita. ¿Sabes qué? Tengo hambre. Un hambre terrible, en realidad.

Durante la comida, Jean-Luc no paró de servirle vino.

—Sería un crimen beber agua con una comida tan deliciosa. ¡A tu salud, y por la futura escritora!

—Suena tan rimbombante... Gracias, pero creo que ya tengo bastante. No suelo beber un vino tan fuerte —confesó Célestine, que se notaba el paladar seco.

Él levantó la copa.

—*Santé!*

En el postre, Célestine notó que le ardían las mejillas. Al mismo tiempo se sentía ligera y despreocupada. Todo lo que decía Jean-Luc la hacía reír. Él acercaba la silla cada vez más a ella, hasta que al final la sentó en su regazo.

—Una noche maravillosa a la que espero sigan muchas más. Y si un día eres una escritora famosa, lo celebraremos en una suite del hotel Ritz —le murmuró en el cuello, y le mordió con suavidad el lóbulo de la oreja.

—¿Eso es una propuesta de matrimonio? —Célestine agarró a Jean-Luc por los hombros con las dos manos porque de pronto estaba tan mareada como si estuviera en una barca que se balanceara. Mientras él la besaba, al principio con dulzura y luego cada vez con más ardor, notó que unos dedos hábiles le desabrochaban los botones superiores del vestido. Quiso protestar, pero un beso apasionado se lo impidió. De pronto sintió que la levantaban y la dejaban con cuidado en el borde de la cama.

—¿Qué haces? —preguntó con voz apagada, e intentó apartar a su novio.

—Lo que hace tiempo que quería hacer —murmuró Jean-Luc en tono ardiente, y su aliento cálido le acarició la mejilla.

—Pero no puedo... ni siquiera estamos... y encima en la cama.

Él se tumbó a su lado y ahogó todas las protestas siguientes con sus besos. Deslizó los labios con ternura sobre el pelo y el cuello mientras con las manos desabrochaba el resto de los botones del vestido, se abría paso bajo la camisola de muselina y se encontraba con la piel desnuda y ardiente; al principio se detuvo allí, pero luego exploró su cuerpo con pasión y dulzura. Ella soltó un leve gemido. Quiso resistirse, pero sus dudas enmudecieron y se acercó con vehemencia a su cuerpo musculado. El espacio y el tiempo se habían desvanecido, solo estaban ellos dos, sus susurros, sus besos, su deseo.

La luz del sol entró por la rendija que había entre las dos cortinas verdes. Célestine parpadeó e intentó recordar. Luego sonrió, como si notara el peso agradable de su cuerpo. Poco a poco fue recobrando la consciencia. Se incorporó a toda prisa y se llevó las dos manos a la cabeza, donde parecía rodar un tiovivo que zumbaba. Contempló aturdida la cama donde unas horas antes se había tumbado un cuerpo esbelto y atlético de hombre que había provocado en ella esa sensación completamente nueva. Ahora la colcha estaba mal puesta y en la almohada había un sobre. Sacó la carta con manos temblorosas y leyó palabra por palabra, sin comprender el sentido.

Célestine, *chérie*:

Te agradezco la noche pasada. Me has hecho el hombre más feliz de todo París. Perdona que no te pueda dar un beso de buenos días.

Cuando despiertes estaré de camino a Lyon. Tengo que escribir un reportaje de varias partes sobre un proceso penal. El acusado es un político local de alto rango que colaboró con los nazis y delató a cientos de franceses a los alemanes. No te conté nada de mi viaje a propósito, no quería echar a perder la noche de ayer. Este encargo es decisivo para mi carrera, hay que trabajar mucho para conseguir un puesto de redactor jefe.

No podremos vernos durante dos semanas. ¡Ya te echo de menos! Seguramente no tendré tiempo de llamarte. Tengo que entrevistar a muchas personas. Estoy ansioso por volver a tenerte entre mis brazos. Te beso en la frente, la nariz, la boca y todos los demás sitios que tanto me embelesaron de noche.

¡*Au revoir*, la más bella de la noche!

JEAN-LUC

¡Ojalá cesara ese zumbido en la cabeza! Célestine leyó una y otra vez las frases hasta que por fin lo entendió. Solo unas horas después de su felicidad conjunta, su amado se había ido al amanecer sin que ella se diera cuenta. No le había contado nada de su encargo por no entristecerla. Aun así, se le rompió el corazón y no pudo contener las lágrimas. El anhelo de los abrazos de las últimas horas era irrefrenable.

Como su amiga Marie en ese momento estaba ocupada con su actual admirador, Célestine decidió distraer sus penas con el trabajo y esperar el inminente regreso de su jefe para volver a la rutina cotidiana de la rue Royale.

Sin embargo, primero necesitaba prepararse un café fuerte y expulsar esa desagradable sensación de la cabeza.

27

El día de su regreso, Célestine le preparó a monsieur Dior sopa de mejillones, chuleta de cerdo y tortitas de canela.

—He echado de menos su cocina, mademoiselle Dufour —confesó el jefe, que se permitió tomar una segunda ración de cada plato. Con todo, durante su ausencia no parecía haber pasado nada de hambre, porque la chaqueta se le tensaba con claridad en la barriga.

—Seguro que ha vuelto a París con un montón de diseños maravillosos, monsieur Dior. Sé que en el atelier todos aguardan con impaciencia a empezar por fin con la nueva colección.

—¡Si supiera lo que me ha costado diseñar! Con cada colección empeora. Cada temporada las clientas esperan algo novedoso que haga sombra a la colección anterior. —El jefe estaba sentado en su silla completamente hundido, y sacudía la cabeza con tristeza. Parecía pesaroso y cansado. Sin embargo, como tantas veces, mudó el semblante en un abrir y cerrar de ojos. Se irguió con ímpetu, enderezó los hombros y sus ojos adquirieron un brillo más suave—. Aunque mis dibujos no sean más que unos sencillos garabatos a lápiz, conozco la capacidad de mis empleados. Madame Marguerite crea patrones a partir de los bocetos. Juntos buscamos telas, botones y cinturones, y mis costureras crean vestidos, abrigos y trajes. En algún momento, esos vestidos abandonarán la casa Dior porque ha sido del gusto de alguna clienta. Es el instante en el que mis diseños de verdad cobran vida. Entonces sé que no podría haber escogido una profesión más bonita.

En cuanto Célestine puso un pie en la tienda de la avenue Montaigne le dio la sensación de que esa mañana era algo distinta. Había algo en el aire que no se podía ver, oír ni oler y que arrojaba vibraciones al ambiente. En la sección de pagos, los empleados contestaban con extraños monosílabos. Todos parecían afligidos. Incluso Chantal, la argelina de ojos negros que nunca se ahorraba una crítica y le gustaba que los demás notaran su desprecio, no dijo una sola palabra.

Al bajar, Célestine oyó voces alteradas en la escalera. Procedían del salón grande, donde por lo visto tenía lugar una reunión de los empleados. Entonces la voz del jefe retumbó por toda la casa, potente como nunca la había oído, y percibió el tono de ira y amarga decepción.

—¿Me pueden decir cómo ha podido ocurrir algo así? Una colección tiene que ser un secreto hasta el día del desfile de presentación: es una regla de oro de nuestro sector. Todos ustedes se comprometieron por escrito al entrar a trabajar aquí a guardar silencio sobre los detalles de su actividad. ¡Y ahora este incidente horrible!

Célestine vio por la puerta abierta que el jefe caminaba furioso de un lado a otro delante de sus empleados, con las manos en la espalda. Su rostro, por lo general pálido, parecía una langosta hervida. Célestine no entendía las palabras que dirigía a sus empleados.

El jefe soltó un gallo.

—Este incidente no solo puede arruinar la reputación de la casa Dior. ¡También puede significar su hundimiento y acabar con el sustento de todos ustedes!

Madame Luling y madame Bricard se acercaron a él y procuraron calmarlo. Lo agarraron con decisión por el brazo y se lo llevaron a su despacho.

—¡Vuelvan todos al trabajo! —ordenó madame Zehnacker—. Y prepárense para el interrogatorio de la policía. Que ninguno de los presentes salga del edificio.

Los empleados entraron en el gran salón en silencio y cabizbajos, con sus batas blancas. Ahí Célestine vio a su amiga Amélie y la llevó a un lado.

—¿Por qué está tan enfadado el jefe? ¿Qué ha pasado?

—Es horrible. —Amélie estaba al borde de las lágrimas. Las palabras le salían entrecortadas y en un susurro—. Alguien debe de haberse colado en la sala del almacén. Esta mañana, un aprendiz del atelier de Odette comprobó que faltaban más de la mitad de los diseños de los vestidos de día y de tarde.

Célestine se tapó la boca con la mano.

—Eso significa... Alguien podría crear vestidos siguiendo los esbozos del jefe y hacerlos pasar por diseños propios. Y ahora ¿qué?

Amélie se encogió de hombros.

—Nadie sabe con exactitud cuándo desaparecieron los bocetos. El jefe los terminó antes de irse de viaje y los guardó en el armario del almacén. ¡Esperemos que no pase nada que pueda perjudicar a la casa Dior! Y que ninguno de nosotros pierda su trabajo.

Los interrogatorios de la policía tendrían que prolongarse durante todo el día, porque tenían que prestar declaración casi doscientos empleados. Pasados unos minutos, Célestine pudo irse después de haber declarado a los gendarmes que era el ama de llaves en el domicilio privado de monsieur Dior en la rue Royale y que no podía decir nada de lo que ocurría en el atelier.

En la tienda de la planta baja, donde se habían presentado

los guantes, pañuelos, cinturones y ligas más recientes en unas refinadas vitrinas iluminadas, se encontró con madame Zehnacker. Los ojos suaves de color azul como el agua del mar suavizaban su actitud resuelta.

—Mademoiselle Célestine, me alegro de que nos hayamos encontrado. Nuestro amigo está fuera de sí, como es lógico. Necesita un cambio con urgencia. ¡Cocine para dos hoy, por favor! Monsieur Jacques irá a cenar.

Cuando monsieur Dior le presentó al invitado, Célestine se sorprendió porque creía haber atendido ya a monsieur Jacques. Sin embargo, ese señor del mismo nombre tenía un aspecto completamente distinto. Era alto, fuerte y lucía una perilla roja. Llevaba el pelo hasta un palmo por debajo de las orejas, como era la moda entre los hombres de los círculos artísticos hacía cien años.

Célestine intentó buscar una explicación: Jacques era un nombre común, y quedó encantada cuando el invitado le dedicó un cumplido a sus artes culinarias después de cenar.

Seguía sin haber una explicación para el robo en la sala del almacén; la policía tampoco encontró pistas para esclarecer el delito. En la avenue Montaigne se cambiaron todas las cerraduras por indicación del jefe, y Célestine se enteró por Amélie de que el ambiente en el atelier seguía siendo de extrema tensión. Suponían que el ladrón formaba parte de sus propias filas; todos sospechaban de todos. Ella misma había tenido que defenderse de la acusación de haber buscado con extraña frecuencia diseños anteriores en la sala del almacén.

Era imposible que el jefe dibujara de nuevo cientos de diseños antes de la inminente presentación. Por suerte, el ladrón había dejado aproximadamente una cuarta parte de los bocetos, así que la colección de vestidos de día y de tarde para la nueva temporada no corría peligro gracias a la inventiva de las costureras. Esas artistas modificaron con agujas, hilo y cinta métrica los diseños existentes con escotes de distintas formas, rectificando las costuras o seleccionando materiales distintos para los botones y los cinturones.

Sin embargo, durante las semanas siguientes invadió a monsieur Dior un evidente desasosiego. Al llegar caminaba indeciso por la casa, sacaba del archivo revistas sin orden ni concierto o fumaba un cigarrillo tras otro. Solo la presencia de monsieur Jacques, que fue su invitado durante varias noches seguidas y se quedaba hasta la mañana siguiente, parecía calmarlo.

Célestine también sintió una inquietud interior. ¿No hacía tiempo que Jean-Luc debería haber vuelto de Lyon? ¿Por qué no le había hecho llegar un mensaje? Habían pasado más de dos semanas desde su noche de amor juntos y no había recibido señales de vida de él. ¿Acaso esas horas de absoluta intimidad y pasión no significaban absolutamente nada?

¿O se había puesto enfermo? ¿Y si le había pasado algo en Lyon? El proceso penal sobre el que debía informar era un tema político explosivo. Los ciudadanos que durante los años de la guerra habían organizado la resistencia al régimen nazi en la clandestinidad eran enemigos declarados de los que habían apoyado a los ocupantes alemanes. Y al revés. El odio y el desprecio habían arraigado en lo más profundo de las almas de los franceses, y a menudo un pueblo, una calle o incluso una familia estaban divididos de forma irreconciliable.

Sin embargo, fuera cual fuese el momento y el lugar en que surgiera la conversación sobre el pasado más reciente, Célestine se apartaba de cualquier discusión y buscaba a toda prisa una salida. Siempre que tenía en sus manos una noticia sobre esa época funesta la dejaba a un lado, temblorosa. La guerra le había arrebatado a su padre y a su mejor amigo, su hermano. No quería saber nada más de ella. No quería reabrir las heridas.

Cuando una mañana Célestine vio en el *Figaro* un reportaje sobre una nueva fábrica de automóviles en el norte de París firmado con las iniciales JPL ya no aguantó más. ¡Así que había vuelto a la ciudad! Buscó en la guía telefónica el número de la editorial y pidió en la central que la pusieran con la redacción central. El jefe le había dado permiso para mantener también conversaciones privadas en cualquier momento en su aparato.

—¿Quiere hablar con monsieur Pellier? —preguntó una voz de mujer joven y alegre al aparato—. Espere un momento, le llamo.

Célestine sintió que se quitaba un peso de encima al oír la voz que tanto había añorado.

—*Chérie*, ¡qué sorpresa! ¿Cómo estás? Lo siento, aún no he tenido tiempo de ponerme en contacto contigo. Desde mi regreso de Lyon he tenido mucho trabajo en la redacción.

¿Eran imaginaciones suyas o su voz sonaba apática?

—Jean-Luc, cariño, estaba preocupada porque hacía mucho tiempo que no sabía nada de ti. Te he echado mucho de menos.

—Yo también.

Sonriendo de felicidad, Célestine apretó el auricular en el oído como si así pudiera acercar a su novio hacia sí. ¿Cómo podía ser tan egoísta? Por supuesto que su trabajo era lo primero. Al fin y al cabo se trataba de su carrera y su futuro en común.

Entonces le contó lo que hacía días que la inquietaba y que a él, como periodista, seguro que también le conmocionaría. Monsieur Dior había acordado con la policía que no llegara ningún tipo de información a la prensa sobre el robo.

Quería evitar los titulares negativos sobre su casa de moda. Pero sin duda podía contárselo a Jean-Luc, a su novio, no al periodista.

—Imagínate, cariño, han robado en la avenue Montaigne los bocetos de la nueva colección. Estamos todos muy impresionados.

—¿De verdad? Siempre me he preguntado cómo podía alguien ganar tanto dinero con unos cuantos garabatos a lápiz.

Al principio Célestine pensó que lo había entendido mal. Tragó saliva, pero no podía dejar pasar el comentario sin contestar.

—¿Cómo puedes decir algo así? Monsieur Dior es el modisto más importante de Francia. Gente de todo el mundo aprecia su trabajo. Es un genio, una persona maravillosa...

—Solo era una broma —la interrumpió Jean-Luc.

Ella suspiró aliviada. ¿Por qué no lo había notado enseguida?

—Perdona, cariño. Qué tonta soy... ¿De verdad pediste ya una cita con el editor? Estoy emocionada.

—¿Sabes, Célestine? Me he tomado la libertad de leer el manuscrito primero. ¡Tenemos que hablar del tema! Tienes que reescribir algunos pasajes.

Ella posó la mirada en el espejo colgado encima de la repisa de la chimenea. Vio a una joven pelirroja con los ojos abiertos de par en par, como si hubiera visto un fantasma.

—Pero ¿por qué?

—Porque... porque hoy en día ya nadie quiere leer sobre huérfanas y condes ricos.

Célestine se acercó una silla y se desplomó en ella, abatida. En su historia no aparecían ni una huérfana ni un conde. ¿Se estaba confundiendo? ¿O era que no había leído el manuscrito? Sentía un nudo en la garganta.

—¿Cuándo puedo verte? —dijo con voz ronca al teléfono.

—Ahora tengo que irme a una conferencia. Nos vemos el viernes a las seis en el Chevilly.

Antes de poder despedirse de él, ya había colgado.

Célestine se quedó inmóvil en la silla. El hombre con el que acababa de hablar no sonaba en absoluto como el que había puesto patas arriba su corazón y su cuerpo tres semanas antes. ¿Qué había pasado? Quedaban tres días para el viernes. ¿Cómo iba a soportar tanto tiempo la incertidumbre que paralizaba su mente y sus sentimientos?

28

Célestine estaba sentada en su lugar de siempre en el Chevilly y miraba nerviosa el reloj de pulsera. De vez en cuando daba un sorbo a su vaso de agua con pastís. Hacía mucho tiempo que no se sentía tan mal como en ese momento. ¿Dónde estaba Jean-Luc? Algo no cuadraba. A las siete menos cuarto, el camarero se acercó a su mesa y se encogió de hombros en un gesto compasivo.

—Su novio acaba de llamar, mademoiselle Célestine; le pide que le disculpe. Dice que tiene otro artículo importante que escribir.

Célestine se levantó sin decir nada y dejó una moneda en la mesa. Los pies se pusieron en movimiento como si tuvieran vida propia. Cuando salió al aire libre, lloró lágrimas de desesperación.

¿Por qué la evitaba? ¿Qué había hecho, aparte de regalarle su amor?

Marie agarró a su amiga del brazo y le acarició el cabello a modo de consuelo.

—Seguro que hay una explicación para todas estas rarezas. Supongo que Jean-Luc ha sentido un miedo repentino a su propio coraje. Aún no está preparado para el matrimonio. En los hombres es más frecuente de lo que cabría pensar. Tienes que darle tiempo.

Célestine sacudió la cabeza, afligida.

—No, no creo. Algo ha pasado. Ojalá supiera qué es.

—Eso son solo elucubraciones. Ten paciencia, en el fondo de su corazón Jean-Luc sabe lo que tiene contigo. Y si no... —Se encogió de hombros y procuró restarle importancia con un gesto—. En París hay muchos otros hombres guapos e interesantes. Puedes prescindir de un escritorzuelo como él.

—¿Cómo puedes decir algo así? —se indignó Célestine—. Pensaba que éramos amigas. —Se levantó de un salto de la silla y cogió su abrigo antes de salir corriendo de casa de Marie sin despedirse.

Seguro que Jean-Luc se pondría en contacto con ella al día siguiente para disculparse por haberla tenido tanto tiempo esperando, se animó. ¡Lo conocía muy bien! ¿Acaso no le había dejado claro en su última noche lo mucho que significaba para él?

Monsieur Dior entró pálido y con gesto adusto en el salón después de la lectura matutina con un periódico bajo el brazo. Se tambaleó hasta el sofá junto a la repisa de la chimenea y se desplomó con un quejido.

—¿No se encuentra bien, monsieur Dior? —preguntó Célestine, preocupada.

Él le enseñó el periódico.

—Léalo usted misma.

Célestine pasó las páginas a toda prisa hasta llegar al suplemento cultural. Luego ella también palideció y empezó a temblarle el labio inferior. Leyó el titular en tono apagado: «¿Cuál es el futuro de la industria de la moda francesa? El creador de moda estadounidense Aram McCormick celebra su triunfo con una colección que causa sensación».

Mientras seguía leyendo, Célestine notó calor y después frío de nuevo. Señaló las fotografías, alterada.

—Monsieur Dior, en las imágenes se ve muy claro. Son

los diseños que dibujó usted para su nueva colección de primavera. La línea Vertical.

El jefe torció el gesto.

—Hoy voy a hacer una excepción y le concedo al modisto Dior la entrada en mi domicilio privado. Tiene razón, mademoiselle Dufour, es mi línea. Los vestidos han tenido que crearse siguiendo los bocetos robados. No me atrevo a imaginar las consecuencias que tendrá esto para mi casa de moda. Dentro de una semana se celebra el desfile de presentación. Las clientas saldrán corriendo. Supondrán que he imitado algo que ha inventado otro antes que yo.

—Lo siento, monsieur Dior. Pero ¿no cree que las clientas seguirán creyendo en la calidad de la marca Dior? Saben el esmero con el que se crean sus vestidos. Seguro que pronto este artículo caerá en el olvido. A ninguna francesa le interesa lo que ocurre en Estados Unidos.

El jefe se levantó con la respiración entrecortada y le cogió la mano.

—Mademoiselle Dufour, no sabe lo caprichosas que son las compradoras. Esas mujeres exigen siempre algo extraordinario, único. Y quieren ser las primeras en poseerlo. Solo así están dispuestas a pagar los precios que pido. Que debo pedir para pagar como es debido el trabajo de mis costureras. Y porque también mis proveedores de telas y accesorios deben ganar lo suficiente para seguir suministrándome solo la máxima calidad.

Célestine hizo acopio de toda su capacidad de persuasión con sus palabras.

—Es usted el creador de moda más famoso del mundo. Su nombre es símbolo de la belleza femenina, la gracia y la elegancia. Todas las mujeres sueñan con llevar un vestido suyo.

—Espero que tenga razón. —De pronto el jefe levantó la barbilla con ímpetu—. Y ahora el modisto Dior se va a la avenue Montaigne a ver a sus empleados para trasmitirles su confianza. Aunque él no la sienta en absoluto.

29

Célestine apenas podía concentrarse en su trabajo. No dejaba de repasar mentalmente el artículo.

Hacia el mediodía llamó madame Raymonde Zehnacker por teléfono.

—Mademoiselle Célestine, usted sabe que nuestro amigo está pasando por una crisis. Por favor, busque algo especialmente delicioso para la cena. Espero que la presencia de monsieur Jacques le haga pensar al jefe en otra cosa. Por cierto, me gustaría comentarle algo en persona —prosiguió tras una breve pausa—. ¿Puede venir mañana a las once a la avenue Montaigne? Nos vemos en la sala de devoluciones y vestidos incompletos, ahí no nos molestarán.

A Célestine le daba vueltas la cabeza mientras preparaba el paté de pato con trufas. ¡Qué día más raro! El jefe temía por la continuidad de su casa, ella estaba al borde de la desesperación porque Jean-Luc no se había vuelto a poner en contacto con ella. Y ahora esa misteriosa llamada de madame Zehnacker. El mundo en el que se sentía tan cómoda parecía estar patas arriba.

Cuando el jefe le presentó a su invitado al llegar a casa, Célestine vio a un hombre moreno de mediana estatura con un bigote fino. Hablaba con acento ruso y la saludó con un beso formal en la mano. Se preguntó si monsieur Dior tenía una preferencia por el nombre Jacques y si esa visita, como su predecesor homónimo, pernoctaría en las estancias privadas del jefe.

En cuanto Célestine entró en la sala de vestidos, que con cada temporada que pasaba estaba más llena, madame Zehnacker cruzó la puerta. Además del habitual conjunto de seda negra, que acentuaba su figura curvilínea, llevaba una cadena con un colgante de topacio que resaltaba el color de sus luminosos ojos azules.

—Gracias por haber venido, mademoiselle Célestine. Por desgracia no tenemos dónde sentarnos, pero esta es la única sala donde podemos estar tranquilas sin que nos oiga nadie. Ya sabe que antes de una presentación esto parece un hormiguero. Aunque esta vez podríamos hablar de un manicomio. —Se detuvo un momento y acarició pensativa la piedra preciosa engastada en oro rosa. Luego se aclaró la garganta—. Las dos sabemos el catastrófico estado de ánimo en que se encuentra el jefe. Tiene que recuperar lo antes posible su equilibrio interior, no puede trabajar sin él. Por eso, ayer invité a monsieur Jacques a la rue Royale.

Célestine asintió.

—Un invitado muy cortés. Aunque he conocido a dos caballeros más con el mismo nombre. Es muy común, ¿verdad?

—Bueno, monsieur Dior es un hombre de una extrema discreción, como sabe. Por eso llama a todas sus visitas con ese nombre tan habitual. Su nombre real no importa. Entonces ¿hace mucho que ha descubierto la inclinación especial del jefe?

—No la entiendo bien... —Célestine se preguntaba qué quería decir con esos comentarios confusos.

—Le voy a hablar con franqueza, mademoiselle Célestine. Al jefe le gustan los hombres, qué se le va a hacer. Y a menudo se siente incomprendido y solo.

Célestine se quedó sin aliento, pero luego sacudió la cabeza con vehemencia. ¡No, era completamente imposible! Sin embargo, se preguntó qué motivo tendría madame Zehnacker para contarle cuentos chinos. Tragó saliva y buscó las palabras.

—No, no lo sabía... no lo imaginaba...

Madame Zehnacker dio un paso hacia ella y le puso una mano en el brazo para calmarla.

—Usted se crio en provincias, ¿no? Bueno, no hay que despreciar a una persona por sus preferencias en el amor, mademoiselle Célestine. La naturaleza humana es más variada de lo que imaginamos algunos. En las etapas en las que el jefe cree haber perdido la creatividad necesita la cercanía personal más que nunca. Como ahora, que está convencido de haber encontrado por fin el amor de su vida. Me gustaría pedirle que se guardara para sí esta información. Si nos comportamos con discreción, no solo protegemos al jefe, también a sus empleados y toda la casa de moda.

Poco a poco Célestine fue comprendiendo, y esa nueva información se mezclaba con una gran incomprensión. Había oído alguna vez hablar, con la boca tapada y entre susurros, de hombres que se interesaban por otros hombres.

De pronto le asaltaron unos vagos recuerdos. De un joven repartidor de correo de Genêts al que adoraban todas las chicas del pueblo y al que un día encontraron con un golpe en la cabeza en la playa. Se cuchicheaba y se rumoreaba que era un «invertido» y un peligro para todos los chicos del pueblo. Por suerte, un paisano había cumplido con su deber de ciudadano decente y había evitado males mayores, se decía. Poco después el policía local fue promovido por méritos especiales a un puesto mayor en la prefectura de policía de Granville. En ese momento Célestine empezó a entender que entonces, además de proteger a un asesino, incluso se le ascendió con el beneplácito de un pueblo entero. ¿Cómo podía alguien ejercer la violencia contra una persona solo por amar de otra manera? Conmocionada, se juró hacer todo lo necesario para guardar el secreto de Dior.

—Tenemos que hacer lo posible por apoyar al jefe en su proceso creativo. —Madame Zehnacker interrumpió sus pensamientos—. Y ahora, si me disculpa, tengo que ir urgentemente a las pruebas de los vestidos de cóctel.

Dicho esto, la directora salió por la puerta.

Aún alterada por las palabras de madame Zehnacker, Célestine emprendió el camino a casa. Lo primero que hizo fue prepararse un café fuerte. Entonces cayó en la cuenta de la función de las distintas visitas que se llamaban Jacques. Esos hombres le devolvían al jefe su equilibrio interior. ¿Por qué a un hombre como monsieur Dior no le podían gustar las mujeres?, se preguntó.

Es más, ¿eso era cierto? ¿El jefe no veneraba a las mujeres? De lo contrario, ¿las vestiría con tanta elegancia y seducción? Eran las mujeres las que inspiraban su moda. Diseñaba para ellas una colección nueva dos veces al año, trabajaba día y noche, dudaba de sí mismo, se atormentaba, desechaba ideas y dibujaba de nuevo.

Además, ¿no había también mujeres a las que les gustaban las mujeres? En todo caso eso había oído susurrar a las compañeras de clase que leían con avidez los libros de la autora Colette y su estilo de vida poco convencional. Aunque la idea de que un hombre estuviera con otros hombres le resultaba extraña, eso no cambiaba en nada su relación con Dior, el respeto que sentía hacia él y su don artístico único.

Contra sus costumbres, Célestine se preparó una segunda taza de café negro, fuerte y con mucho azúcar, como nunca lo tomaba. Sin embargo, quería estar muy despierta y no pasar nada por alto en su cadena de pensamientos, que volvía a girar en torno a Jean-Luc. ¿Qué había pasado durante la noche que pasaron juntos?

No dejó de servirle vino durante la cena, y por la mañana ella despertó con dolor de cabeza. Entretanto estaba profundamente dormida y no se había dado cuenta de que su novio se había ido del piso. ¿Qué significaban sus palabras de desprecio sobre los bocetos del jefe? Siempre había hablado con respeto de él. ¿Y por qué le había mentido sobre el manuscrito de su novela? ¿Es que las horas de cariño que habían vivido juntos no significaban nada? ¿Había otra mujer quizá?

Tenía que sacar algo en claro de una vez por todas y hablar con él cara a cara.

30

Después de que el jefe se retirara con el monsieur Jacques moreno a sus dependencias personales, Célestine tuvo una idea. Se puso el abrigo y la bufanda y se puso en camino de la rue Cambon. Una voz interior la animó a ir a buscar a su novio al Chevilly, el bistró que frecuentaba. Cuando se vio delante del local y miró por el cristal de la puerta supo que había acertado con su intuición. Jean-Luc estaba en la barra, rodeado de una docena de clientes masculinos que se reían y brindaban. Célestine comprobó irritada que llevaba un traje nuevo de color antracita hecho a medida. No podía engañar a su mirada entrenada. Se quedó petrificada, incapaz de moverse. Un hombre mayor con boina y una bufanda de cuadros al que ya había visto muchas veces en la barra salió del local y le dedicó una amplia sonrisa.

—*Bonsoir*, mademoiselle. Su novio ha heredado, ¿eh? Paga una ronda tras otra. Y el traje nuevo... —Formó un círculo con el pulgar y el dedo índice y soltó un silbido de admiración— es del hilo más fino. Que lo celebren bien. *À bientôt!*

Célestine no aguantó más. Entró en el local, se dirigió a toda prisa a la barra y le dio un golpecito en el hombro a Jean-Luc por detrás. Él se dio la vuelta y esbozó una media sonrisa.

—Célestine, *chérie*, ¿qué haces aquí?

Los hombres levantaron sus copas con un grito y brindaron por ella.

—Creo que tenemos que hablar un momento.

—Pero ahora nos estamos divirtiendo aquí. —La miró con ojos vidriosos.

—Vienes conmigo ahora mismo —dijo, y lo llevó hacia la puerta tirándole de la manga. Jean-Luc fue tras ella tambaleándose y cogió el abrigo y el sombrero del guardarropa. Esas prendas también eran nuevas y de la mejor calidad, según comprobó Célestine.

—¡Eh, camarada! —rugió uno de los hombres tras él—. ¿Nos pagas otra ronda?

Fuera, en la calle, Jean-Luc se colocó el abrigo al hombro y se puso el sombrero del revés.

—Eres una aguafiestas —rezongó arrastrando las palabras.

Célestine estaba demasiado furiosa para preocuparse de ese comentario. Seguía agarrándole de la manga y lo arrastraba por la rue du Faubourg Saint-Honoré hasta la place Vendôme. Se acomodaron en un banco a los pies de la columna de la victoria que conmemoraba la batalla de Austerlitz de 1805, en la que el ejército del emperador Napoleón I venció a los austriacos y los rusos.

—¿Puedes explicarme qué está pasando? —preguntó en un tono más elevado de lo que pretendía—. Primero no tengo noticias tuyas, luego me dejas plantada en el Chevilly... Llevas un traje hecho a medida, el sombrero y el abrigo también son nuevos. Invitas a una ronda tras otra a desconocidos... y eso que antes siempre procurabas ahorrar. Cuando salías conmigo solo íbamos a actos para los que la redacción te daba entradas. ¿De dónde has sacado de repente tanto dinero?

Jean-Luc levantó el dedo para amonestarla y puso cara de importante.

—Estás hablando con el futuro responsable de la dirección principal del *Figaro*. Me he permitido un pequeño anticipo de mi próximo sueldo. —Se inclinó hacia delante y a Célestine le llegó un intenso tufo a alcohol a la cara. Lo separó de ella, asqueada.

—Has bebido demasiado...

—¿Tienes algo más que objetar? —Jean-Luc se reclinó en el banco, relajado, y cruzó las piernas.

—Tengo una pregunta. ¿De verdad has leído el manuscrito de mi novela?

—Por supuesto. Pero el texto me pareció bastante... chapucero.

Ella respiró hondo y sacudió la cabeza, molesta. En el otro lado de la calle resplandecía bajo la luz casi clara como el día la imponente fachada del Ritz, uno de los hoteles más exclusivos de la ciudad. Los taxistas paraban sin cesar delante de la entrada, donde bajaban clientes con su elegante ropa de noche y subían otros. «Si un día eres una autora conocida, lo celebraremos en una suite del hotel Ritz.» ¿Esas palabras habían salido de su boca la noche que pasaron juntos? ¿Cómo podía ser que una persona se transformara en unos días en el opuesto absoluto?

—Por teléfono hablaste de una huérfana y un conde. Ninguno de los dos aparece en mi historia.

Jean-Luc estiró las piernas, juntó las manos en la nuca y torció el gesto.

—¿De verdad? Pues lo entendí así. Deberías haberte expresado con mayor precisión.

Célestine se quedó de piedra. El hombre que estaba a su lado no era Jean-Luc, el que la había impresionado con su actitud audaz y amable. Con el que había vivido momentos de deseo y pasión. ¿Quién era en realidad?

Una anciana con un perro de aguas enano blanco atado con una correa cruzó la plaza cojeando. Cuando llegó junto al monumento el perro se paró, olisqueó con avidez el pedestal y levantó una pierna. Luego se acercó corriendo a Célestine meneando la cola, le husmeó el tobillo y le lamió la punta del zapato con la lengua rosada. Su dueña tiró de él con energía.

—Puaj, Robespierre, eso no se hace.

Célestine repasó otra vez el transcurso de aquella noche. De pronto se apoderó de ella una terrible sospecha. Se puso a temblar. ¿Podía ser que...? Pero no, se dijo, Jean-Luc nunca... la idea era absurda... ¿o no?

No quería seguir sumida en la incertidumbre, así que se decantó por la confrontación directa.

—Te exijo una respuesta sincera. ¿Tienes algo que ver con el robo de la avenue Montaigne?

—¿De dónde sacas eso? —repuso él.

Jean-Luc intentó ponerse en pie, se tambaleó y se dejó caer de nuevo en el banco con un crujido.

Célestine notó que una peligrosa mezcla de ira y decepción se iba cociendo en su interior.

—Desde que pasamos la noche juntos han pasado demasiadas cosas raras. En el atelier robaron los diseños de la nueva colección, evitas tener contacto conmigo, me mientes en cuanto a mi manuscrito...

—Ya, ¿y con eso basta para sospechar de mí? A tu juicio, ¿cómo iba a cometer el robo, mademoiselle *archiviste*? —Se cruzó de brazos, obstinado, y levantó la barbilla en actitud agresiva.

Célestine no tenía respuesta para esa pregunta. Sin embargo, si quería averiguar la verdad tenía que intentar sacarlo del cascarón.

—Dímelo, Jean-Luc... El robo no se cometió con torpeza, la policía no descubrió ninguna pista del delito.

Él tenía hipo, su carcajada burlona resonó por todas partes.

—¡Por supuesto que no! ¿O crees que sería tan tonto como para dejar pistas?

Célestine no sabía qué deseaba más en ese momento, que el cielo se desplomara sobre él o que la tierra se la tragara a ella.

—Entonces lo admites.

Jean-Luc se rio con más fuerza, ya no podía parar.

—Demuéstralo. ¡Pero no puedes!

Ella se levantó aturdida y se dispuso a marcharse.

—¡No intentes hablar mal de mí a tu jefe! Entonces sabrá que eres cómplice y te echará. Y se acabará tu puesto elegante en esa casa refinada —le gritó por detrás.

Ella cruzó corriendo como alma que lleva el diablo la place Vendôme hasta la acera de enfrente, sin prestar atención a las bocinas de advertencia de los conductores. Un ciclista estuvo a punto de atropellarla al toparse con ella en la acera. Subió los escalones de dos en dos hasta llegar a su piso y, cuando dejó el llavero rojo en el cajón superior del aparador, de pronto imaginó cómo debió de ocurrir.

Esa noche, mientras ella dormía a pierna suelta gracias al fuerte vino, Jean-Luc entró con su manojo de llaves en casa de monsieur Dior. Ahí sustrajo la llave del atelier del despacho y corrió a la avenue Montaigne. Accedió por una puerta trasera, bajo el amparo de la oscuridad, a todas las salas, también al almacén de la buhardilla. De vuelta en la rue Royale, dejó la llave del atelier y su estuche de las llaves en su sitio y desapareció con los bocetos pasando desapercibido.

Luego los vendió directamente o a través de un intermediario al diseñador estadounidense Aram McCormick, que seguramente pagó una suma considerable y así logró engañar al mundo de la moda con las ideas robadas.

Sin embargo, no tenía una respuesta a por qué lo había hecho Jean-Luc, y tampoco quería tenerla, porque eso no cambiaba el dilema. Solo sabía que para ella el sueño había terminado; al día siguiente nada sería igual.

31

Por la noche, Célestine no lograba calmarse. No paraba de darle vueltas a la cabeza. Se había entregado a un hombre al que creía amar y que suponía que también la quería a ella. ¿Cómo podía haberse equivocado de esa manera? Era una niña y no conocía en absoluto la naturaleza humana. Primero se dejó engañar por Albert, ¡y ahora Jean-Luc!

Sin embargo, no tenía derecho a quejarse ni a compadecerse de sí misma porque había otra cosa mucho más grave. La catastrófica situación en la que se encontraba monsieur Dior era solo culpa suya. El hecho de que su reputación corriera peligro y se viera amenazado por graves daños económicos. Había abusado de la confianza del jefe y le había dado acceso a su novio a su casa. Monsieur Dior jamás le perdonaría semejante error. Al final ocurriría justo lo que Jean-Luc había pronosticado: perdería su puesto de trabajo.

Pese a tener ganas de llorar, no quería derramar una sola lágrima de autocompasión. Sacó el papel de carta de color crudo, se sentó a la mesita del comedor y empezó a escribir.

Estimado monsieur Dior:

La desgracia que amenaza con cernirse sobre la casa Dior es solo responsabilidad mía: el hecho de que robaran los diseños y hayan llegado a Estados Unidos es solo culpa mía. Porque mientras usted estaba en su casa de campo, di acceso a su casa a una persona en la que tenía la más profunda confianza.

Soy consciente de que nunca debería haber dejado entrar a un desconocido en su casa. Pero, como en ese momento esa persona era muy próxima a mí, no lo consideraba un desconocido.

Siento una vergüenza infinita y no me atrevo a pedirle perdón. Sin embargo, créame: yo no quería nada de esto. Por supuesto, no puedo seguir trabajando para usted.

CÉLESTINE DUFOUR

Sacó a toda prisa la maleta que guardaba bajo la cama y metió su ropa personal y sus libros. Acarició por última vez con las yemas de los dedos la ropa del modisto que Amélie había hecho a medida para ella. Dos vestidos de la línea Corolle y uno de las líneas Zigzag, Ailée, Trompe-l'oeil y Milieu du siècle. No creía que esos vestidos exclusivos fueran propiedad suya, los dejaría allí. Solo se los habían proporcionado como ropa de trabajo. Volvió a leer la carta, luego dobló la hoja y la metió en un sobre.

Charles no hizo ni un gesto cuando Célestine llamó a la puerta de la casa de la tercera planta. Le dio la carta y el llavero al mayordomo y le pidió que le entregara las dos cosas a monsieur Dior a su regreso.

Cuando salió a la calle, un viento fuerte la hizo tiritar de frío. El cielo se había oscurecido, parecía que iba a llover. Con la maleta en una mano y la máquina de escribir portátil en la otra, recorrió a toda prisa la rue Royale sin volverse ni una sola vez.

—¿Célestine? ¿Qué ha pasado?

Marie parpadeó, medio dormida, al otro lado del resquicio

de la puerta. Llevaba una bata de flores bajo cuya tela transparente brillaba su piel suave y clara. El cabello oscuro le caía en mechones desgreñados hasta los hombros.

—¿Qué haces a estas horas de la mañana con la maleta? ¿Te vas de viaje?

Célestine se mordió el labio inferior y tragó saliva.

—¿Puedo vivir una temporada en tu casa?

Marie se desveló en un abrir y cerrar de ojos.

—Pues claro. Pasa, siéntate. Voy a preparar un café, luego me lo cuentas todo.

Célestine no pudo contener más las lágrimas. Habló sin pausa y, cuando terminó, Marie dio tal puñetazo sobre la mesa que las tazas tintinearon.

—¡Qué tipo más repugnante y retorcido! No sé si le deseo que contraiga la peste, el cólera o las dos cosas a la vez. —Reflexionó un instante y contó algo con los dedos—. Dime, ¿qué pasa si estás embarazada? El futuro redactor jefe debería tener dinero suficiente para la manutención...

Célestine se tapó la cara con las manos del susto y deseó que se la tragara la tierra de la vergüenza. ¿Cómo podía haber sido tan ingenua e irresponsable? No había pensado en absoluto en esa consecuencia; esa noche tenía la cabeza nublada por el vino y al mismo tiempo se sentía muy ligera. Justo cuando temía caer desmayada de la silla recordó que hacía dos días que tenía la menstruación. Le temblaba la mano cuando cogió el café. Su imprudencia podía haber sido fatal para ella.

Marie le hizo ver el lado práctico.

—Tienes que pedirle sin falta a monsieur Dior una recomendación. Con una reputación tan apreciada causarás una gran impresión ante cualquier posible jefe.

Abatida, Célestine gimió, buscó su pañuelo y se limpió del rabillo del ojo las lágrimas que le brotaban de nuevo.

—¿Y qué iba a escribir el jefe en esa recomendación? ¿Que

soy una hipócrita y una mentirosa que ha abusado de su confianza y ha perjudicado a su empresa? No podré mirar nunca más a los ojos a monsieur Dior. Solo espero que me olvide lo antes posible.

Al cabo de una semana se celebró el desfile de presentación de la línea Vertical. Célestine imaginó a Nathalie, Tania y Lucky con gesto impasible caminando por el salón grande y el pequeño, colocando una mano en la cintura para insistir un momento en esa postura, o desabrochándose al caminar los botones del abrigo con aire desenfadado para dejar entrever el vestido que llevaban debajo. Monsieur Dior aguantaría en el guardarropa junto a sus maniquís, temiendo que las clientas dejaran de ser incondicionales y los reporteros lo recibieran con abucheos en vez de aplausos. Y así quedaría sellado el hundimiento de su casa de moda.

Al día siguiente por la mañana Célestine estaba ansiosa por salir de la cama. Compró varios periódicos en el quiosco de la place de Clichy.

—Vamos, dime, ¿qué han escrito? —preguntó Marie nerviosa, y se inclinó hacia el hombro de su amiga para leerlo juntas.

A Célestine se le paró un momento el corazón al leer los titulares.

«Con la línea Vertical, monsieur Dior vuelve a demostrar su poder.»

«Monsieur Dior logra otra genialidad.»

«La alta costura alcanza la perfección: monsieur Dior es y sigue siendo el mejor diseñador.»

El alivio y el agradecimiento invadieron a Célestine. La reputación de la casa Dior ya no corría peligro. Sin embargo, tampoco era un consuelo. Había cometido un error imperdonable y tenía que asumir las consecuencias.

Mientras Marie servía en la cervecería, Célestine se quedaba en la pequeña buhardilla de su amiga, donde había empezado su segunda vida. Contaba con una recomendación excelente de la oficina municipal de Genêts, pero ¿qué iba a contestar cuando un empresario le preguntara a qué se había dedicado hasta entonces?

Si reconocía que había trabajado como ama de llaves en el domicilio privado de monsieur Christian Dior, cualquiera le pediría los papeles y también que explicara por qué había renunciado al puesto.

—Puedes trabajar de acomodadora en un cine. O buscarte un puesto de limpieza en una cafetería —propuso Marie—. Ahí nadie pide recomendaciones.

Sin embargo, lo que Marie había considerado un estímulo a Célestine le provocaba una absoluta resignación. Recordó las palabras de su tío Gustave cuando pronosticó que fracasaría en París o en el mejor de los casos terminaría como mujer de la limpieza. Tenía toda la pinta de llevar razón.

Sus ahorros le durarían una buena temporada, de momento no tenía que preocuparse mucho por el dinero y podía pensar con calma en su futuro. Para empezar, necesitaba un piso nuevo, pero le faltaban las fuerzas para buscarlo. Parecía haber perdido toda la energía y el ánimo. Algunos días solo conseguía dar los escasos pasos que la separaban de la verdulería de la rue Ganneron. El dueño la reconoció enseguida y le recomendó muy campechano sobre los productos frescos, además de ofrecerle propuestas para su preparación.

Un día, cuando salió de la tienda con una bolsa llena de cebollas, manzanas y hierbas aromáticas pensando en hacer un pastel de manzana con hojaldre como le gustaba a monsieur Dior, notó un leve roce en el brazo.

—Mademoiselle, ¿le gustaría conocer su futuro?

Una mujer con unos rizos negros desmelenados y un vestido rojo que le llegaba hasta el suelo apareció a su lado. El brillo de los ojos oscuros competía con la infinidad de cadenas de oro y brazaletes que tintineaban con cada movimiento. Sin esperar respuesta, esa rara desconocida agarró la mano de Célestine y le puso la palma hacia arriba.

—Veo niebla, nada más que niebla. Y ahí... ¿qué es eso? Parece un pájaro negro. Se acerca volando, cada vez más... y luego la niebla lo engulle. Una niebla espesa, impenetrable... Espere, mademoiselle, ahora vuelvo a ver algo. Creo que es una paloma, una paloma blanca. Vuela hacia el horizonte, y usted la sigue. La paloma vuelve y se posa sobre su hombro. Siguen andando juntas. Y luego en el horizonte sale el sol.

Célestine rebuscó a toda prisa en el bolsillo de la chaqueta, sacó una moneda y se la puso en la mano a la adivina. Fue a toda prisa a la rue Capron y decidió no buscarles sentido a las extrañas palabras de esa mujer tan extravagante.

Durante los días siguientes, Célestine se sintió como paralizada. Con o sin recomendación, tenía que tomar las riendas de su futuro. Marie tenía su vida, y no quería poner a prueba su hospitalidad demasiado tiempo sin necesidad. Además, seguro que pronto su amiga querría volver a tener visitas masculinas. Todas esas cavilaciones la agotaban hasta el punto de que, a veces, incluso en mitad del día se desplomaba exhausta en la cama, dormía varias horas y cuando despertaba se sentía cansada y vacía. ¿Cómo iba a encontrar una salida a ese dilema?

32

—¿Estoy oliendo a tarta de manzana? Y el café ya está preparado. Eres un tesoro, Célestine.

Marie lanzó sin cuidado el abrigo y la bufanda sobre la cama y se sentó a la mesa, puesta con gusto. Saboreó con los ojos cerrados el primer bocado.

—Este pastel es un poema. Solo por tus artes culinarias y de repostería no deberías mudarte nunca.

Célestine se había servido a sí misma una minúscula porción de la tarta; apenas tenía apetito, solo comía porque su amiga insistía.

—Imagínate, hoy ha venido un cliente a la cervecería y ha preguntado por ti.

—¿Por mí? —se extrañó Célestine.

—Sí. De alguna manera debe saber que somos amigas.

—Qué curioso, ¿y qué quería?

—Quiere quedar contigo. Dice que es urgente. Tú decides el sitio y la hora.

¿Era Jean-Luc el que estaba detrás?, se preguntó Célestine. ¿Tal vez quería presionarla? Dejó el tenedor en el plato. No se sintió en condiciones de comer una sola migaja. ¿Cómo debía comportarse si se encontraba con su exnovio en un futuro en la ciudad? ¿Por qué la vida se había complicado tanto de repente?

—¿Conocías al hombre? ¿Cómo era?

Célestine vio un destello en los ojos de Marie que conocía muy bien.

—Era guapísimo. Unos treinta y pocos años, alto, delgado, rubio oscuro, el pelo un poco ondulado, ojos azules, camisa blanca, corbata de puntos azules y un traje de una tela sencilla. De ahí se deduce que se trata de un género caro hecho a medida, como casi siempre que la ropa parece sencilla y evidente a simple vista, como me enseñaste.

Célestine sonrió sin querer.

—Lo has observado con detenimiento, ¿eh?

—Por supuesto. Pero aún no te he dicho lo más importante: ¡no llevaba alianza! —Marie se volvió de nuevo hacia la mesa de la cocina y dio un sabroso mordisco a la tarta.

—¿Y cómo me pongo en contacto con ese desconocido?

—Aquí tienes apuntado su número de teléfono. Será mejor que lo llames hoy mismo.

En efecto, monsieur Robert Gardel era tal y como se lo había descrito Marie. Cuando le tendió la mano con una leve reverencia, Célestine se fijó en su perfil regular, que recordaba a las estatuas de los héroes antiguos. Gracias a la lectura de libros de arte y decoración en la biblioteca de monsieur Dior había desarrollado cierto olfato para la estética y las proporciones.

Célestine había elegido como punto de encuentro el bistró de un cine cerca del Palacio del Elíseo. A csa hora de la mañana había poca gente, ya que el primer pase empezaba al mediodía. Las paredes estaban decoradas con carteles de cine y fotografías firmadas de los grandes actores del siglo anterior. Los dos artistas más apreciados del país, Jean Gabin y Simone Signoret, aparecían varias veces.

—Permítame que me presente: Gardel. Le agradezco que

haya aceptado mi invitación, mademoiselle Dufour. Soy abogado y vengo por encargo de mi cliente, monsieur Dior.

Célestine se estremeció como si la hubiera atravesado un rayo.

—Quiere... quiere denunciarme, ¿verdad? —balbuceó, y sintió que le sudaba la frente.

—No es en absoluto su intención. Monsieur Dior y yo nos conocemos desde hace años. En su momento yo acababa de aprobar mi examen oficial y trabajé para él como recién licenciado en un asunto familiar. Por lo visto, considera que soy la persona adecuada para intervenir en la cuestión que nos ocupa.

Célestine miró a su alrededor con inseguridad. Bebió un sorbo del chocolate caliente que Gardel le había pedido a una joven camarera de ojos ojerosos. Era evidente que el seductor balanceo de la cadera iba dirigido a él.

—Permítame que le explique brevemente la situación, mademoiselle Dufour. Cuando monsieur Dior leyó su carta, enseguida sumó dos más dos. El ladrón que robó los bocetos del almacén es su prometido, monsieur Jean-Luc Pellier, ¿verdad?

Célestine sintió ganas de esfumarse en el aire. Asintió con timidez.

—Lo que le voy a contar seguramente la va a herir en lo más profundo, pero me debo a la verdad y solo informo de lo ocurrido. Monsieur Dior me pidió que fuera a ver a monsieur Pellier. Al principio mintió con vehemencia, pero al final admitió el robo.

Célestine miró afligida la pared de detrás de monsieur Gardel, donde en un espejo con un marco dorado vio cómo una pareja joven se hacía arrumacos en una mesa y se besaba. Pero ¿qué le importaba a ella una parejita de desconocidos cuando acababa de recibir la confirmación oficial de que su antiguo amante era un delincuente?

A continuación, el abogado expuso lo que Célestine ya suponía.

—Mientras usted dormía profundamente después de cenar juntos, monsieur Pellier sustrajo su manojo de llaves y accedió a la vivienda de monsieur Dior. Después de hacerse con la llave del atelier, entró en el almacén de la avenue Montaigne bajo el amparo de la oscuridad por una puerta trasera y robó los bocetos. Estuvo vigilando ese acceso durante semanas. Vendió los diseños a través de un intermediario a un creador de moda de Estados Unidos. A monsieur Pellier se le ocurrió la idea del robo el día en que entró por primera vez en las fastuosas salas de la avenue Montaigne. Entonces decidió apropiarse de una parte de esa riqueza.

Célestine se tocó las manos en el regazo, cohibida, hasta que los nudillos se le quedaron blancos. ¿Cómo podía haber estado tan ciega y haber sido tan ingenua? Además de monsieur Dior, su abogado también debía de despreciarla.

Sin embargo, para su gran asombro monsieur Gardel sonrió. Fue una sonrisa amplia y cálida, que le recordó a la sonrisa forzada de una gran estrella de cine. Sin embargo, eso no era una película. No quería ni imaginar lo que habría dicho sobre la escena su tío Gustave, que la había advertido con insistencia de los peligros de la gran ciudad.

Monsieur Gardel levantó la mano y le hizo una señal a la camarera. Ella se acercó al instante a trompicones con un vaso de agua, puso morritos y se inclinó mucho hacia delante para que el cliente pudiera echar un vistazo a su blusa de amplio escote. Como si no hubiera notado nada de la conducta seductora de la camarera, el abogado continuó con sus explicaciones.

—Monsieur Pellier tiene un problema con los juegos de azar y ha acumulado deudas por unas cantidades considerables. Necesitaba dinero. Siento tener que decírselo, mademoiselle Dufour, pero monsieur Pellier jamás estuvo interesado en usted. Solo la consideraba un instrumento para sus fines, para acceder a los bocetos.

Célestine se tapó la cara, avergonzada. Sin embargo, no quería derramar más lágrimas. Era demasiado tarde para la autocompasión. De pronto supo qué hacer con toda claridad. Había caído en las garras de un estafador, pero no iba a arrodillarse y dejar que eso definiera toda su vida.

—Voy a presentar una denuncia contra monsieur Pellier, monsieur Gardel. Se lo merece.

Mientras tomaba otro sorbo del chocolate caliente, notó que recuperaba la vitalidad que había perdido desde la conversación con Jean-Luc en la place Vendôme.

—No será necesario, mademoiselle Dufour. El jefe valora mucho la discreción y quiere evitar toda información negativa sobre su casa. Me pidió que le hiciera a monsieur Pellier la siguiente oferta: él, monsieur Dior, renunciará a la denuncia siempre y cuando monsieur Pellier abandone la ciudad en las próximas veinticuatro horas. Yo le preparé la carta de dimisión para el *Figaro*. Monsieur Pellier la firmó y se fue de París al día siguiente.

Célestine soltó un suspiro de alivio. Monsieur Gardel se inclinó hacia ella y su voz sonó amable y alentadora.

—Monsieur Dior quiere que vuelva a la rue Royale. Sabe que usted no tuvo nada que ver con el robo y que fue víctima de su amor por un hombre codicioso y sin escrúpulos.

—¿De verdad ha dicho eso? —Célestine esperó en su fuero interno no haber oído mal.

—De verdad lo ha dicho.

Miró las finas arrugas de Gardel en los ojos y su sonrisa, que disipó toda sombra de duda.

—Muchas gracias, monsieur Gardel. Monsieur Dior es el hombre más generoso que conozco.

Célestine vació la taza de un trago y se fue como alma que lleva el diablo a la rue Capron para contarle a Marie ese giro inesperado.

33

Con el corazón acelerado, Célestine esperó al jefe en el gran salón. Por lo visto, monsieur Dior había encargado a su sastre que lo vistiera de nuevo. Llevaba un traje de color azul marino irisado con chaleco y una corbata del mismo color a juego con unas finas líneas plateadas. Se acercó presuroso a Célestine con los brazos tendidos. La agarró de las manos y las apretó con cuidado y energía.

—Monsieur Dior, quería decirle que... que yo... —balbuceó Célestine.

Se le formó un nudo en la garganta y bajó la mirada, afligida. Sin embargo, el jefe no le dio tiempo a disculparse.

—La he echado tanto de menos, mademoiselle Dufour. Durante su ausencia he adquirido plena consciencia de lo positiva que es su influencia en mi inspiración. Cuando arregla las flores de encima de la repisa de la chimenea o decora sus deliciosos platos con trocitos de verduras o hierbas, siempre cuenta una historia sobre la belleza de las cosas sencillas y naturales. Con sus artes culinarias evoca una y otra vez los recuerdos de mi infancia en Normandía. Y gracias a sus atenciones ha aportado calma a mi vida y orden a mi caos doméstico.

Célestine se sintió tan aliviada que empezó a temblar. Contaba con una reprimenda, en ningún caso con elogios.

—No volveré a decepcionarle, monsieur Dior, se lo prometo.

El jefe le restó importancia con un gesto y continuó:

—Dejemos en paz el pasado, miremos solo hacia el futuro. Hay novedades. Hace tiempo que esta casa me parece demasiado pequeña. He adquirido una vivienda en el boulevard Jules Sandeau, cerca del Bois de Boulogne. De todos modos, primero hay que reformar las paredes y los suelos. Si puede imaginarse abandonando terreno conocido para embarcarse hacia nuevos horizontes, en la buhardilla hay una preciosa vivienda de dos habitaciones. El balcón tiene vistas directas al jardín.

Célestine pensó que era un sueño. Unos días antes creía que la suerte la había abandonado, y de pronto volvía. Se imaginó comprando muebles poco a poco y decorando un piso entero a su gusto. Con unas cortinas de tafetán de color claro, un secreter de madera de nogal y butacas tapizadas con terciopelo. El corazón le latía con fuerza por la emoción, y deseó mudarse cuanto antes.

Monsieur Dior abrió las manos y juntó las puntas de los dedos. Parecía muy satisfecho. Célestine notó su ilusión por decorar una casa de varias plantas según sus ideas.

Pese a que estaba agotada por las emociones del día, Célestine se quedó despierta para contarle los planes del jefe a Marie, que volvía de su turno poco antes de medianoche. Marie abrazó a su amiga y se volvió con un paso de vals hacia el estrecho tramo que había entre el armario ropero y la cama.

—Es un día de buenas noticias. Las dos hemos tenido suerte. Tengo que hablarte de Théodor. Es actor y ya ha actuado en una película bajo la dirección de Jean Renoir. ¿No es impresionante? Renoir ha pronosticado que tendrá una gran carrera...

Al día siguiente por la mañana Célestine regresó a la vieja casa de la rue Royale. Durante la cena, el jefe la sorprendió con otra noticia.

—Ayer tuve una conversación telefónica con madame Langlois, la redactora jefa de *Elle*. Según ella, sus lectoras están ansiosas por saber lo que ocurre entre bastidores en una casa de moda y desde el punto de vista del modisto. En una entrevista tengo que describir cómo se desarrolla una colección desde la idea, pasando por el diseño y el patrón, hasta llegar al vestido terminado. Qué obstáculos se deben superar, qué imprevistos deberían incluirse en una planificación, qué es una buena maniquí para un modisto, etc. La redactora piensa incluso en una serie de varias partes.

El jefe se acarició la barbilla, pensativo.

—Por supuesto, sería una publicidad fantástica para nuestra casa de moda, pero tendré que decir que no. Seguro que en la redacción de esa revista trabajan periodistas que comprenden su oficio, pero yo siento el impulso de controlarlo todo. Quiero asegurarme de que con esa mirada tan personal entre bastidores se mantiene el delicado equilibrio entre la franqueza y la discreción. Un juego de preguntas y respuestas no me parece el método adecuado. Por desgracia, en la avenue Montaigne nadie tiene tiempo de anotar mis ideas y darles forma textual. Así podría entregarle a madame Langlois un manuscrito listo para imprimir. Ahora mismo, para mí y mis empleados todo gira en torno a la nueva colección.

Célestine colocó un jarrón en forma de esfera con unas rosas de color amarillo claro en la repisa de la chimenea y sintió un gran alivio. Hacía días que esperaba la ocasión de demostrarle a su jefe cuánto agradecía su generosidad. Había llegado el momento.

—Pero, monsieur Dior, puedo encargarme yo. Por la noche me cuenta de qué va a tratar cada parte, escribo el texto y lo paso a máquina para que al día siguiente por la mañana usted pueda completarlo con sus comentarios. —Le entraron ganas de ir a buscar papel y lápiz corriendo para apuntar las primeras frases.

El jefe la miró perplejo, arrugó la frente y se acarició de nuevo la barbilla. El gong de la puerta sonó tres veces seguidas, lo que significaba que el chófer le esperaba en la calle. Charles le entregó a su jefe con gesto impasible el abrigo y el sombrero. Monsieur Dior se dirigió a la puerta tarareando en voz baja, se dio la vuelta de nuevo y le guiñó el ojo a Célestine.

—Le comunicaré a madame Langlois que la semana que viene puede contar con la primera parte.

El mayordomo tosió ligeramente y se quitó una mota de polvo invisible de la manga.

—Mademoiselle Dufour, tiene usted una influencia estimulante en el jefe. Hacía tiempo que no lo veía tan contento.

Se dirigió presuroso a su zona habitual, como si le resultara incómodo haber compartido una observación personal con Célestine.

34

Célestine se sentía como si empezara una nueva vida por segunda vez. Además, como en su primer nuevo comienzo, esta vez también había perdido a un hombre. La imagen de Albert, que había demostrado ser un egoísta, se había difuminado en su recuerdo. Ni siquiera sabría decir ya de qué color tenía los ojos. Célestine tenía la sensación de que la amarga experiencia con Jean-Luc la había transformado por dentro de verdad, por lo que decidió hacer un cambio también externo.

Recordó que las maniquís del vestidor hablaban a menudo de su peluquería en los Campos Elíseos. Todas adoraban a Alexandre, el joven que tenía el don de domar hasta el cabello más rebelde y ayudar a cada mujer a sacar la versión más bella de sí misma.

Monsieur Alexandre, un marroquí de cadera estrecha con un bigote fino como un lápiz se colocó detrás del sillón de peluquería, hundió los dedos en el pelo de Célestine y sonrió, meditabundo.

—Tiene usted un cabello maravilloso, fuerte, mademoiselle. Y el tono rojizo no podría haberlo teñido mejor yo.

—Por favor, lo quiero corto —pidió Célestine, escueta—. Solo unos centímetros más largo que un corte masculino.

En el espejo vio que el peluquero primero torcía el gesto y luego sacudía la cabeza con resolución.

—Será broma, mademoiselle. Todas mis clientas envidiarían esa melena. Le propongo darle un poco de empuje a las puntas y probar con un flequillo hasta las cejas. Más o menos así...

Sin embargo, la decisión de Célestine era firme. Sacó una fotografía del bolsillo y se la enseñó a Alexandre.

—No, me gustaría tener el pelo justo así.

—¿Quién es esa joven dama?

—Audrey Hepburn, una actriz. Dicen que está al principio de una fantástica carrera.

Monsieur Alexandre tragó saliva varias veces, luego sacó vacilante unas tijeras del delantal y se puso manos a la obra. Media hora después Célestine le sonreía a su imagen en el espejo, que le resultaba ajena pero sorprendentemente familiar. Se sentía despreocupada y ligera, porque con el pelo también había caído la última parte de su pasado. Jamás volvería a interpretar el papel de mujer ingenua, como le había pasado con Jean-Luc.

—Admito que estoy tan sorprendido como encantado.

Monsieur Alexandre comprobó el contorno del vello de la nuca con el peine y colocó de nuevo la tijera.

—Por lo general soy yo el que convence a las mujeres de hacerse un peinado, pero esta vez una clienta ha persuadido al peluquero. Mis respetos, mademoiselle. ¡Mis respetos!

A la mañana siguiente Célestine entregó a su jefe los periódicos como de costumbre. Este se quedó sorprendido y la miró como si la viera por primera vez. Luego, una sonrisa de aprobación le iluminó el rostro.

—Mademoiselle Dufour, está usted... cómo lo diría... fascinantemente joven y al mismo tiempo... amuchachada. ¿Le importa caminar un poco para que pueda ver el peinado desde todos los ángulos?

—¿Quiere decir que me mueva como una maniquí que presenta un peinado en vez de un vestido?

—Mis maniquís tienen el don de una presentación perfecta, pero sus posturas son calculadas para lograr un efecto determinado en el público. Lo que fascina de usted es su atractivo y frescura naturales. Camine de la puerta de la casa hasta la biblioteca, como si diera un paseo un día tormentoso de primavera por la playa en Normandía.

Célestine se quitó los zapatos, los cogió con la mano izquierda y caminó por el salón. Se imaginó la arena bajo los pies. De vez en cuando se apartaba el pelo de la frente con la mano derecha y hacía como si siguiera con la mirada el vuelo de una gaviota. Con el rabillo del ojo vio que monsieur Dior la observaba sentado en el sofá y apuntaba algo en su bloc de dibujo. Luego frunció los labios y anunció con un deje divertido:

—Me ha dado usted una idea, mademoiselle Dufour. Hasta ahora solo tenía en mente en mi trabajo a la mujer adulta y femenina. En mi próxima colección mostraré por primera vez unos pantalones, pensados para la mujer joven y preciosa. ¡Para una mujer como usted!

Para Célestine, las horas más bonitas del día empezaban por la tarde, cuando monsieur Dior la invitaba a su salón y le contaba su vida de modisto. Armada con un lápiz y una libreta, se sentaba enfrente y plasmaba con abreviaturas estenográficas cómo un exgalerista de antes de la guerra se convirtió en el creador de moda más famoso de Francia.

—En mi juventud regentaba una galería con un amigo —contaba—. Luego la guerra me convirtió en agricultor y el azar en diseñador de moda. Monsieur Boussac, un amigo mío, me animó a arriesgarme, y así abrí mi pequeña casa de moda propia en la avenue Montaigne.

El jefe hablaba en tono distendido, y aun así en sus explicaciones siempre estaba presente la imprescindible seriedad con la que practicaba su oficio. Valoraba los servicios de sus costureras y costureros, así como los de las maniquís y dependientas. En casi todas las frases se reflejaba su modestia, así como el agradecimiento que sentía hacia el destino. Atribuía su éxito no tanto a su capacidad personal como a unas circunstancias afortunadas.

A veces, cuando un texto corría el riesgo de no estar terminado a tiempo y la fecha de entrega era inminente, Célestine se sentaba hasta muy tarde en la máquina de escribir para teclear las páginas. Luego el chófer iba de noche a la redacción de *Elle* para que el capítulo llegara a tiempo para la impresión. La tirada de la revista aumentó muchísimo. Por lo visto, todas las francesas querían saber lo que ocurría entre los bastidores de la casa de moda más célebre del país.

Una mañana, monsieur Dior se fue a la avenue Montaigne antes del desayuno. Cuando sonó el gong de la puerta Célestine supuso que era el cartero, dispuesto a gastar bromas y a intercambiar pullas inofensivas. Sin embargo, ante ella apareció uno de los conductores de Lachaume, que le entregó un ramo de rosas de color crema con flores de menta púrpura. Llevaba colgada una tarjetita y Célestine reconoció en el acto la letra vigorosa de su jefe:

> Para mademoiselle Célestine, mi secretaria personal, con mi agradecimiento.
>
> CHRISTIAN DIOR

—¿De verdad escribió mademoiselle Célestine y no mademoiselle Dufour? —Marie frunció los labios y soltó un leve silbido.

—Exacto.

—Creo que monsieur Dior siente por ti más de lo que quieres admitir.

—No, mi querida Marie, seguro que no es lo que piensas —aclaró Célestine con vehemencia.

Las dos amigas estaban tomando un café y pastel de almendra casero en la rue Royale. Célestine había visto en un anticuario de la rue de Rivoli un sillón orejero con un taburete a juego de la época del cambio de siglo y sintió el impulso de comprarlo.

Por supuesto, Marie quiso ver enseguida con sus propios ojos ese hallazgo de terciopelo azul marino, pero había anulado su visita en dos ocasiones porque había quedado con Théodor, su nuevo amigo.

Marie cogió un segundo trozo de pastel y mordió la punta con un profundo suspiro.

—En realidad no debería comer tanto. He tenido que arreglar varios vestidos porque se me habían quedado estrechos. Pero ¿qué le voy a hacer? Si estoy enamorada pero soy infeliz, los dulces son mi único consuelo.

—Quizá tengas tendencia a escoger a los hombres equivocados. Lo digo por experiencia propia, porque yo también me dejé engañar por uno que no valía la pena. Jean-Luc podría haber acabado con mi existencia fácilmente si monsieur Dior no fuera una persona tan generosa.

Marie sacudió la cabeza con tanta vehemencia que se le soltó un mechón del pelo recogido y le cayó al hombro.

—Todos los hombres quieren una mujer que sea guapa, no demasiado lista, que los cuide y les proporcione un hogar agradable. Entonces ¿por qué sigo soltera?

Célestine observó pensativa el plato del pastel, en cuyo borde se había descascarillado un trocito de porcelana. Para su piso nuevo compraría su propia vajilla. Una con un dibujo de flores y el borde dorado. Y también un jarrón de cristal cincelado, porque en su casa quería tener siempre flores frescas de decoración. En la buhardilla del boulevard Jules Sandeau erigiría su pequeño paraíso y pagaría todos los muebles y el menaje con el dinero que ganara.

Casi sentía compasión por su amiga, que quería entregarse cuanto antes a la dependencia de un hombre.

—Marie, eres una soñadora. Quieres un hombre que te lleve en volandas y ponga el mundo a tus pies. Conoces a alguien que te gusta y luego le descubres un defecto. Lo criticas, él reacciona muy molesto... y antes de que me lo hayas presentado ya ha desaparecido del mapa. ¿Acierto al suponer que con Théodor, el prometedor actor, ha pasado algo parecido?

La expresión del rostro de Marie era acusadora.

—¡Qué va a ser actor! Cómico de pacotilla sería una expresión más acertada. Ese fanfarrón colaboró con Jean Renoir como figurante, y al final la escena se cortó del montaje final, no había nada más detrás. Pero yo solo puedo admirar a alguien que tiene éxito. Para ser pobre e insignificante ya estoy yo.

Ahora fue Célestine la que suspiró. Cuando se trataba de hombres, su amiga perdía el juicio.

—Marie, vivimos en pleno siglo XX. Una mujer ya no puede quedarse a esperar a un príncipe como antes. Puede mantenerse ella misma muy bien. Desde la guerra, cuando los hombres tuvieron que acudir al frente, demostramos de lo que somos capaces. Hoy en día hay mujeres que trabajan de ingenieras, empresarias, guías turísticas... y piensa solo en las numerosas costureras, bordadoras y dependientas que tiene contratadas monsieur Dior y que hacen una aportación notable en la ejecución de su arte. Tú misma demuestras todos los días que estás en situación de ocuparte de ti y de tu subsistencia.

Sin embargo, Marie no se dejó convencer.

—¿Te acuerdas de las clases de religión con el padre Bernard? «La mujer está sometida al hombre», dice la Biblia. Lo que significa: la mujer está destinada a casarse y formar una familia.

—Yo no estaría tan segura de eso. También hay hombres que no quieren eso, que no les interesan las mujeres y prefieren tener trato con sus iguales.

Marie dio un respingo y se le cayó un trocito de pastel de almendra del tenedor.

—¿Te refieres a los sodomitas? ¡Yo solo me alegro de no haber conocido nunca a esos tipos! Espero que tú tampoco, ¿no?

—Bueno, he conocido a algunos amigos de monsieur Dior... Han venido a cenar y también han pasado la noche en la rue Royale.

Marie la miró como si viera un fantasma.

—¿Quieres decir que tu jefe es... uno de esos? ¿Christian Dior, el hombre que viste a las mujeres? ¡Pero eso es imposible! ¡Tienes que buscarte otro trabajo enseguida!

A Célestine le sorprendió la reacción airada de su amiga. Cuando Marie estaba fuera de sí, sus ojos grandes y redondos aumentaban aún más de tamaño y parecían casi negros. Al mismo tiempo se sentía como una portera por haber desvelado sin querer el secreto de monsieur Dior.

—¿Qué tiene que ver la vida personal de mi jefe con mi trabajo?

—No puedes seguir con él —insistió Marie; su expresión mostraba con claridad que no admitía réplica.

—Pero ¿por qué? Créeme, Marie, no imagino un jefe más amable —intentó Célestine calmar a su amiga—. Además, sus invitados también demuestran una educación exquisita conmigo y se muestran respetuosos. Hace poco uno incluso me llevó flores como agradecimiento por la cena que había preparado. Si todos los hombres fueran tan amables como los amigos de mi jefe, sin duda habría menos mujeres infelices.

35

El traslado al nuevo domicilio de monsieur Dior se prolongó durante varios meses. El jefe había encargado a tres interioristas amigos suyos que adaptaran cada habitación a su gusto y sus necesidades. La casa debía parecer más moderna y urbana que el piso de la rue Royale, que aún reflejaba el espíritu de la Belle Époque. El interior debía hablar de las etapas en la vida del dueño de la casa, empezando por su infancia en Normandía y sus primeros años en París como joven galerista, seguida de los tiempos de guerra como agricultor en la Costa Azul hasta la actualidad como modisto.

La primera noche que Célestine pasó en su piso nuevo estaba tan nerviosa que apenas pudo dormir. Ella también había creado un hogar conforme a su gusto personal, con un sofá, el sillón nuevo con el tapizado de terciopelo azul y las cortinas de flores. Por la ventana del lavabo veía el cielo, y en la pequeña cocina que el jefe había montado expresamente para ella había dos de los aparatos domésticos más modernos con los que soñaba una ama de casa pero que la mayoría no podía permitirse: una nevera y una lavadora.

Pretendía completar poco a poco el mobiliario con un secreter de madera de nogal clara y un aparador para la vajilla. En el balcón quería poner en verano un cubo con rosas aromáticas, que florecían varias veces al año. Como la Souvenir de la Malmaison, una rosa Bourbon de color rosa pálido que debía su nombre al recuerdo del jardín de la emperatriz Joséphine, la primera esposa del emperador Napoleón I.

Célestine supo por Amélie que había ocurrido una nueva desgracia en uno de los ateliers de al lado. La joven costurera, ascendida a directora suplente, le informó exaltada:

—Imagínate, el jefe preguntó por el boceto de un vestido de tarde de la línea Zigzag. Además, quería saber con qué frecuencia se había vendido ese vestido a clientas inglesas. Monsieur Pascal, el director del atelier, y tres aprendizas empezaron a buscar con frenesí, pero el boceto no aparecía, igual que la tarjeta del fichero de clientas. Tendrías que haber oído la bronca del jefe. Incluso algunas costureras que no estaban implicadas se echaron a llorar.

Célestine pensó que, probablemente, ese reciente contratiempo se debiera a que en los distintos ateliers no existía un principio del orden común y cada uno hacía y clasificaba las pruebas según su criterio. Al menos eso suponía ella. Notó un peculiar cosquilleo en la zona del estómago. Gracias a su experiencia en la oficina municipal de Genêts se atrevió a crear un nuevo sistema para el almacén cada vez más extenso de la casa de moda. También el archivo de prensa había alcanzado un volumen que en el plazo de un año haría necesario su traslado a una sala más grande.

Quería elaborar un plan y presentárselo a monsieur Dior. Suponía que, de ese modo, él le encargaría una nueva función, y en el futuro pasaría más tiempo en la avenue Montaigne, entre patrones, balas de tela, bustos de madera, sombreros, collares y flores de seda. Rodeada de personas que compartían la pasión del jefe por la belleza, la creatividad y la precisión.

Las tareas que llevaba a cabo para Christian Dior en el ámbito privado, se habían convertido en una rutina con el tiempo. La limpieza de las habitaciones, las compras de decoraciones florales y las comidas, la clasificación de reportajes de prensa y la redacción de cartas personales. Célestine anhelaba nuevos retos y esperaba que monsieur Dior viera con buenos ojos su propuesta.

El jefe se acarició la barbilla, pensativo. Entornó los ojos y estudió los números y las tablas que Célestine había apuntado en dos hojas. Sin duda, le habría resultado más fácil leerlos con gafas, pero Célestine sabía que su vanidad le impedía llevarlas.

—Una propuesta convincente —murmuró, reflexivo. Luego continuó, y con cada nueva idea se le iba animando el tono—. Según este sistema, los bocetos, los patrones y los cortes de cretona de una temporada concreta se podrían clasificar mucho más rápido. Y con el nuevo archivo tendríamos en todo momento una visión global de la cantidad de trabajo que requirió un solo vestido, lo que ha comprado cada clienta en cada temporada, si ha adquirido alta costura, piel o sombreros, qué dependientas atendieron a cada clienta y qué vestidos fueron los más vendidos en cada país. Sabríamos si los compradores profesionales adquirieron un modelo como patrón, corte de cretona o vestido terminado, y podríamos calcular enseguida el éxito de cada modelo. Lo que a su vez nos daría indicaciones valiosas para la elaboración de la siguiente colección...

Célestine sintió una mezcla de ilusión y alivio. Casi al mismo tiempo que sonaba el gong de la puerta apareció como de costumbre el mayordomo con el abrigo y el sombrero en el salón. Monsieur Dior se levantó del sillón y se colocó bien el nudo de la corbata.

—Deme un día, mademoiselle Célestine. Pensaré cómo se

pueden llevar a cabo sus propuestas. Encontraremos una solución, de eso estoy seguro.

De vez en cuando, los pensamientos de Célestine se desviaban hacia Jean-Luc y la razón por la que ella se había dejado cegar por él de esa manera. El estafador se había llevado su manuscrito, y seguramente lo había arrojado a la estufa. El original se había perdido para siempre. Sin embargo, había algo que también aprendió en la oficina municipal de Genêts: había hecho una copia con papel carbón. Así, había perdido la confianza en sus conocimientos sobre el ser humano, pero no había perdido el texto.

Como la copia estaba difuminada en varios puntos y algunas letras resultaban ilegibles, Célestine se sentaba después de trabajar a pasar de nuevo las páginas a máquina. Al hacerlo comprobó que era necesario modificar algunas frases y añadir algunos detalles. Dejó volar su imaginación, convencida de que en algún momento su perseverancia se vería recompensada.

Célestine esperó durante más de dos semanas una reacción de Dior a su propuesta, pero él no decía nada. En su fuero interno esperaba que sus ideas no quedaran solo en una quimera. Sin embargo, un día monsieur Dior anunció que en la casa de costura todos los trabajos previos para las colecciones definitivas, así como las distintas fichas, seguirían un nuevo sistema de archivo. El volumen de su creación hasta el momento hacía necesario tomar esas medidas.

Célestine supervisaría la documentación y, en caso de necesidad, podía solicitar la ayuda de empleados del atelier correspondiente. El archivo de prensa se trasladaría del domicilio privado del jefe a la avenue Montaigne. A Célestine le adjudicaron en la planta superior un despacho pequeño pero propio, en el que no cabía más que una mesa, una silla y un armario de pared.

Su jornada laboral seguía ahora un ritmo nuevo. En cuanto el jefe le explicaba por la mañana sus deseos para la cena, compraba en la cercana place de Passy o en la avenue Henry Martin verduras, huevos y fruta, y casi siempre encargaba por teléfono la decoración floral de Lachaume. Entre madame Petit y ella se había generado una gran confianza con los años, gracias a la cual solo eran necesarias unas cuantas palabras para que llegara un ramo perfecto según las indicaciones de Célestine.

—Dado que a partir de ahora se requerirá su presencia en la avenue Montaigne, necesita que la liberen de las tareas de limpieza —decidió monsieur Dior, y contrató a Mafalda, una italiana de unos cuarenta años que cantaba las arias de las óperas clásicas con sentimiento e ímpetu mientras limpiaba.

Hacia las once de la mañana, Célestine se dirigía hacia la avenue Montaigne y ordenaba diseños y patrones, les asignaba un número, además del nombre y el año de la colección correspondiente, adjuntaba las tarjetitas a los modelos de cretona y trasladaba las cifras y los nombres de los modelos a las columnas de un gran libro de inventario. Se quedó asombrada con la ingente cantidad de zapatos, bolsos y sombreros vendidos que enumeró en uno de los archivos.

A Célestine le encantaba ese trabajo, la concentración y la precisión que requería. Su puerta siempre estaba abierta, y así tenía por una parte su propio reino, pero por otra siempre podía observar lo que ocurría en el atelier, donde se producían los vestidos de gala más fascinantes bajo la dirección de madame Roxanne.

Poco a poco Célestine también fue conociendo el resto de los ateliers, donde las costureras y costureros tenían su área especial de trabajo, como trajes, abrigos, vestidos de día y de tarde, pieles, vestidos de cóctel o de noche y de novia. Le explicaron que a las buenas clientas les preparaban un busto de madera con sus medidas personales. Así, las damas podían encargar ropa en cualquier momento, aunque estuvieran de viaje o no tuvieran tiempo por otros motivos de presentarse en persona a las pruebas en la avenue Montaigne. Célestine observó a las bordadoras, que colocaban en fila perlas y lentejuelas con una paciencia infinita y creaban flores y los ornamentos más imaginativos y extraordinarios.

Vivió el silencio tenso que imperaba en todas las plantas cuando el jefe se retiraba a su casa de campo y todos esperaban los nuevos bocetos para dedicarse a continuación con alegría y pasión renovadas a los desafíos de la colección actual. Vio las lágrimas que se derramaban cuando, tras días de trabajo abnegado, el jefe descartaba un vestido porque, según él, no tenía suficiente carisma. Durante los días anteriores al desfile de presentación, la casa de costura parecía una colmena donde cada uno ejecutaba su función con total diligencia.

Célestine había pasado a formar parte de esa actividad. Aun así, además de la amiga de la infancia de Dior, Luling, y su trío creativo, las señoras Brizard, Carré y Zehnacker, era la única que no solo conocía al Christian Dior modisto, sino también a la persona, cuyos ojos brillaban cuando le servía muslo de pato o sopa de mejillones. Cuya mirada la atravesaba cuando agarraba su bloc de dibujo y plasmaba los movimientos de Célestine mientras llenaba un jarrón de flores o llegaba del mercado con una bolsa de la compra llena. Se movía entre los mundos de una persona y artista excepcional.

36

Hacía semanas que Marie estaba rara. Una vez más flotaba en el séptimo cielo. En esta ocasión estaba firmemente convencida de que pronto navegaría hacia el puerto del matrimonio con Eric, un oficial de la Marina. Marie le había prometido que le presentaría a su novio en cuanto tuvieran ocasión.

Mientras, Célestine se unió a un grupo de costureras, bordadoras y contables que todos los primeros domingos de mes iban juntas al cine. Después, las chicas solían entrar en una de las cafeterías o bistrós del gran boulevard y hablaban del maquillaje y el peinado de la actriz protagonista. O lanzaban suposiciones sobre un romance entre la ayudante de prensa con el director del atelier de la piel, monsieur Gérard, bastante más joven, que antes trabajaba con Jacques Fath. Ese belga encantador y apuesto tenía locas a casi todas las empleadas y era objeto de envidia de todos los trabajadores.

—Me extraña la frecuencia con la que el jefe nombra últimamente a nuestra polifacética Célestine, ¿no os habéis fijado? —preguntó sin tapujos Chantal, la argelina de ojos negros de contabilidad.

En su primer encuentro, a Célestine le pareció que esa mujer alta de treinta años, con la figura perfecta de una maniquí y un rastro de congoja en la cara, no la miraba con buenos ojos. Chantal siempre encontraba algo que reprocharle. Unas veces Célestine era demasiado simpática, otras demasiado antipática con los compañeros; unas veces Chantal la encontraba demasiado ordenada, o vestida con demasiado descuido para trabajar en una casa de costura.

Célestine no tenía ni idea de lo que provocaba esa actitud en esa mujer tan guapa que parecía tan amargada, pero tampoco quería saberlo. Sin embargo, esta vez supo que lo que se estuviera gestando en Chantal estaba a punto de estallar.

Ni siquiera esperó una respuesta de sus compañeras. Lanzó una penetrante mirada de desprecio a Célestine y apretó los labios hasta que se convirtieron en dos líneas finas.

—Te crees especial, ¿eh? El jefe no para de hablar de lo polifacética, prudente y capaz que eres. «Mademoiselle Célestine ha dicho...» «Primero tengo que hablarlo con mademoiselle Célestine...» «Pregúnteselo a mademoiselle Célestine, ella es la especialista...» A mí monsieur Dior no me ha dedicado ni un solo elogio, y eso que soy la primera que llega por la mañana y la última que se va de la oficina por la tarde.

Mientras Célestine se quedaba muda, las demás mujeres se miraban atónitas.

Chantal respiró hondo y dio rienda suelta a su disgusto. Levantó el dedo índice hacia Célestine en un gesto amenazante.

—Le haces la pelota a nuestro jefe en su casa, le preparas la cena. Y ahora encima vienes a la avenue Montaigne y nos aleccionas sobre sistematización, almacenamiento y tarjetas de inventario. Te crees que está enamorado de ti, ¿eh? Te ves como la futura señora Dior. Una paleta de pueblo como tú no debería tener aspiraciones tan altas.

—¡Basta ya, Chantal! ¿Siempre tienes que desahogar tu mal humor con los demás? ¿Qué te ha hecho Célestine? —Indignada, una de las bordadoras apartó furiosa su silla de la mujer. Al hacerlo golpeó el borde de la mesa con la rodilla, provocando un tintineo de las tazas.

—Disculpadme, necesito aire fresco.

Célestine se levantó a toda prisa y salió corriendo de la cafetería. Fuera, en los Campos Elíseos, soplaba un viento otoñal, frío y húmedo. La gente caminaba presurosa con los cuellos del abrigo levantados y los paraguas abiertos. Las luces de las farolas y los anuncios luminosos se reflejaban en la acera mojada por la lluvia. Una niña de unos ocho años cogió carrerilla y saltó a un charco justo delante de la entrada del local. El agua salpicó, y cuando Célestine se miró vio que tenía manchas oscuras desde las medias hasta el dobladillo del abrigo. La madre de la niña empujaba presurosa un carrito. No se había enterado del percance.

Célestine no sabía qué la exasperaba más, si el tener que llevar el abrigo a limpiar o las palabras de odio de Chantal. Aunque las acusaciones de la contable la habían dejado de piedra, también se sentía aliviada. Era evidente que ninguno de los empleados imaginaba cómo era la vida amorosa del jefe en realidad. Y así tenía que seguir siendo.

A finales de mes, cuando acudió a recoger el sueldo, Célestine entró en el departamento contable con sentimientos encontrados. Para su sorpresa, Chantal no se encontraba en su sitio habitual. Cuando preguntó por el paradero de la administrativa se enteró de que había dejado el puesto por sorpresa. Sus compañeras se sentían aliviadas, porque Chantal se había puesto a muchas en contra con su envidia y sus celos. El ambiente de trabajo en el departamento se había visto perjudicado, y ahora todas se alegraban de haber recuperado una relación apacible y armónica.

Quizá un golpe del destino había convertido a esa mujer atractiva en una persona atribulada, pensó Célestine, que casi sentía compasión. La guerra había causado profundas heridas en los corazones de las personas, también en el suyo. La muerte de su padre y su hermano, que hallaron su última morada en algún lugar de Alsacia, en una fosa común, todavía le dolía. Por eso le parecía aún más importante prestar atención a las cosas bonitas de la vida y disfrutarlas con plena consciencia.

37

Célestine no se llevó una gran sorpresa cuando el jefe le comunicó una mañana, mientras ella dejaba en la cocina una cesta llena de verduras frescas del mercado, que había adquirido una segunda casa de campo. La Colle Noire era el nombre de su nuevo domicilio, situado a una hora en coche de la Costa Azul. En esa región pasó los años de la guerra y regentó junto con su hermana una plantación de naranjas. El recuerdo de esa época fatigosa pero feliz le había impulsado a comprar la casa. Igual que con el molino en Millet-la-Forêt, estaba entusiasmado con la decoración del interior de la casa.

El desafío de crear un nuevo hogar dio alas al jefe en sus diseños para la nueva colección, llamada línea Sinueuse. El corte de las chaquetas de los trajes era recto y holgado al mismo tiempo, con mangas raglán muy entradas. En la parte de la espalda se veían formas onduladas e infladas. También los vestidos de día iban entallados a la figura por delante, pero por detrás sorprendían con una abundancia de tela abombada.

A Célestine le daba la impresión de que al jefe ese doble trabajo no le suponía una carga, sino un placer. Así, pronto monsieur Dior se fue unos días al sur para comentar con un amigo las reformas a realizar y buscar a un administrador de la casa durante su ausencia. Un día, Célestine volvía de almorzar con algunas costureras del atelier de al lado cuando madame Luling le salió al paso en el pasillo y le puso una hoja en la mano.

—Hace unos minutos he recibido en mi despacho una llamada del Hospital Curie. Aquí tiene la dirección, mademoiselle Dufour. Tiene que ir allí lo antes posible.

—¿Le han dicho el motivo?

La directora de ventas hizo un gesto compasivo con la cabeza antes de irse a toda prisa hacia el gran salón, donde dos reporteros australianos aguardaban para conocer los detalles de la siguiente colección del jefe.

Aunque Célestine no sabía lo que había ocurrido, la invadió un mal presentimiento. Cogió el abrigo y el bolso a toda prisa y paró a uno de los taxis que pasaban cada pocos minutos por la avenue Montaigne para dejar a clientas solventes o recogerlas con bolsas llenas de compras.

Pasado un cuarto de hora, una enfermera con el cabello canoso recogido y una sonrisa sincera y alegre le explicó el motivo de la llamada.

—Esta mañana, dos gendarmes han visto por casualidad cómo una chica joven se subía a la barandilla del pont de l'Alma y saltaba al Sena. Pese a la fuerte corriente que había en ese punto, lograron sacar a la suicida del agua. La mujer entró aquí con una grave hipotermia. No llevaba ningún tipo de identificación encima, y tampoco quería decirnos su nombre, pero encontramos una hoja en el bolsillo del abrigo. En ella estaban apuntados un número de teléfono de París y su nombre.

Célestine notaba el pulso en las sienes.

—¿La paciente... puede hablar?

—Sí, aunque aún está un poco aturdida. Está en la habitación 105, al fondo del pasillo. —La enfermera le señaló a Célestine la dirección, luego dio media vuelta con brusquedad y se dirigió presurosa hacia una puerta sobre la que parpadeaba una luz roja.

Célestine entró en la habitación de la enferma con paso quedo. La golpeó el olor a orina y alcanfor. Seis mujeres, con los rostros pálidos como las sábanas, estaban tumbadas en unas camas muy juntas. Algunas gemían, y una anciana desdentada ceceaba sonidos incomprensibles. Célestine se acercó con cuidado a la cama situada junto a la ventana, donde se extendían sobre la almohada unos largos mechones de cabello oscuro y ondulado. Le dio un golpecito con el dedo índice en la frente empapada en sudor. Su vaga intuición se había confirmado: la chica a la que habían salvado en el Sena era Marie.

—¿Así que has venido? —Las palabras salían de los labios de su amiga despacio, apenas audibles.

Célestine la ayudó a incorporarse y le colocó una almohada en la espalda. Notó que una mano fría la agarraba por el antebrazo.

—Estaba tan desesperada... —susurró Marie.

—Pero ¿por qué? —preguntó Célestine también en un susurro. Las vecinas de cama no tenían por qué enterarse de qué conversaban.

—Eric ha... Se ha... —Las lágrimas rodaron sobre las mejillas de Marie.

—¿Qué le pasa?

—Se ha ido. Y no volverá jamás. Me ha escrito una carta de despedida. —Sollozó sin hacer ruido, le temblaban los hombros—. ¡Ese mentiroso desvergonzado! Tiene mujer y dos niños. Viven en Martinica. Para él yo solo era una aventura sin importancia. Una de tantas, supongo.

Célestine le acarició el pelo alborotado para consolarla; sentía compasión por su amiga y rabia hacia el desconocido. ¿Por qué Marie se topaba una y otra vez con el hombre equivocado? Al principio la atraían con promesas altisonantes y enseguida se aprovechaban vilmente de ella. Marie, tan bondadosa y bienintencionada, no merecía tanta desdicha.

—Olvídate de Eric ahora mismo. No deberías desperdiciar en él ni un solo pensamiento. Cuando vuelvas a casa te invitaré a comer en el Ritz. Pediremos champán y beberemos por nuestra amistad.

La anciana desdentada de la cama de al lado empezó a tararear «La marsellesa» mientras se balanceaba el torso adelante y atrás. Se le unieron dos mujeres más, que tamborileaban al ritmo con los dedos en la manta.

Marie movía los labios, temblorosa, y Célestine adivinó las palabras más que entenderlas de verdad.

—Estoy embarazada.

Al cabo de una semana Célestine consiguió convencer a su amiga para dar un paseo por el Bois de Boulogne. El antiguo coto de caza del rey Luis XVI era uno de los parques más bonitos y grandes de la ciudad. Le encantaba esa isla verde cerca de su casa, con los caminos amplios y los senderos sinuosos, los arroyos y los dos lagos, la cascada y el jardín botánico. Algunos fines de semana caminaba durante horas por el parque, vivía el cambio de las estaciones y no se cansaba de contemplar las orquídeas y bromeliáceas de vivos colores en los invernaderos. En su mente, veía esas flores como bordados artísticos en lujosos trajes de noche diseñados por monsieur Dior.

El aire estaba impregnado de un dulce aroma a saúco, en los arriates de delicada composición florecían azaleas y las rosas mostraban sus primeros capullos. Una pareja de patos voló por encima de las cabezas de los paseantes hacia el lago superior, donde habían sacado del cobertizo los primeros botes de remos para la inminente temporada de verano. Un grupo de chicas adolescentes vestidas con un uniforme escolar azul marino caminaban aburridas tras su profesora, que señalaba con la punta del paraguas diferentes árboles y mencionaba sus denominaciones científicas.

—Sauce llorón, *Salix babylonica*; magnolio, *Magnolia grandiflora*; tejo, *Taxus baccata*... Recordad las denominaciones.

Las dos amigas se sentaron en un banco del parque y observaron a una joven madre con mirada exhausta y el rostro pálido. Empujaba un carrito del que salía un llanto desgarrador.

—No quiero tener este niño, voy a quitármelo —afirmó Marie de pronto.

—No puedes hacerlo —protestó Célestine, asustada.

Casi furiosa, Marie tiró del pañuelo de seda roja con tulipanes amarillos bordados que Célestine le había regalado por su cumpleaños.

—¿Y por qué no? Un niño no encaja en mi vida. Tengo que arreglármelas sola y ganar dinero.

—Piensa en la cantidad de viudas de la guerra que también tienen que criar a sus hijos sin un hombre. Buscaremos a alguien que cuide de tu hijo mientras estás en el trabajo. A lo mejor una madre joven que quiera ganar algo de dinero. Seguro que puedes hablar con madame Renard para no hacer más turnos de noche. Así a mediodía ya estarías en casa y tendrías tiempo para ti y el niño. Tu niño.

El rostro y la voz de Marie formaban un solo reproche.

—¿Por qué tenía que pasarme esto justo a mí? ¿Por qué? Mi compañera Isabel se ha prometido con un empleado de correos. Ya no tiene que preocuparse por su futuro.

—Tú tampoco, Marie —intentó intervenir Célestine—. Se abrirá un camino. Seguro. Yo te ayudaré.

Marie sacudió la cabeza con los labios muy apretados.

—No. Cuanto más hablamos del tema, más claro veo que no quiero tener un hijo. Por lo menos no ahora. Quiero salir, conocer a hombres y divertirme.

Aunque Célestine comprendía en parte los argumentos de Marie, no pudo evitar contradecirle.

—Los hijos son un regalo del cielo, convierten nuestra vida en algo especial, único.

—No me vengas con discursos piadosos. Se trata de mi vida, y sobre ella solo decido yo.

Célestine, impresionada por la dureza de sus palabras, se apartó un poco a un lado en el banco del parque. Sin embargo, Marie continuó, furiosa.

—¿Qué sabes tú de la vida normal? Tú flotas todos los días en una nube de olor a lirios sobre gruesas alfombras orientales y apuntas con una pluma de oro si el jeque de Al Aman ha pedido para su harén dos docenas de vestidos de noche en satén de seda, tela georgette o en seda rústica.

Célestine la miró desconcertada. Esa no era su amiga desde el colegio, con la que compartía sueños y esperanzas desde hacía tanto tiempo. De pronto se levantó y se dirigió presurosa a la salida que daba a la place de Colombie. Estuvo a punto de arrollar a dos niños pequeños que iban hacia ella en patines haciéndole señas alegres. Entonces notó una mano sobre el hombro, por detrás. Se paró y vio el rostro anegado de lágrimas de Marie.

—Siento lo que acabo de decirte. Es que... estoy muy desanimada. Ya no sé lo que hago.

En un abrir y cerrar de ojos Célestine sintió que la rabia se desvanecía. Le tendió el brazo a su amiga en un gesto conciliador y juntas pasaron al lado de un pequeño lago donde las parejitas daban una vuelta en botes de remos.

—Ya está olvidado. ¿No decías siempre que una mujer está destinada a ser madre? Estoy segura de que serás una buena madre. Y no te preocupes por el dinero. A fin de cuentas somos amigas, y ya tengo un plan. Ya lo verás, todo irá bien.

38

Los artículos en *Elle* suscitaron tal entusiasmo que incluso la revista de la competencia, *Jolie Madame*, tuvo que reconocer con envidia: «El editor jefe ha dado un auténtico golpe maestro. Christian Dior, que ha permitido a las lectoras echar un vistazo entre los bastidores de su casa de moda, ha enfervorizado a las francesas».

En *Mademoiselle Parisienne* escribieron: «Si la moda tiene un nombre, es el de Christian Dior».

A partir de ese éxito arrollador, el jefe decidió reunir todos los capítulos que había publicado la revista y editarlos en un libro breve. El modisto fue a buscar a Célestine a su despacho en la avenue Montaigne y le entregó un ejemplar firmado con una reverencia muy formal. Se titulaba *Yo hago moda*. Célestine se sentía como si flotara en las nubes cuando leyó la dedicatoria:

Para Célestine, con mi más sincera gratitud.

CHRISTIAN DIOR

El corazón le latía rápido y con fuerza. Ya no era «mademoiselle Dufour», ni «mademoiselle Célestine». Era Célestine. Esa dedicatoria fue para ella como un espaldarazo.

Como si no hubiera advertido su turbación, monsieur Dior

sacó un boceto de la carpeta con su letra típica. El vestido de noche era sin duda una reminiscencia de la anterior línea Corolle.

—Me gustaría consultarle su opinión personal, Célestine. —Dio un golpecito con el dedo en el dibujo—. La princesa Margaret de Inglaterra ha encargado un vestido de cóctel para su vigesimoprimer aniversario. Es una chica preciosa con una frescura juvenil y, si me permite el comentario, usted se parece mucho a ella. —Se aclaró la garganta varias veces; de pronto parecía cohibido como un colegial—. Aún estoy indeciso con el material y el color a escoger. Madame Bricard propuso una tela negra de muaré con una aplicación de flores de color rosa en el escote. Madame Carré abogaba por una interpretación muy distinta del diseño, es decir, una versión de encaje de color burdeos con una cinta de terciopelo por encima de la cintura. ¿Con qué vestido se imagina usted a la princesa?

Célestine logró controlar la emoción con dos profundas respiraciones. El jefe ya contaba con la opinión de dos de sus asesoras más importantes, y ahora quería oír la suya. No tuvo que pensar mucho la respuesta.

—La princesa Margaret es una de las mujeres más fotografiadas de nuestros tiempos. Es menuda, delicada y la representante ideal de su New Look, monsieur Dior. Lo que mejor quedaría con el cabello oscuro de la princesa sería una tela de color champán de un material ligero y vaporoso. Para una chica que forma parte de la casa real me imagino un bordado dorado de flores y lentejuelas como el complemento perfecto. —En su mente, Célestine veía cada vez con mayor claridad la imagen de ese vestido. El resto llegó sin pensar—. Pienso en un motivo que se extendiera desde el escote hasta los tobillos como si fuera una cascada en la parte delantera. Parecido al del modelo Denise de la colección otoño-inverno del 1947/1948, cuando puso lirios sobre un fondo azul marino.

Ella misma se quedó un poco sorprendida. Gracias a su intensa dedicación a los diseños del jefe recordaba de memoria casi todos los modelos. ¿Lo conseguiría dentro de dos o cinco años, cuando se hubieran añadido cientos de prendas nuevas?

Monsieur Dior no dijo ni una palabra, pero por cómo arrugaba la frente Célestine vio que se estaba devanando los sesos.

—Muchas gracias, Célestine —murmuró, y acto seguido se dirigió al atelier de madame Régine, donde la directora ya esperaba las indicaciones del modisto con sus costureras y costureros.

Célestine oyó una acalorada discusión al lado. Luego sus pensamientos vagaron hasta el boulevard Jules Sandeau, donde por la noche prepararía un conejo estofado para su jefe y un invitado desconocido.

Dos meses después descubrió en el escritorio del jefe una revista de moda inglesa. Al ver la imagen de portada se quedó sin aliento: aparecía su alteza, la princesa Margaret, la hermana menor del futuro rey de Inglaterra, el día de su vigesimoprimer aniversario. La princesa estaba en el marco de una puerta y miraba a los fotógrafos con una sonrisa traviesa, como si quisiera pedirles que la acompañaran a un baile. Llevaba un vestido de color champán que llegaba hasta el suelo con un bordado dorado que caía como en cascada desde el escote hasta los tobillos.

Una sensación de felicidad y orgullo invadió a Célestine. Esta vez el jefe no había seguido las recomendaciones de madame Bricard o madame Carré. ¡Había aceptado su propuesta! La idea de una pequeña mecanógrafa de provincias llegada a París para vivir su vida a su manera. Que había empezado de chica para todo en casa de un diseñador de moda desconocido y desde entonces le preparaba la comida casera de su infancia. Que a continuación fue ascendida a ama de llaves, luego a archivista y ahora a secretaria personal. Que había comentado con el modisto más famoso del mundo el boceto de un vestido con cuya recreación en tela una princesa inglesa se presentaría ante la opinión mundial.

Ojalá su madre pudiera haberlo vivido. Quizá, después de todo, Laurianne Dufour se habría sentido orgullosa de su hija.

39

Ese minúsculo ser con la nariz respingona y una pelusa negra en la cabeza conmovió a Célestine hasta que se le saltaron las lágrimas. Se sentó con cuidado en el borde de la cama y apretó con fuerza la mano de su amiga. Comprobó con gran alivio que Marie y su hijita se encontraban bien. Poco después de medianoche había caído la red telefónica de todo el distrito de Montmartre, así que Célestine se enteró con varias horas de retraso del nacimiento de su ahijada, Rosalie.

Marie sonrió agotada. No podía apartar la vista de la criatura que tenía en los brazos. Célestine le puso una almohada en la espalda y la ayudó a incorporarse.

—¿Crees que saldremos adelante, la niña y yo? Aún no me he atrevido a preguntarle a madame Renard por los turnos de trabajo. —Marie acarició con mucho cuidado con el dedo el fino grano que tenía el bebé en la mejilla.

—Pues claro que sí. Buscaremos juntas una familia que cuide bien de Rosalie mientras tú trabajas. Yo me haré cargo de la mitad de los costes de mi ahijada. Si quieres, puedo hablar con madame Renard para que solo te asigne los turnos de mañana. Así por las tardes puedes estar con tu niña.

—Eres la mejor amiga que se pueda imaginar. La matrona volverá por la tarde para asegurarse de que todo está bien.

—Marie suspiró aliviada, dejó caer la cabeza en la almohada y al cabo de unos segundos se quedó dormida.

Célestine salió de puntillas de la buhardilla que había sido su hogar durante semanas, cuando pasaba por una crisis personal y quería dar un nuevo rumbo a su vida. Célestine jamás olvidaría que Marie la había acogido en su casa con los brazos abiertos. Había llegado el momento de corresponder.

La noticia cogió a Célestine completamente desprevenida.

Madeleine fallecida. Entierro viernes 12 h.

Eso decía el telegrama que había recibido por la mañana.

—Puede quedarse en Genêts el tiempo que necesite para arreglar sus asuntos familiares —le ofreció el jefe con generosidad—. ¿No decía que su tío tenía un carácter difícil? Seguramente ahora mismo no podrá prescindir de la ayuda de su sobrina.

Célestine le había hablado en contadas ocasiones y con pocas palabras de su familia. De nuevo le asombró la buena memoria de monsieur Dior. Sin duda, el arte de saber escuchar era una de sus cualidades más destacadas. Años después recordaba los detalles más nimios.

Célestine tuvo un mal presentimiento. Iba a volver a su pueblo natal por primera vez desde la muerte de su madre. Consciente de su deber, había sugerido en diversas ocasiones ir a visitar a su familia por Pascua o Navidad, pero su tía Madeleine siempre lo descartó. Su marido, Gustave, nunca había podido superar que su sobrina se hubiera ido y desde entonces ni siquiera había vuelto a mencionar su nombre. Así que Célestine no siguió insistiendo, sobre todo porque en París le resultaba más fácil eludir los recuerdos.

Aunque en su fuero interno aún no era parisina, sí lo era su aspecto. Para no levantar revuelo entre los vecinos del pueblo, Célestine decidió volver a su pueblo de la costa atlántica con la misma ropa que llevaba cuando partió hacia la gran ciudad.

Junto a la cantidad siempre creciente de vestidos de alta costura, en el rincón de la izquierda de su armario colgaba el traje, con el tiempo pasado de moda, que llevó para el entierro de su madre y durante las semanas posteriores como señal de duelo. Célestine cogió su vieja maleta marrón y pidió un taxi para ir a la estación de ferrocarril, en dirección a su pasado.

Escuchó el murmullo del mar y respiró el aire salado y puro que, sin embargo, le provocaba un nudo en la garganta. Pese a conocer todas las casas, todas las callejuelas, se sentía extraña. En Genêts no parecía haber cambiado nada desde el día en que se fue. Era ella la que había cambiado. Ya no era la chica ingenua de antes, era una mujer joven que se había mantenido firme en una ciudad desconocida y se cuidaba sola.

Célestine recorrió acongojada callejones estrechos con casitas de piedra caliza gris. Detrás estaban los jardines donde los vecinos cultivaban desde tiempos inmemoriales fruta y verdura. Como en todos esos puebluchos aburridos de la costa normanda, donde los sábados uno se iba a confesar y los domingos a misa. Donde Pascua, Pentecostés y Navidad se sucedían con tanta seguridad como las mareas. Y donde los únicos acontecimientos previsibles eran los bautizos, los entierros y las mareas ciclónicas.

Junto a la puerta destartalada de la tiendecita había colgada una hoja con una nota escrita a mano: «Cerrado por defunción». Cuando Célestine entró en la casa que habían construido sus abuelos y en la que había vivido hasta que cumplió veintiún años, la envolvió el olor conocido a crepes y tocino. Seguramente la tía Madeleine le había preparado esa comida a su marido el día de su muerte. ¿De qué habría muerto? Por lo que Célestine recordaba, Madeleine nunca había estado enferma.

Vacilante, puso un pie en el primer escalón de madera desgastada cuando la enfermera del pueblo se dirigió hacia ella desde la planta superior. Allí se encontraban las estancias privadas de la familia. Célestine pensó enseguida en el hijo de esa mujer, que iba a la misma clase que Marie y ella. Un chaval pelirrojo que no se perdía ni una pelea con sus compañeros de clase y que cuando pasaba ella o cualquiera de las demás niñas les tiraba de la coleta.

Geneviève Albaret era una mujer de unos sesenta años con una trenza de pelo canoso colocada en forma de corona y unos ojos despiertos de color ámbar. Hacía décadas que se ocupaba del bienestar físico de los vecinos de Genêts, se alegraba con los jóvenes padres del nacimiento de un hijo o consolaba a los familiares cuando había que llorar por un difunto.

Agarró de la mano a Célestine, y esa voz conocida sonó grave y suave.

—Mis condolencias. Habría preferido volver a verte en circunstancias más alegres.

—¿Cómo está mi tío, madame Albaret? ¿Cree que resistirá la muerte de Madeleine?

Célestine estaba preocupada por su tío, aunque nadie diría que habían sido un matrimonio feliz. Sin embargo, al menos nunca se peleaban. Seguramente porque Madeleine siempre dejaba que su marido dijera la última palabra. Era lista.

—Célestine, tengo otra noticia triste que darte. Tu tío también nos dejó durante la noche...

—Pero ¿cómo...? —Célestine se aclaró la garganta al tiempo que intentaba comprender lo que acababa de oír—. ¿Cómo ha podido pasar? ¿Y qué pasó con mi tía?

—Tu tía le hizo crepes a su marido para almorzar, como todos los martes. Le dolía la cabeza desde la mañana, así que después de comer se fue a dar un paseo por la playa. Hacia las tres, uno de los pescadores se la encontró tirada en el embarcadero. Ya no respiraba. Fue una muerte repentina, como ocurre a veces.

Célestine sintió que un escalofrío le recorría la espalda y sacudió con fuerza la cabeza; quería olvidar la imagen que de pronto la había asaltado: la de su madre, Laurianne, en el suelo boca arriba el día de su boda, con los ojos clavados en el techo. Y ahora también había muerto su tía, seguida de su tío, el hermano de su padre. El último pariente que le quedaba. Con pocas horas de diferencia.

—Cuando le dieron la noticia a Gustave, él no se inmutó. Completamente impasible, siguió colocando botellas de aceite y quesos en las estanterías. Dijo que Madeleine estaba arriba, en la cocina, y que tenía una salud de hierro. No le iban a tomar el pelo. Era como si no quisiera admitir lo que le habían anunciado —prosiguió madame Albaret.

Célestine pensó en una extraña conjetura.

—Pero en algún momento tuvo que reconocer la verdad y aceptar la realidad... ¿Quiere decir que el tío Gustave se ha quitado la vida?

Madame Albaret dudó al contestar.

—No lo sé. Puede ser. El médico al que llamaron por la mañana no quiso dar muchas explicaciones sobre las circunstancias de la muerte. Habló de un corazón viejo y débil... Pero ¿es necesario saber con exactitud lo que ha ocurrido? ¿Y por qué?

—Tiene razón, madame Albaret. No cambiaría nada.

De pronto, Célestine sintió un enorme cansancio. Estaba

deseando tumbarse, cerrar los ojos y caer en un sueño muy profundo.

Sin embargo, en esa casa la muerte estaba demasiado presente, no quería pasar la noche en su antigua habitación, sino en la pensión del pueblo. A primera hora de la mañana hablaría con el cura sobre el funeral conjunto para Madeleine y Gustave.

Soplaba un viento fresco del este. Las nubes espesas llegaban desde el Atlántico y sobrevolaban la costa normanda. Los asistentes al funeral se habían reunido en el pequeño cementerio situado detrás de la iglesia. Cuando el cura bendijo los dos austeros ataúdes de madera, Célestine posó la mirada en la tumba de al lado, donde estaba grabado el nombre de sus padres y su hermano sobre una lápida de piedra. Envió un saludo silencioso al cielo y de pronto comprendió que era la última superviviente de su familia.

En la reunión tras el funeral en el restaurante del pueblo, al que asistieron todos los vecinos de Genêts que podían caminar, Célestine se preguntaba cómo y a quién vendería la casa de sus abuelos, junto con el negocio de la tienda. Entonces, madame Albaret le hizo una propuesta: su sobrino trabajaba en un despacho de abogados de Grandville. Seguro que podía ocuparse de la venta y los asuntos de la herencia. Célestine aceptó, aliviada. Así se ahorraba la búsqueda de un representante y no tendría que volver a viajar a Genêts.

Cuando se despidieron los asistentes al funeral, Célestine volvió presurosa a la fonda y metió en la maleta las escasas pertenencias que se había llevado. Luego le dijo adiós por segunda vez a su pueblo natal. Solo quería una cosa: volver lo antes posible a París.

Sobre la ciudad se extendía un cielo veraniego de color azul oscuro. Le pidió al taxista que diera un rodeo. Desde la gare Saint-Lazare se dirigieron hacia el sur, en dirección a la orilla del Sena. Ella aprovechó que tuvieron que parar en un cruce para bajar la ventanilla. Oyó el traqueteo de un tubo de escape defectuoso, el rugido de los motores, el silbato del guardia de tráfico en su podio, el penetrante claxon de un conductor de autobús, los gritos de los chicos de los periódicos en la esquina de la calle. Ruidos que le sonaban a música y que tanto había añorado. En ese momento comprendió hasta qué punto.

Cuando reanudaron el viaje vio que, en la acera, una joven ataviada con ropa elegante subía una escalera y se agarraba el ala del sombrero con un gesto delicado de la mano. Aproximadamente una docena de hombres con cámaras y reflectores la rodearon con un bullicioso trajín: no cabía duda de que había vuelto a la ciudad de la moda. Delante de los bistrós había gente sentada bajo las marquesinas en mesitas de mármol, conversando mientras tomaban café o una copa de vino. Aquí se entablaban relaciones, se hacían confidencias o se cerraban negocios.

El taxi cruzó el boulevard Haussmann, una de las calles comerciales más distinguidas de París, donde un vestido de día costaba el sueldo anual de un profesor y un pañuelo bordado el salario mensual de una modista. Los transeúntes callejeaban junto a escaparates de decoración exquisita o salían con bolsas a rebosar de los santuarios de la moda y la belleza. La gente se movía a paso ligero y a tal ritmo que parecía seguir una animada melodía que sonara en su interior.

El coche atravesó la place de la Madeleine, que albergaba una iglesia cuya fachada recordaba a un templo antiguo, y llegaron a la rue Royale. Posó la mirada en un edificio de color arenisca y sonrió al recordar la primera vez que estuvo en la ciudad, cuando estaba lejos de imaginar lo que le deparaba el destino.

En la place de la Concorde, el conductor giró a la derecha hacia la Cours-la-Reine. Las parejas caminaban cogidas de la mano bajo los altos tilos por el paseo junto al río. Las señoras de más edad sacaban a pasear a sus perros, con la correa en una mano y una sombrilla abierta en la otra para protegerse del sol deslumbrante. Hombres con sombreros de tela arrugados sujetaban sus cañas de pescar en el Sena, que fluía a sus anchas. A lo lejos se alzaba el esqueleto de acero de la torre Eiffel, cuya imagen le provocó palpitaciones, como siempre.

Tras los Jardins du Trocadéro el conductor abandonó la orilla del Sena y se acercó a la avenue Henri Martin. De pronto se le ocurrió algo. Pidió al taxista que se detuviera, le puso un billete en la mano y cogió la maleta. Quería recorrer el último tramo a pie. Sola. A su ritmo.

Caminó a paso lento bajo los imponentes castaños, pasando por edificios de viviendas de varias plantas con voladizos curvados y filigranas en las rejas de los balcones, donde sobresalían las rosas trepadoras. Sobre el poyete de una ventana había un gato tumbado que parpadeaba perezoso al sol.

Cuando llegó al boulevard Jules Sandeau aceleró el paso. Recorrió la calle lo más rápido que pudo, sin advertir el peso de la maleta en la mano ni la acera irregular bajo los pies. Se detuvo sin aliento frente al número 7 y buscó la llave.

Nada más abrir la puerta la invadió el aroma conocido de la bergamota, el jazmín y la madera de sándalo. Cerró los ojos, respiró hondo y supo que había llegado a casa.

TERCERA PARTE

La satisfacción

40

Como cada 14 de septiembre, el día de su cumpleaños, Céles-tine hizo balance. Ese mismo día, pero nueve años atrás, tenía que celebrarse su boda, y en cambio se convirtió en el día de la muerte de su madre y el que le cambió la vida. Ese día se marchó de su aburrido pueblo natal de Normandía hacia el efervescente París y se convirtió en una mujer autónoma e independiente. Sin embargo, en ciertos momentos pensaba en si podría desempeñar la función de esposa y madre y si se estaría perdiendo parte de su felicidad si no formaba su propia familia. Por otra parte, tendría que encontrar a un compañero de viaje adecuado, pero sus dolorosas experiencias con los hombres la habían vuelto desconfiada. Así que tomó la decisión de ser feliz con su vida en casa del creador de moda más famoso del mundo en la ciudad que era el foco de la moda.

Diez años después del final de la guerra en Europa, París se había convertido en el destino más deseado de los turistas acaudalados de todo el mundo. Armados con cámaras, los extranjeros hacían excursiones en barca por el Sena y visitaban la torre Eiffel, los museos, los teatros y los amplios parques. La población francesa se atrevió de nuevo a mirar hacia el futuro y se entregaba a un optimismo cauteloso.

En la avenue Montaigne el tiempo volaba, marcado por el

fenomenal ascenso de la casa de costura Dior. La cantidad de atelieres y empleados se había multiplicado, se habían comprado varias casas de la rue François I y las habían reformado. Los fascinantes puntos clave del transcurso del año eran los desfiles de presentación en febrero y agosto, a los que asistían personalidades de todo el mundo. La bandada de corresponsales extranjeros que asistían a los desfiles organizados en exclusiva para la prensa convertía el salón grande y el pequeño en una colmena. Con la cantidad de colecciones, una para primavera y verano y otra para otoño e invierno, crecía también el archivo y el fichero de clientes. Entre ellos se encontraban nombres conocidos como Ava Gardner, Marlene Dietrich, Ingrid Bergman y Lauren Bacall. También damas de las viejas familias pudientes de Francia y las casas reales europeas eran clientas habituales de Dior. Célestine contaba con dos colaboradoras que le prestaban apoyo.

La energía y la imaginación del jefe parecían inagotables. Desde su fundación, la casa de modas se había convertido en un imperio que se extendía por todo el mundo con una red de anexos en los que, además de vestidos, se vendían sombreros, medias, trajes de baño, calzado y perfumes. Todos los productos debían documentarse con minuciosidad. Amélie había ascendido hasta convertirse en la directora de taller más joven. Así, las distintas aprendizas podían hacer pruebas con «el uniforme de trabajo» de Célestine, como el jefe llamaba siempre a los vestidos que le regalaba con una leve sonrisa.

Desde el nacimiento de Rosalie, la amistad con Marie se había estrechado aún más. La niña tenía el cabello oscuro y los ojos de la madre, y encandilaba a todos los adultos con su encanto y desparpajo. La maternidad había cambiado a Marie. Ya no buscaba a un hombre que la llevara en volandas, sino que dedicaba su atención a su hija, y la echaba de menos cuando se separaba de ella aunque solo fuera una hora.

Mientras Marie servía a los clientes de la cervecería tortilla, cerveza y vino, Rosalie se quedaba con una vecina, Joséphine Blondel, una decidida mujer de treinta años que había perdido a su marido en un accidente laboral. Sus gemelos Maurice y Pascal eran medio año mayores que Rosalie, y Joséphine estaba contenta de añadir algo más a su reducida pensión de viudedad. Desde el primer día Célestine se hizo cargo de la mitad de los costes de los cuidados, como había prometido. Así podía demostrar su generosidad con su amiga y su ahijada sin avergonzar a Marie.

—*Cétine* es buena —solía decir Rosalie a modo de saludo desde que tenía tres años.

Cuando Célestine la cogía en brazos y achuchaba ese cuerpo suave de niña, la invadía una sensación de alegría y ligereza como no había conocido antes. Para el cuarto aniversario de Rosalie, Célestine había pensado en algo especial: quería regalarle a la niña un libro escrito por ella.

Hacía mucho tiempo que no tocaba su novela, *La villa de las rosas en las afueras de la ciudad*. El manuscrito revisado estaba guardado en el cajón superior de la cómoda, con las enaguas. Algo le impedía de momento buscar con brío y coherencia un editor. Quizá porque de vez en cuando todavía evocaba el recuerdo de las palabras de desprecio de Jean-Luc.

Por eso se sumergió con aún más entusiasmo en el nuevo proyecto. En la papelería de la place Victor Hugo compró cartulina de color verde claro para que el librito sobreviviera a los embistes de las manos infantiles. Célestine recordó que, cuando iba al colegio, en las vacaciones de verano hacía como mínimo un dibujo cada día, y volvió a desear crear un mundo de fantasía con tizas de colores. Llamó a su historia *La princesita celebra su cumpleaños*, y la princesa debía tener los rasgos evidentes de la cara de Rosalie.

En letras grandes negras y mayúsculas narró las aventuras de la hija pequeña de un rey a quien un hada regaló por su cumpleaños una maleta mágica en la que vivían todo tipo de seres extraordinarios. En cuanto Rosalie fuera al colegio, podría leer ella sola el texto. Quizá lo disfrutara tanto como Célestine en el momento en que ella dibujó una habitación de princesa con una cama celestial y papel pintado con rosas y se inventó la trama.

Las tres se sentaron en la cervecería Choupette a tomar pastel de nueces y café; madame Renard en persona les sirvió. Rosalie abrió con ilusión el papel de regalo y soltó un grito de alegría al coger el librito. Célestine había agujereado las páginas de cartulina y las había unido con una cinta de seda de color rosa. Luego Rosalie dio buena cuenta de un trocito de pastel con un brillo en los ojos y se lo metió con las dos manos en la boca.

Una vez la niña engulló hasta la última miga, bajó de la silla y fue saltando de mesa en mesa para enseñar muy orgullosa su regalo a los clientes.

—Rosalie es lo mejor que me ha pasado en la vida. —Marie miraba con una sonrisa a su hija, que se acercaba con cuidado y de puntillas a un perro desgreñado de color marrón oscuro. Cuando el perro estiró la cabeza y le lamió la mano, Rosalie dio un salto a un lado del susto y retrocedió corriendo. Se subió al regazo de Célestine y le plantó el libro en las narices.

—Tienes que leerlo, *Cétine*. Por favor. —Al decirlo le hizo una caída de ojos y puso morritos; Célestine no pudo evitar sonreír. La niña sabía perfectamente cómo ganarse a los adultos y someterlos a su voluntad.

—Aquí hay un poco de ruido. ¿Qué te parece si voy con vosotras a casa y te leo el cuento cuando te vayas a dormir? —Rosalie se lo pensó un momento y luego asintió.

—Vale, pero primero tenemos que comer pastel. —Agarró a toda velocidad el último trocito de pastel de nueces del plato de Célestine y lo engulló.

La alegría constante de Rosalie con el cuento que había hecho animó a Célestine a enviar por fin su novela a una editorial. Tres meses después le devolvieron el manuscrito con una respuesta escueta y educada: «Lamentablemente su novela no encaja en el programa de nuestra editorial. Le deseamos todo lo mejor y mucha suerte en el futuro».

Al principio Célestine se puso furiosa, luego sintió una gran decepción, y después envió el manuscrito a otra editorial. A fin de cuentas, en la capital había editoriales suficientes y seguro que algún editor se dejaría seducir por el destino de su protagonista.

Esta vez la respuesta negativa llegó al cabo de seis semanas. Tras cinco intentos fallidos con respuestas negativas que sonaban parecidas, Célestine se preguntó por qué no podía convencer a nadie con su historia. Sin embargo, no tenía prisa. Se sentía realizada con su profesión, y contaba con un puesto de trabajo que sería la envidia de muchas chicas. Así que decidió abandonar la búsqueda de editorial durante una temporada.

41

En el transcurso de ese año, Célestine conoció a varios caballeros con el nombre ficticio de Jacques que eran invitados de monsieur Dior. A veces solo se quedaban una noche, otras varios días. Todos eran altos, delgados y jóvenes, y mostraban una educación exquisita hacia ella. De nuevo llegó a la casa otro monsieur Jacques. Era poco mayor que Célestine, tenía una cabellera rizada negra que le llegaba hasta la barbilla y hablaba con un fuerte acento español. Sus movimientos eran suaves y al mismo tiempo un tanto teatrales. No le habría extrañado que se tratara de un bailarín de ballet.

El jefe había pedido crema de castañas y ragú de ternera con cebollas asadas y patatas con bechamel, y tarta de manzana de postre. Los hombres elogiaron el vino tinto y, cuando Célestine subió a su piso a dormir, oyó que discutían a voces.

Por la noche la despertó un ruido inusual. Procedía de abajo, de la vivienda de monsieur Dior. Primero oyó un alboroto, luego portazos, y después voces masculinas en un tono iracundo, exaltado. Le sucedió un tintineo, como de porcelana hecha añicos.

Sin dudarlo, salió de la cama de un salto y bajó los escalones descalza. ¿Había entrado un ladrón en la casa y el jefe necesitaba ayuda? Cuando iba a abrir la puerta del salón, monsieur Jacques se acercó a ella tambaleándose. Llevaba el pelo revuelto y la camisa abierta desde el cuello hasta la cintura. Llevaba los zapatos en una mano y la chaqueta en la otra.

—¡Traidor! ¡Te odio! —masculló entre dientes, furioso.

Luego pasó dando tumbos junto a Célestine y bajó corriendo la escalera. La puerta de la casa se cerró con gran estruendo.

Célestine se quedó petrificada en el marco de la puerta, observando a su jefe. Iba vestido con una bata de seda gris y apoyaba los hombros en la repisa de la chimenea. Tenía la cara roja de la excitación. El centro de mesa de lirios de color crema, rosas color burdeos y los tallos de hiedra que caían contrastaba de un modo extraño y agradable con la figura desesperada de la chimenea.

Célestine pensó por un instante que quizá estuviera alucinando, ya que la escena le parecía demasiado extravagante. Se mordió la lengua y, cuando notó el incisivo en el tejido blando, supo que no se equivocaba. El dolor de la lengua la sacó de su estupor. Se apartó a un lado y subió a la buhardilla, donde se metió bajo la manta, helada. Sin querer había sido testigo de una escena que no estaba destinada a sus ojos ni sus oídos. No era asunto suyo lo que hubiera provocado la discusión. Tampoco que monsieur Dior tuviera relaciones con hombres, aunque se considerara una infracción de la ley y estuviera penado con multa y cárcel. Por eso debía ser aún más discreta.

En algún momento Célestine se quedó dormida y tuvo un sueño confuso y perturbador.

Cuando a la mañana siguiente se miró en el espejo se llevó un susto. Se sentía somnolienta, y así se reflejaba en su aspecto. Pese a que no tenía costumbre de hacerlo, se puso un poco de colorete y se aplicó una pizca de pintalabios. Entró en el piso de su jefe con las rodillas temblorosas. ¿Cómo iba a presentarse ante monsieur Dior después de la escena nocturna que había presenciado sin querer en la que el jefe había discutido con su amante?, pensaba temerosa.

—Buenos días, Célestine, hoy está usted especialmente guapa —la saludó el jefe de un humor excelente—. ¿Ha dormido bien?

—Como un lirón —contestó Célestine con toda naturalidad. Monsieur Dior le sonrió y a ella le pareció ver algo parecido al alivio en sus ojos.

—Yo también. Podrían haberme raptado y no me habría enterado.

El jefe clavó los ojos en ella, que le aguantó la mirada. Luego vio que el alivio se transformaba en agradecimiento. Ella asintió en un gesto apenas perceptible y se creó una profunda complicidad entre los dos, como un lazo fuerte e invisible. Monsieur Dior sabía que podía confiar en que Célestine jamás diría una palabra sobre lo ocurrido durante la noche. Gracias a su silencio le libraría de una pena de cárcel, el desprecio social y la pérdida de su casa de moda. Célestine intentaría evitarlo por todos los medios.

42

Las palabras de Marie hicieron que el corazón de Célestine palpitara.

—Imagínate, *ma chère*, Rosalie no suelta tu librito. No para de pasar las páginas. Me obliga a leérselo todas las noches. Ya casi me sé el texto de memoria.

Célestine suspiró al pensar que su novela para adultos de momento no había resultado tan fascinante para sus lectores como el cuento infantil que entusiasmaba a Rosalie. Con todo, había decidido hacer un último intento de encontrar editorial. Si fracasaba de nuevo, renunciaría para siempre a su deseo de hacer soñar a las lectoras.

Monsieur Dior se frotó la nariz y se aclaró la garganta. Para Célestine era una señal de que algo le preocupaba.

—Tengo un favor personal que pedirte, Célestine.

Sin duda, los años de trabajo incansable y la responsabilidad de cientos de empleados a su cargo le habían pasado factura. Célestine había advertido que al jefe le raleaba el pelo. Y tenía bolsas bajo los ojos. También se había percatado de que su volumen corporal aumentaba cada año que pasaba. Sin embargo, gracias a la destreza de su sastre todavía se le podía considerar imponente y no corpulento. Monsieur Dior unió las manos sobre la barriga y levantó la barbilla.

—Se trata de un amigo mío desde hace muchos años. Me tiene preocupado. Antes era una persona sociable que apreciaba las cosas bellas de la vida, pero últimamente solo se dedica a su trabajo. Sí, me parece que su profesión le sirve de pretexto para salir aún menos de casa. Es demasiado joven para eso, para llevar vida de ermitaño.

Debía de tratarse de algún nuevo monsieur Jacques, supuso Célestine, y creyó que le pediría que cocinara algo especial para animarle.

—Monsieur Dior, ¿cree que un pollo asado y una tarta de fresas con espuma de vainilla le levantaría el ánimo? ¿Qué noche querría invitar a su amigo?

—Se me está haciendo la boca agua. —Sin embargo, el jefe sacudió la cabeza, divertido—. A Robert le encanta la ópera, como a mí. Me encantaría sorprenderlo con entradas para el estreno de *Carmen*. Me haría un gran favor si acompañara a mi amigo al teatro, Célestine. Con una acompañante tan encantadora como usted seguro que le resulta más fácil alejarse de su escritorio.

Si Célestine daba por hecho hasta entonces que conocía bien a su jefe, tuvo que admitir que había conseguido sorprenderla. El corazón le latía con fuerza, ilusionada ante una oferta tan generosa como atractiva.

—Con mucho gusto, monsieur Dior. Hace tiempo que vivo en París y nunca he estado en la ópera.

—Pues ha llegado el momento de subsanarlo —decidió él con cierta satisfacción.

El cariño de su jefe envolvió a Célestine como un abrigo grueso. Quizá era el momento adecuado para decirle algo a lo que llevaba tiempo dándole vueltas. Sin embargo, tenía que ser diplomática. Monsieur Dior era extremadamente sensible cuando alguien insinuaba siquiera que su fuerza creadora podría no ser ilimitada. Era demasiado orgulloso y disciplinado para admitir una debilidad.

—Pero ¿y usted, monsieur Dior? Trabaja demasiado y no piensa en su salud. ¿Y si enfermara? Nadie puede sustituirle. Igual que los directores de los distintos ateliers cada vez cuentan con más empleados para manejar los numerosos encargos, usted también necesita a alguien que le ayude en el diseño.

—Me conmueve su preocupación, Célestine. Ya habla casi igual que mi trío creativo o madame Luling. Es que me cuesta delegar responsabilidades, por eso creo que siempre tengo que hacerlo todo yo solo. No se preocupe, soy fuerte como un roble normando. Pero no hablemos más del estado de ánimo de un viejo diseñador de moda testarudo... Por cierto, su acompañante no es un desconocido. Seguro que recordará a monsieur Robert Gardel, mi amigo abogado.

Claro que lo recordaba. Gracias a un capítulo de su vida que preferiría olvidar para siempre. Fue ese abogado quien le explicó lo que hasta entonces solo era una intuición: que Jean-Luc se había aprovechado de ella para acceder a los bocetos del jefe para venderlos y poder pagar sus deudas de juego.

Monsieur Dior había insistido en que Célestine acudiera a la Opéra Garnier con un conjunto de noche de su última colección, la línea H. Había escogido un vestido ceñido de una seda verde irisada que destacaba en la cintura con una faja de terciopelo del mismo color. En el hombro izquierdo lucía una aplicación de rosas de pompón bordadas. Para que no se resfriara con el frío nocturno, le colocó una estola de visón blanco cuando iba a salir de casa.

—Está usted deslumbrante, Célestine, sé que hoy hará que todos los hombres giren la cabeza a su paso.

Monsieur Gardel resultó ser un acompañante atento y al mismo tiempo reservado. No dijo ni una palabra sobre las circunstancias en las que se conocieron en su momento, y Célestine se lo agradeció. Se dejó seducir por el esplendor de la ópera y admiró la imponente escalinata, las columnas, los espejos dorados y las lámparas resplandecientes. El público se había vestido de fiesta para la ocasión. Los caballeros iban con traje oscuro o esmoquin, y las damas con creaciones de seda, gasa y tul que llegaban hasta la pantorrilla o los tobillos. Su mirada atenta también registró quién llevaba un vestido de la casa Dior. El aire estaba impregnado del aroma de intensos perfumes.

Monsieur Gardel le ofreció el brazo con mucha galantería y la llevó a su asiento en el palco que, según suponía Célestine, debía de haber costado una fortuna. No se le escapaban las miradas que les lanzaban de soslayo. La pareja que no lo era. El hombre delgado, alto y rubio con un esmoquin que le quedaba perfecto y un perfil que recordaba a las estatuas de héroes antiguos, y ella, la mujer joven, delicada y pelirroja que llevaba ropa de alta costura prestada.

—*Carmen* es mi ópera preferida —dijo Gardel, que dejó los gemelos en la balaustrada—. Lo mencioné de pasada durante una cena juntos un día. Christian escucha con atención, y sabe sorprender a sus amigos con regalos.

Pese a que Robert Gardel esbozó una sonrisa, a Célestine le dio la sensación de que la atravesaba con la mirada como si fuera aire. Sin embargo, no quiso insistir en esa molesta idea y se concentró en lo que sucedía sobre el escenario. Así, vibró de emoción con la gitana Carmen, que luchaba por su libertad y no quería dejarse dominar por ningún hombre. En el momento en que Carmen era asesinada por su amante despechado, a Célestine se le llenaron los ojos de lágrimas. Cuando los estruendosos aplausos enmudecieron, volvió poco a poco a la realidad.

—Deberíamos terminar esta velada especial con un buen vino. ¿Me permite que la invite a una copa? Conozco un local precioso cerca de aquí —propuso Gardel—. El dueño tiene su propia explotación vinícola en el sur del país. Su borgoña blanco es burbujeante y ligero, y seguro que mañana no le dolerá la cabeza.

Célestine aceptó y se alegró de que aún no terminara la noche. La presencia de ese hombre tan discreto le resultaba agradable. Mientras se dirigían a la salida, comprobó divertida que algunas de las damas lanzaban miradas de admiración a su acompañante con un rastro silencioso de envidia. Además, casi todos los hombres ralentizaron el paso o acallaron la conversación para observarla de reojo con su ropa exquisita sin que se notara. ¿Cómo había dicho el jefe? «Sé que hoy todos los hombres girarán la cabeza a su paso.»

El local se encontraba a solo unos minutos a pie de la ópera. De las paredes revestidas de madera colgaban cuadros con escenas de Dionisio, el dios griego del vino, celebrando bulliciosas fiestas con su séquito. Cuando monsieur Gardel preguntó dónde se había criado Célestine, resultó que conocía la zona de la costa normanda. Su familia alquilaba todos los veranos una casa de vacaciones cerca de Carolles, donde su hermano y él hacían volar cometas hechas por ellos mismos y recogían mejillones. Enseguida empezaron a intercambiar recuerdos de la infancia y a conversar animadamente.

—Por lo visto, Christian tiene un don para encontrar a sus más allegados entre los normandos. Piense en madame Luling o en sus interioristas. Y usted, por supuesto. —El abogado la miró, y aun así Célestine tuvo la sensación de que parecía seguir buscando algo que estuviera detrás de ella, lejos.

Más tarde Robert Gardel la dejó con el taxi en el boulevard Jules Sandeau. Su apretón de manos, cálido y fuerte, la estremeció.

—Esta tarde quedará como un agradable recuerdo. Mi amigo tiene razón, he abandonado demasiado la vida cultural. Muchas gracias, mademoiselle Dufour, que duerma bien.

—¡Soy yo la que debo darle las gracias! —exclamó Célestine, que se mordió la lengua al instante.

Deseó que sus palabras no hubieran sonado demasiado exaltadas. Después de todo, solo había ido para hacerle un favor a su jefe y no por placer personal. Cuando más tarde se sentó en la cama y se quitó los zapatos de tacón de ante, tan incómodos, pensó en las miradas que las asistentes al teatro le habían dirigido a su acompañante en el vestíbulo. Ella, en cambio, veía a monsieur Robert Gardel con otros ojos, porque sabía que su atractivo acompañante era un buen amigo de su jefe.

Por tanto, era inaccesible para cualquier mujer.

43

Aún quedaba pendiente la respuesta de una editorial a la que Célestine había enviado su manuscrito dos meses antes. Quería atreverse a hacer ese último intento. Ni siquiera le habían remitido una confirmación de que el manuscrito hubiera llegado a la empresa. Algunos autores necesitaban vivir de sus libros y no se encontraban en la cómoda situación, como ella, de contar con un trabajo fijo. Así que llamó a Éditions Hernani y le pidió a la recepcionista que la pusiera con el editor en persona. Mintió diciendo que se trataba de un asunto privado.

—Melville —dijo tras una espera casi eterna una voz masculina—. ¿Quería hablar conmigo?

—Sí, monsieur Melville. Me llamo Célestine Dufour. Hace unas semanas envié un manuscrito firmado con mi pseudónimo, Célestine Benoît, a su editorial: *La villa de las rosas en las afueras de la ciudad*. Sin embargo, hasta el momento no he recibido respuesta.

Al otro lado de la línea se oyó un gruñido incomprensible.

—Bueno, mademoiselle Dufour, qué casualidad, yo leí su manuscrito y estaba a punto de dictarle una carta de respuesta a mi secretaria.

Seguramente de rechazo, junto con los mejores deseos para

mi futuro, pensó Célestine, que ya iba a colgar. Sin embargo, no podía creer lo que estaba oyendo.

—Me gustaría conocerla y hablar con usted sobre sus ambiciones literarias. ¿Cuándo podría venir a la editorial?

—¡Pero está claro como el agua! Tu manuscrito convenció a monsieur Melville y le gustaría ofrecerte un contrato fantástico —reconoció Marie, que el domingo fue con su hija a tomar el café a casa de Célestine en el boulevard Jules Sandeau. Rosalie brincaba en el balcón entre los cubos de flores y lanzaba besos a las nubes.

Célestine observó con una sonrisa de satisfacción cómo Rosalie se inclinaba sobre unos pétalos de rosa de color violeta oscuro que había crecido mucho, un cardenal de Richelieu, y los olisqueaba.

—No puedes venderte por menos de lo que vales, Célestine. Por lo menos tienes que exigir un veinte por ciento más de lo que te ofrezcan —decidió Marie, que troceó con el tenedor un trocito de pastel de chocolate con naranja escarchada. Célestine no había podido evitar preparar una sorpresa dulce para sus dos invitadas—. Rosalie y yo tendremos un ejemplar firmado, ¿me lo prometes?

La niña se había acercado a la mesita auxiliar sin que se dieran cuenta. Agarró a toda velocidad un trozo de pastel y le dio un mordisco. En un santiamén lo había devorado. Le brillaban los ojos y tenía las manos y la boca manchadas de chocolate.

—¡Está riquísimo! ¿Puedo comer otro trozo?

La editorial Éditions Hernani tenía la sede en la rue Balzac, con vistas al Arco de Triunfo. El entonces emperador Napoleón I lo erigió tras la batalla de Austerlitz en 1806 para celebrar su victoria militar. Debajo del arco se encontraba la tumba al soldado desconocido de la Primera Guerra Mundial, con la llama eterna en recuerdo de los difuntos anónimos. Al menos, eso había leído Célestine.

Día tras día, hordas de turistas pasaban bajo ese emblema o se fotografiaban unos a otros. Desde que vivía en París, Célestine había evitado el Arco de Triunfo porque le recordaba a su padre y su hermano, que habían entregado la vida en otra guerra sin sentido. Ninguna contienda había logrado jamás la paz, como ninguna futura guerra podría jamás instaurarla.

Célestine nunca había entendido cómo se podía ordenar la destrucción, la carnicería y el derramamiento de sangre, ni mucho menos celebrarlos. La guerra implicaba la pérdida de miles y miles de seres queridos, arrancados de sus familias cuando ellos solo deseaban una cosa: vivir.

Seguramente ese era el motivo por el que Célestine anhelaba la belleza, lo sublime y la armonía desde su juventud, como expresaba monsieur Dior a la perfección en sus vestidos. Valores que ella, por supuesto con modestia, pretendía reflejar en su novela.

Monsieur Melville le dio la bienvenida en su despacho de la quinta planta. Era un hombre alto y delgado de cincuenta y tantos años, con las sienes grises, el pelo entrecano y un bigote cepillado con esmero. Sin embargo, Célestine advirtió cierta dejadez en su vestimenta. Las perneras de los pantalones eran demasiado cortas, las mangas de la chaqueta estaban descoloridas por el desgaste en los codos y la camisa estaba tan arrugada que probablemente nunca había visto una plancha.

Después le llamaron la atención dos cuadros que eran muy distintos a los que conocía de la casa del jefe. Eran cuadros sin marco en los que no se veía ni un solo objeto, sino exclusivamente colores. Uno era de un azul como no había visto nunca antes, que brillaba e iluminaba tanto que se sentía absorbida por el cuadro. Al lado colgaba otra imagen abstracta en un blanco claro con unos cortes horizontales y verticales, como si hubieran rasgado el lienzo con un cuchillo puntiagudo y afilado. Saltaba a la vista que su interlocutor era aficionado a la pintura moderna.

—El cuadro azul es de Yves Klein, y el blanco de Lucio Fontana. Mi sobrina es galerista y me presentó a los dos artistas —aclaró monsieur Melville, que no había pasado por alto la mirada de curiosidad de Célestine.

El editor tomó asiento en una maciza butaca de piel, al tiempo que entraba sin hacer ruido una chica de piel morena que sirvió el café en tazas con el borde dorado. Sus movimientos estaban llenos de garbo y gracia, y Célestine imaginó cómo quedaría esa preciosidad con el vestido de noche de tafetán rojo vaporoso de la última colección del jefe, que la prensa celebró como otro hito en su creación.

Monsieur Melville cogió la taza de café y separó un poco el meñique, donde relucía un anillo con un sello.

—¿Cómo acaba una joven encantadora como usted queriendo presentar al público una historia del pasado?

Célestine se había preparado para una pregunta parecida.

—Es fácil de explicar, monsieur Melville. La guerra arrasó nuestro país con sufrimiento y desesperación, y la pena sigue presente en las mentes y los corazones de muchas personas. Quiero que mis lectoras se dejen transportar a una época mejor, sin preocupaciones, y que olviden sus propios pesares.

El editor levantó las cejas sorprendido, luego asintió para acto seguido arrugar la frente.

—Comprendo muy bien sus buenas intenciones, mademoiselle Dufour. Y, sin duda, tiene talento. Las frases están maravillosamente construidas, los personajes están perfilados de forma coherente y convincente, son casi tridimensionales.

Pero, si me permite el comentario, ya que en primer lugar me considero un comerciante, y como tal quiero ganar dinero con mis productos, la trama es demasiado romántica. Hoy en día ya nadie quiere leer algo tan sentimental.

Célestine le rebatió. Monsieur Melville era un hombre, y además bastante mayor. ¿Qué sabía él de los sentimientos de una mujer? Seguramente no tenía a ninguna en casa, de lo contrario no iría tan mal vestido al trabajo. No se rendiría sin luchar.

—Mi novela se dirige a la lectora con ganas de soñar, y hace siglos que los sueños de una mujer son los mismos. En todo caso, son distintos de los de un hombre.

El editor le sirvió café recién hecho en la taza.

—Si hubiera venido a verme hace cincuenta años, mademoiselle Dufour, le habría ofrecido un contrato enseguida. Pero el mundo ha cambiado, igual que la gente y su moral. Si quiere saber lo que prefiere el público hoy en día, lea *Buenos días, tristeza*, de Françoise Sagan. Es una autora muy joven y lamento mucho no haber podido conseguir a ese gran talento para mi editorial. Los escritores tienen que provocar si quieren lograr el éxito. Una mujer de hoy puede amar a hombres y también a mujeres. Ha llegado el momento de romper los tabús.

—Eso preferiría dejárselo a otros. Solo puedo escribir lo que a mí me gustaría leer. —Célestine se levantó a toda prisa de la butaca y se despidió con frialdad.

Mientras estaba delante del edificio de la editorial parpadeando ante el deslumbrante sol de mediodía, tiritaba de frío. Su sueño de juventud acababa de quedarse en nada. Lo que ella sentía, lo que consideraba bueno, bonito y correcto no valía nada para ese editor.

Sin embargo, luego reflexionó y poco a poco se calmó. Al fin y al cabo, la opinión de ese hombre no decía nada de su persona ni su carácter, solo era un reflejo de las preferencias de su público lector. En realidad, debería estar agradecida a monsieur Melville por haberle hablado con tanta sinceridad. Al menos, por primera vez conocía el motivo por el que su historia no encontraba aceptación, y no se la quitaban de encima con frases hechas. Menos mal que nunca tuvo que ganarse el sustento con la escritura; entonces esa crítica sí le habría afectado.

Por lo visto, era una mujer que unía el ayer y el hoy. Para su novela había inventado personajes que pertenecían al pasado, con los que se había identificado cuando era pequeña. Sin embargo, la Célestine del presente pensaba y sentía de un modo distinto a los personajes de su novela, porque llevaba la vida de una mujer moderna. Ganaba su propio dinero y no dependía de un hombre que le financiara una vida ociosa.

Pero ¿no conectaba también monsieur Dior en su creación del New Look con el mundo de la Belle Époque? Aun así, muchos veían, tanto compradoras como críticos, algo nuevo en su moda, revolucionario. Para Célestine, sus vestidos representaban el colmo del buen gusto y la elegancia. Aunque solo unas cuantas ricas pudieran permitirse un vestido original de la casa Dior, las mujeres menos adineradas podían inspirarse en su estilo y confeccionarse un vestido o un conjunto más sencillo. O encargarle uno a una modista de su barrio por un módico precio.

Quizá un día la literatura volvería la vista atrás y ella sería considerada una innovadora. Entonces, seguramente su novela tendría otra oportunidad. Sin embargo, primero tenía que renunciar a su deseo de tener en las manos un libro con su nombre en la portada.

44

La llamada de monsieur Gardel la sorprendió.

—¿Me acompañaría al teatro el sábado que viene, mademoiselle Dufour? Me gustaría participar más de la vida cultural de esta ciudad.

Intrigada, Célestine se preguntó si ese abogado tan atractivo no tenía ningún amigo afín que lo acompañara. ¿O para él era importante que lo vieran en público con una mujer para alejar cualquier elucubración sobre sus preferencias amorosas?

—Espero que le guste Shakespeare. En la cartelera figura *Hamlet* para esta tarde. Mi difunto abuelo siempre hablaba de forma muy ilustrativa de una puesta en escena en la que aparecía Sarah Bernhardt en ese papel.

—Con mucho gusto —se oyó decir Célestine de repente.

Por supuesto, recordaba que Germaine Mercier describía una escena en su última novela en la que la gran actriz interpretaba ese exigente papel masculino. Sin embargo, no quería evocar ningún pensamiento melancólico. Seguramente era cierto que las mujeres preferían coserse un vestido romántico según un patrón de monsieur Dior a distraerse con una lectura romántica.

Más tarde sintió un leve cosquilleo en la zona del estómago. Iba a salir al teatro con un hombre apuesto y culto, y a pasar la velada con él. Además, tenía la certeza de que su acompañante jamás haría acercamientos que no fueran sinceros. Al mismo tiempo, le daba cierta lástima que el mundo femenino se perdiera a un hombre así. Quería ponerse para la ocasión el conjunto de seda color azul cielo con botones de pasamanería de la colección actual. Se lo había cosido una nueva aprendiz del atelier de Régine.

¿No eran de envidiar su vida y su libertad? Se lo debía tanto al destino como a monsieur Dior. Tenía todos los motivos para ser feliz.

En la excursión dominical al Bois de Boulogne, Célestine enseguida se fijó en el collar que lucía Marie, que brillaba tanto como los ojos oscuros de su amiga.

—No te creerás lo feliz que soy, Célestine. Desde que nació Rosalie he llevado una vida exclusivamente de madre. Ahora ha llegado el momento de sentirme otra vez mujer. Pronto Rosalie tendrá un padre.

Estaban en el puente sobre el Ruisseau de Longchamp, y Rosalie arrojó exultante unos pedacitos de pan al río artificial que tenían debajo y que atravesaba el Bois de Boulogne. Enseguida se acercaron varios patos revoloteando para pelearse por los mejores trozos.

Célestine se estremeció sin querer al oír las palabras de su amiga. Desde que había dado a luz a su hijita, Marie no había vuelto a conocer a más hombres. Por lo menos nunca había mencionado que estuviera buscando marido. Célestine soltó un sonoro suspiro. Hasta entonces Marie no había demostrado tener la más mínima destreza a la hora de escoger a sus novios. Ahora que era madre y sabía lo que significaba cargar con responsabilidades, ¿sería más lista y crítica al juzgar a sus potenciales candidatos a matrimonio?

—Es una noticia maravillosa, Marie. ¿Quién es el afortunado? —preguntó Célestine con la esperanza de que su amiga notara el escepticismo en el tono.

—Alphonse de Bacher. Ay, si supieras lo encantador que es. Además, está loco por la niña. Nos ha invitado a ir en verano a su casa de campo en la Dordoña. —La euforia de Marie era evidente en cada sílaba.

—¿Cuánto hace que lo conoces?

—Más o menos medio año. Una vez al mes tiene que venir a París por negocios. Quedamos en un hotel de los Campos Elíseos. Y además... Alphonse, entre otras ventajas, es un amante muy imaginativo. Una mujer no debe menospreciar esa cualidad. Te lo digo, *ma chère*, porque creo que deberías plantearte en serio tu futuro. Si no quieres casarte, que lo entiendo, sobre todo después de las decepciones que has vivido, de vez en cuando deberías permitirte una diversión de ese tipo y no vivir como una monja.

—Marie, ¿de qué hablas? No me falta nada para ser feliz. Además, no es un tema del que quiera hablar ahora —aclaró Célestine con brusquedad, y ahuyentó enseguida la imagen que evocó su mente. La de un hombre alto vestido de traje y con un perfil que recordaba a una estatua antigua.

La propuesta de Marie era bienintencionada, pero ella no era como su amiga. No quería juzgarla, pero ella jamás podría llevar su vida descocada. Célestine era capaz de imaginar una relación con un hombre basada en el afecto y el respeto mutuo, pero para eso debía dejarle mantener su independencia. Además, la invadió la vaga sensación de que el amor de Marie iba a acabar mal.

—¡Uiuiuiuiu! —gritó Rosalie, que lanzó más trocitos de pan al agua. Una familia de fochas se acercó nadando a toda prisa tras descubrir la nueva fuente de comida.

—Madame Renard tiene que concederme seis semanas de vacaciones. Si no está de acuerdo, lo dejo. Alphonse me dijo que en otoño comprará una casa en el noveno distrito. En cuanto esté amueblada, nos casaremos. —Alborozada, Marie saludó con la mano a un somorgujo que atravesaba el puente con dos polluelos en el lomo.

Había algo que a Célestine no le cuadraba en esa historia. Creía recordar vagamente haber leído el nombre de Alphonse de Bacher, pero no sabía dónde ni en qué contexto. Tenía que averiguarlo sin falta.

—Me alegro por ti y por Rosalie. Cuando os vaya a visitar tendré que darle mi tarjeta de visita a un criado. Pero no te precipites a dejar tu trabajo con madame Renard. No antes de confirmar que de verdad vais a pasar el verano en el sur. En esas viejas mansiones siempre hay algo que arreglar. Si el tejado tiene filtraciones o hay que renovar las ventanas, la casa estará inhabitable durante semanas.

—Tú también tienes que dar de comer a los patos, *Cétine* —le exigió Rosalie, que le puso un pedacito de pan en la mano.

Célestine cogió impulso y lanzó los pedacitos al agua formando un arco alto. Enseguida las aves acuáticas se lanzaron con fuertes graznidos hacia los deliciosos bocados. Rosalie se puso a dar brincos primero sobre una pierna y luego sobre la otra, entre palmadas y gritos de júbilo.

45

El jefe había convocado a todos los empleados en la cantina. En ningún otro sitio de la casa de costura había espacio para varios centenares de trabajadores. A su lado había un joven pálido y flaco con unas gafas cuadradas de montura negra y el cabello oscuro. Tímido, observaba al grupo cohibido, con las manos en la espalda. Podría haber sido un alumno de instituto que había hecho de tripas corazón para solicitar unas prácticas en la casa. Sin embargo, Célestine supuso que monsieur Dior no había convocado a toda la plantilla por un alumno en prácticas.

El modisto se había dejado seducir ese día por unos insólitos accesorios de vivos colores. A juego con el traje de color gris claro y raya diplomática blanca llevaba una corbata de seda color cereza y un pañuelo de bolsillo de la misma tela. Tenía encendidas las mejillas redondas, lucía un aspecto campechano y estaba de un excelente humor. Luego unió las manos en el pecho y su voz vibró.

—*Mes chers amis*, me gustaría comunicarles algo que es importante para todos nosotros. Como saben, con los años nuestra casa de moda no ha parado de crecer. Cada uno de ustedes ha hecho su aportación personal a este éxito. La popularidad de la marca Dior y la gran responsabilidad que conlleva hacen que ahora sea necesario contar con un ayudante a mi lado. Me complace presentarles hoy a monsieur Yves Saint Laurent. Me ayudará con los diseños de los bocetos, y estoy seguro de que será una colaboración muy fructífera para todos.

El nuevo ayudante hizo una mueca con los labios que solo se acercaba a una sonrisa y luego se apresuró a bajar la mirada. El trío creativo y madame Luling asintieron, cómplices. Célestine leyó la sorpresa en los rostros de los empleados, aunque en algunos también reconoció el alivio. En su fuero interno estaban inquietos por la salud del jefe, que fumaba demasiado y bebía mucho café, comía en exceso, dormía poco y con cada nueva colección quería superar a la anterior.

—Me gustaría expresarles a todos mi especial agradecimiento —prosiguió monsieur Dior—. Con nuestra última colección, la línea A, hemos tenido los mejores resultados de negocio desde la fundación de la casa Dior. Este mes todos recibirán una gratificación especial. Y ahora, demos una cálida bienvenida a monsieur Saint Laurent.

Los empleados aplaudieron y el nuevo ayudante hizo una reverencia torpe y rígida. Saltaba a la vista que le incomodaba ser el centro de atención. Monsieur Dior le puso una mano en el antebrazo para calmarlo. Entonces a Célestine le llamó la atención algo en los ojos del jefe que supo interpretar a la perfección. Un brillo y un deseo que conocía de las noches en que ella preparaba sus creaciones culinarias para él y sus invitados. A él y a los numerosos invitados, cambiantes, guapos, cada vez más guapos, con el nombre falso de Jacques.

Entonces volvió a recordar. El nombre Yves Saint Laurent no le era desconocido. Pocos días antes había leído un reportaje sobre los estudiantes que se licenciaban ese año en la academia de moda de París. Monsieur Dior había sido convocado como miembro del jurado. El futuro ayudante de la casa Dior, monsieur Saint Laurent, había recibido el primer premio al mejor vestido de cóctel. El primer premio al mejor abrigo lo había ganado un estudiante procedente de Hamburgo cuyo nombre Célestine también recordaba: Karl Lagerfeld.

Estuvo dándole vueltas varios días a otro nombre. ¿De qué le sonaba tanto el nombre de Alphonse de Bacher? Marie estaba casi convencida de que ese hombre se casaría con ella y la haría feliz. Célestine se encontraba en su pequeño despacho de la avenue Montaigne, numerando papelitos para los vestidos de tarde de las últimas dos colecciones e introduciendo las cifras en el libro del inventario.

De pronto se dirigió presurosa a la sala del archivo y sacó de la estantería una carpeta con el título «Prensa Francia I – 7/1955». Pasó las páginas con impaciencia y descubrió lo que buscaba: una noticia de *Paris Match* en la que mujeres prominentes explicaban qué prendas de cada diseñador guardaban en la maleta de vacaciones. En una fotografía aparecía una pareja con sus dos hijos adolescentes dando un paseo junto al mar. La mujer, que lucía un vestido de verano de lunares, saludaba a la cámara entre risas. En el pie de foto se leía:

> El gran industrial Alphonse de Bacher con su esposa Monique (vestido de seda: Hubert de Givenchy; sombrero de paja: Coco Chanel; bolso y zapatos: Pierre Balmain) y sus dos hijos, Bernard y Tristan, en la playa de Saint-Tropez.

Célestine se puso furiosa. En primer lugar, porque había encontrado la prueba de que ese hombre era un mentiroso y un cobarde. En segundo lugar, porque su esposa llevaba prendas de modistos franceses muy honorables, pero ni una de la casa Dior. Por muchas ganas que tuviera de ahorrarle el disgusto a su amiga, tenía que avisarla sin falta. ¿Por qué solo se enamoraba de hombres con intenciones deshonestas? ¿O es que Marie, con sus ansias de dinero, fortuna y seguridad, era una presa demasiado fácil cuya ingenuidad sabían detectar esos hombres para luego aprovecharse de forma impúdica?

Célestine había comprobado que los hombres más interesantes o estaban ocupados, o eran inalcanzables, porque, por ejemplo, les gustaban otros hombres. Como monsieur Dior y sus amigos cambiantes. Hasta entonces no había dudado ni un solo segundo de que su camino, el de una mujer libre e independiente, era el mejor. En cuanto al tema de la felicidad en la vida, Marie y ella no podían tener visiones más distintas. Y seguramente eso no cambiaría nunca.

Cuando Marie terminó de leer el artículo, rompió a llorar con amargura.

—¿Qué he hecho yo para merecer esto? ¿Cómo puede haberme hecho algo así, ese maldito mentiroso cobarde? —sollozó. Las lágrimas caían sobre el papel de periódico.

Célestine rodeó los hombros de su amiga con el brazo para intentar consolarla.

—Marie, me habría encantado ahorrarte este disgusto, pero es bueno que lo sepas y que no le permitas a ese embustero que siga jugando contigo. Mereces un hombre sincero, honesto, y estoy segura de que un día lo encontrarás. ¿Vamos el domingo a la nueva chocolatería de la place de l'Opéra? Ya sabes que el chocolate es la felicidad que se puede comer.

46

—Imagínese, Célestine, quieren obligar a un diseñador de moda chiflado como yo a dar una conferencia a estudiantes de universidad. Y encima, en la venerable Sorbona. —El jefe frunció los labios, una señal clara de lo mucho que le desagradaba la idea.

Célestine hizo caso omiso del evidente descontento del modisto.

—Mi enhorabuena, monsieur Dior, voy a buscar un momento el bloc para taquigrafiar.

—Pero si ni siquiera he dicho que vaya a aceptar.

Suspiró hondo, y su sonrisa forzada le dejó claro que monsieur Dior, el diseñador más famoso y reputado del mundo, seguía siendo el hombre tímido y modesto de los primeros días en que se conocieron.

—La invitación es un gran honor. Nunca antes un modisto ha dado una conferencia en la universidad. Estará fantástico, y ninguno de los asistentes olvidará jamás ese día. Estoy convencida.

Como sabía que el jefe rara vez tomaba una decisión importante de forma espontánea y prefería sopesar los pros y los contras durante varios días, y a veces incluso pedía consejo a su adivina, Célestine desapareció en la cocina para apuntar el plan de comidas de la semana.

Luego sucedió lo que esperaba en secreto: monsieur Dior le dictó la conferencia y ella tecleó el discurso.

Para la gran noche Célestine había preparado medallones de cerdo con salsa cremosa de calvados y un gratinado de zanahoria. De postre había flan de caramelo con arándanos frescos, según la receta de su tía. A monsieur Dior se le iluminaron los ojos cuando entró en la cocina y levantó la tapa de la olla.

—No se imagina el hambre que da una conferencia, Célestine. Han venido cuatro mil estudiantes. Ni el papa tiene tantos oyentes en su misa dominical. Aun así, no me gustaría meterme de nuevo en el papel de profesor. Tengo demasiado pánico escénico.

Antes de dormir, Célestine leyó un poco las memorias de la célebre actriz Sarah Bernhardt. Había comprado el libro en su primera época en París en los libreros de viejo de la orilla del Sena. Pensó en monsieur Gardel, su acompañante amante de la cultura sobre cuya vida privada apenas sabía nada después de tres tardes en el teatro. Salvo que era abogado y trabajaba en un bufete muy respetado que también tenía sede en Londres.

Aun así, le habría gustado saber más de él. Contestaba con monosílabos a todas las preguntas que aludían a su pasado y cambiaba de tema enseguida. Parecía vivir exclusivamente en el presente, y a veces también parecía melancólico y ausente.

Ojalá comprendiera qué le ocurría. ¿Cuál era el secreto que quería ocultar? ¿Que le gustaban los hombres? Robert Gardel era un buen amigo del jefe, pero no era un monsieur Jacques como los demás, que primero compartían un plato de cocina normanda y luego pasaban la noche con él. ¿O era un antiguo monsieur Jacques que al final de su relación con el modisto había quedado como amigo y consejero?

Célestine se imaginó apoyando la mejilla en su hombro, inspirando el aroma a loción de afeitado, notar su abrazo y ver su sonrisa, solo para ella, sincera y auténtica. ¿Cómo sería explorar con los labios sus mejillas recién afeitadas, la raíz del cabello, la frente, la boca...? La invadió una sensación cálida. Se dejó llevar por los sueños, pensó en palabras susurradas, suspiros y corazones que latían al unísono.

Cuando despertó a la mañana siguiente se estiró a gusto, recordando los sueños de la noche. Luego se acordó de algo que quería comentar sin falta con monsieur Dior, pero no sin antes estar convencida de que el modisto estaba de buen humor y receptivo a nuevas propuestas. Lo conocía lo bastante bien como para saber que debía seguir una táctica para lograr su objetivo.

—Monsieur Dior, supongo que no solo cuatro mil estudiantes, sino muchos miles de lectoras y lectores querrían saber más de su vida y su carrera. Sobre todo porque se ha convertido en el creador que todo el mundo conoce hoy en día.

Sin embargo, el jefe intentó restarle importancia con un gesto.

—No, Célestine, ¿a quién le interesa la vida de un chico normando rechoncho que estaba destinado a ser diplomático pero le interesaban más las bellas artes? Que se convirtió en agricultor durante los años de la guerra por necesidad económica. ¡Es una vida insignificante!

Célestine esperaba una respuesta parecida, así que insistió.

—Usted fue el primero devolver la belleza a las mujeres después de la guerra. Ningún modisto ha escrito nunca sus memorias. Sería usted el primero.

—Es usted muy amable, pero en este caso le cederé el paso a otro con gusto.

Con una prisa inexplicable, hizo que su mayordomo le entregara el abrigo y el sombrero y bajó presuroso al boulevard, aunque el chófer ni siquiera había llamado a la puerta. Charles puso cara de asombro y miró sorprendido a Célestine. Luego se encogió de hombros y regresó a las estancias privadas del jefe.

Al cabo de dos semanas Célestine vio a monsieur Dior en la puerta de su despacho en la avenue Montaigne. Le dejó sobre el escritorio varios blocs de estenografía y un cofre plateado con lápices de la marca alemana Faber-Castell. Algunas mujeres de esa familia tan extensa eran buenas clientas de la casa Dior, según sabía Célestine por los libros de pedidos y por la prensa. El jefe esbozó una media sonrisa y luego levantó las manos en un gesto de resignación.

—¿Qué le voy a hacer? Me ha convencido, Célestine. ¿Empezamos hoy a escribir mi confesión vital?

Por la noche, Célestine estaba ansiosa por ir al despacho del jefe y apuntar sus recuerdos, opiniones y anécdotas en los nuevos blocs. Monsieur Dior se sentó en su cómoda butaca de piel, con las piernas cruzadas y una copa de vino tinto en una mano y en la otra un puro. Cada media hora, un reloj de pie de casa de sus abuelos anunciaba el paso del tiempo con un sonido melódico. De nuevo monsieur Dior demostró ser un conversador muy agradable que sabía combinar el ingenio, la modestia y la seriedad.

—Es usted joven, guapa, paciente... ¿No ha pensado en casarse, Célestine? —preguntó de pronto, como de pasada. Ella se asustó, porque no contaba con esa pregunta.

—Por supuesto que lo he pensado, monsieur Dior. Es decir, en realidad era mi madre la que pensaba que debía casarme. Deseaba con todas sus fuerzas encontrar a un protector para mí tras la muerte de mi padre y mi hermano.

—Un deseo comprensible, claro. Pero usted tiene otros planes. —Monsieur Dior le dio una calada al puro y lanzó el humo hacia el techo, donde subió en círculos formando suaves serpentinas—. Sería usted una novia magnífica. Aunque espero conservarla como colaboradora todo el tiempo que sea posible.

A continuación, Célestine le habló del vestido de novia que se había cosido ella misma con una vieja tela de cortina que había sobrevivido a los años de guerra en un arcón en el desván de la casa de sus abuelos. Su madre y su tía la habían ayudado con el patrón.

Mientras hablaba, ni siquiera se fijó en que monsieur Dior había cogido un lápiz y un bloc de dibujo. Cuando terminó, el jefe le dio una hoja de papel en la que se reconoció con su figura delicada, la nariz estrecha y el cabello corto. Vio un vestido que llegaba hasta los tobillos con un escote en forma de corazón, la cintura estrecha y una banda que caía desde la cadera izquierda hasta el dobladillo de la falda. Un delicado velo salía flotando del vestido y parecía terminar en algún punto fuera del dibujo. Ya imaginaba el vestido listo y cosido, creía ver el delicado bordado con las minúsculas perlas en el escote y notaba la tela de seda suave bajo las yemas de los dedos. En efecto, monsieur Dior era un genio, pero no era la primera vez que caía en la cuenta. Él sonrió satisfecho y unió las manos en el pecho.

—Espero que le guste el vestido. Guarde el boceto, Célestine. Quién sabe lo que depara el destino.

Antes de acostarse, Célestine puso el dibujo junto a las páginas del manuscrito de su novela, de momento carente de éxito. No se imaginaba luciendo un vestido de novia una segunda vez. La vida que llevaba la hacía feliz, y su libertad y autonomía eran demasiado importantes para ella como para renunciar por un marido cualquiera. Aun así, en el fondo no descartaba casarse algún día. No era como monsieur Dior, que cuando los periodistas preguntaban por qué no estaba casado se veía obligado a contestar que estaba constantemente rodeado de una multitud de mujeres bellas. Además, no tenía tiempo para una esposa.

La víspera, Célestine había visto varios bocetos para la nueva colección sobre la repisa de la chimenea. Después de la línea H y la línea A, el jefe había seguido con las letras. En los dibujos le llamaron la atención los hombros muy remarcados, los cuellos voluminosos y los exuberantes drapeados. Un corte que descendía desde el cuello en forma de uve hacia la cintura, donde acababa en la zona más estrecha para moverse en forma de lápiz hacia la pantorrilla. Célestine reconoció enseguida qué letra tenía en mente el modisto esta vez: la Y. Pensó en quién debía de estar pensando cuando diseñó esta línea para hacer una declaración de amor a escondidas, silenciosa y aun así elocuente: en su ayudante, Yves Saint Laurent.

47

—¿Vamos a ver una ópera o una opereta? —le preguntó por teléfono monsieur Gardel—. ¿O quizá le gustaría proponer otra cosa?

—He leído varias críticas fantásticas de un nuevo espectáculo de ballet. La bailarina principal es una rusa, considerada ya a sus veinticinco años la bailarina del siglo —se oyó decir Célestine.

Luego recordó el invitado del jefe que hablaba español, que ella creyó bailarín y por la noche se peleó con él. ¿A Robert Gardel le resultaría desagradable la imagen de hombres con medias de color carne? ¿O daba por hecho que Célestine había comprendido cuál era su verdadera esencia? Su respuesta la sorprendió.

—Una idea estupenda, mademoiselle Dufour. Espero que después de la actuación tenga tiempo para una copa de vino. Soy de la opinión de que el arte dramático y un buen vino son inseparables.

Robert Gardel la recogió en un taxi. El fuerte apretón de manos, el traje azul marino hecho a medida con las solapas de seda y el mechón de pelo que le caía sobre la frente le daban un aire amable a su aspecto impoluto, aunque su sonrisa nunca se reflejaba en los ojos. Todo junto provocaba un tumulto inexplicable en el interior de Célestine.

—Nunca he visto un espectáculo de ballet, pero creo que hay que probar cosas nuevas. Me apetece —reconoció Robert Gardel cuando tomaron asiento en el palco y sacó los gemelos de la chaqueta.

Célestine pensó que no le costaba nada imaginar esa alegría. Por desgracia. Así que se concentró por completo en la historia de la hija del viticultor Giselle y disfrutó del espectáculo en toda su plenitud. Admiró el elegante baile de puntillas de las bailarinas, los potentes saltos del bailarín, de una altura increíble y sufrió con Giselle, que luchaba por su amor y al final moría con el corazón roto.

Cuando se encendieron de nuevo las luces tras el último acto y el público aplaudió a los bailarines con frenesí, Célestine se fijó en que varios gemelos no iban dirigidos al escenario, sino a su palco. Era una sensación extraña la de sentirse observada con tanto descaro. Sin embargo, decidió interpretar el papel de acompañante sonriente al lado de un hombre atractivo que cautivaba los corazones de las mujeres, eso era evidente. Igual que monsieur Dior se metía en un papel cuando se encontraba en una situación desagradable.

—¿Seguimos la tradición y vamos al local de vinos de nuestra primera velada juntos? —preguntó monsieur Gardel cuando estuvieron delante del edificio de la ópera y los espectadores del teatro salieron en tromba hacia las paradas de taxi. A Célestine le dio un vuelco el corazón de la alegría, pero se obligó a contenerse. No era una chica joven enamorada, y su acompañante no iba a la caza de una mujer casadera.

Entonces la conversación volvió a las vacaciones de verano que el abogado solía pasar de niño con su familia en la costa atlántica. Tenía recuerdos vívidos de los pescadores con sus camisas rojas, de las tormentas, las olas altas y coronadas por la espuma que rompían contra las rocas escarpadas, las olorosas crepes que sus hermanos y él engullían por docenas. Unas veces con un relleno salado, otras dulce.

—¿Aún visita su tierra? —preguntó Robert Gardel, que pidió la carta de vinos.

—No, yo... porque... —balbuceó Célestine.

¿Qué le iba a contar a ese hombre que le parecía tan amable como inaccesible, cuyos rasgos faciales se cubrían de un momento para otro por un velo de melancolía y que guardaba algún tipo de secreto del que no hablaba? Por eso seguía siendo un misterio que no valía la pena desvelar como mujer. Pero, justo por eso, ¿no podía permitirse una respuesta sincera? Él no iba a aprovecharse de nada de lo que ella le contara.

De pronto las palabras le salieron con facilidad. Le habló de sus padres y su hermano, que ella era la única que quedaba de su familia y que por eso había querido empezar de nuevo en París: para olvidar.

—Hace años que no voy a Genêts, monsieur Gardel. Porque no quiero recordar algo que tiene que ver con la muerte y la tristeza. Soy muy consciente de que huyo de mi propio pasado, pero aún no he me he armado de valor para enfrentarme a él, ni mucho menos aceptarlo.

Célestine se topó con una mirada penetrante de asombro, de unos ojos de color azul oscuro. Se estremeció. De pronto Robert Gardel ya no parecía tener la mirada perdida, era como tuviera acceso directo a su interior. Confusa, Célestine metió las manos bajo la mesa para disimular su temblor.

Las palabras de Robert Gardel llegaron a sus oídos desde la lejanía.

—La entiendo, mademoiselle Dufour. La entiendo muy bien.

48

—Por favor, apunte, Célestine. «Mi nombre está en boca de todos. Me gustaría darles las gracias a todos, expresar la alegría que me produce gustar. Aturdido por el ruido y una gran sensación de felicidad, apenas encuentro tiempo para contestar a los periodistas que me preguntan cuál es mi vestido preferido. Todos. Son mis hijos, y los quiero como se quiere a un hijo.»

Célestine hacía volar el lápiz sobre el papel. Monsieur Dior tenía un don para describir la tensión que reinaba en el desfile de presentación de una casa de costura como si fuera el trabajo más normal del mundo.

Cuando alzó la vista del bloc, Célestine advirtió consternada que su jefe apretaba las manos contra el pecho con una mueca de dolor. Le sudaba la frente, le costaba respirar. Se levantó de un salto de su butaca y se acercó a él. Sin pensar, le aflojó la corbata.

—¿Se encuentra bien, monsieur Dior? Está muy pálido... Voy a llamar a un médico.

—No, no es nada. No necesito a un médico, yo...

Sin embargo, Célestine ya había marcado el número del doctor Pierre Rostand, el médico de cabecera del jefe desde hacía años, que tenía la consulta en el cercano Trocadéro.

—Rápido, dígale al doctor que tiene que venir enseguida

al boulevard Jules Sandeau. Monsieur Dior... ¡es una urgencia! —exclamó al teléfono, exaltada.

Luego corrió a la cocina, llenó un vaso de agua y se lo ofreció al jefe, que se limitó a sacudir la cabeza, cerrar los puños y apretarlos con fuerza contra el tórax.

Pasados unos minutos que le parecieron horas, apareció el doctor Rostand con su maletín de médico.

—Christian, ¿qué ha hecho?

Célestine se retiró a la cocina caminando de puntillas. No quería estar presente cuando examinaran al paciente, pero se mantuvo cerca por si el doctor Rostand necesitaba algo. Oyó a través de la puerta abierta que el médico apelaba a la conciencia del jefe.

—Se excede, Christian. El trabajo de los últimos años está dejando huella. Le recomiendo urgentemente que afloje. Delegue más funciones en su ayudante y vaya a un balneario del sur.

—Pero, Pierre, ya sabe que eso es del todo imposible —protestó monsieur Dior—. Tengo una obligación de cara a mis empleados. Soy el motor de la empresa, y ese motor tiene que ser fiable.

—Su motor es su corazón, querido Christian, y ya no late al ritmo con eficacia. Es su tercer ataque, los dos lo sabemos. Dudo que sobreviva al siguiente si no cambia de estilo de vida. Menos café, menos cigarrillos y menos vino tinto. Además, debería cuidar más su peso y tomar menos alimentos fuertes.

Célestine se estremeció. ¿El jefe había sufrido ya dos ataques al corazón? ¿Cuándo habían ocurrido? No había notado nada, nunca lo había mencionado. El trío creativo de la avenue Montaigne había callado. Seguro que las damas lo sabían, y sin duda monsieur Dior las había instado a no decir ni una sola palabra sobre su salud debilitada.

Había descubierto un secreto sin querer. En el futuro no tendría que delatarse con una pregunta, ni arrugando la frente. El jefe no querría. Igual que él interpretaba el papel de modisto de mundo, ella tenía que interpretar el de ama de llaves y secretaria personal serena que no dudaba ni un segundo de la salud resistente de su jefe.

—Para las próximas dos semanas le receto arresto domiciliario. No está disponible para sus socios ni para sus colaboradores. Vendré todos los días cuando termine el horario de consulta y le examinaré. Tome las pastillas que le traído, dos, tres veces al día después de las comidas. Y veinte gotas todas las mañanas en ayunas. No quiero asustarle, Christian, pero si no hace caso de mis indicaciones, no podré evitar que ingrese en un hospital.

Cuando se fue el médico, monsieur Dior apareció en la puerta de la cocina, pálido y tambaleándose un poco.

—No es tan grave, Célestine. El médico me ha puesto una inyección de vitaminas y me ha dado un toque de atención. Ya sabe lo mucho que aprecio la cocina normanda, y en especial sus artes culinarias. Pero a veces después de comer también tengo problemas para dormir. La edad pasa factura. Por eso le pido que por la noche me prepare solo platos fáciles de digerir.

Célestine asintió aliviada. El jefe había dado una explicación maravillosamente inofensiva para su malestar, y ella solo tenía que seguirle el juego con cara de inocente.

—Eso es fácil de cumplir, monsieur Dior. ¿Qué le parece si cocino pescado al vapor, pechuga de pollo escalfada o una sopa de verduras?

—¿Qué haría sin usted, Célestine? —Le temblaba la mano cuando fue a cogerle la suya y ella la apretó con cuidado. El modisto y ella jugaban a un juego, y los dos sabían que el otro era consciente. Los unía un lazo secreto basado en el respeto mutuo. Célestine agradecía un regalo tan especial.

Monsieur Dior le soltó la mano despacio. Su voz sonaba débil y firme a la vez.

—Basta por hoy. Quiero descansar. Mañana continuaremos con el dictado después del desayuno. Ah, sí, por favor, llame al atelier y dígale a madame Luling que el médico me ha recetado una cura de vitaminas durante la cual no puedo salir de casa. Puede cancelar todas mis citas de los próximos días. Monsieur Saint Laurent me sustituirá en todas las ocasiones. No quiero ninguna visita. Mejor llame por teléfono a madame Luling antes de que me vuelva a convencer a mí mismo de que debo ir a la avenue Montaigne y enfurezca al médico.

Antes de cada nuevo dictado, Célestine presentaba al jefe las páginas ya escritas del día anterior. A veces se interrumpía y leía una frase varias veces.

—¿Le gusta esta manera de formularlo, Célestine? ¿No debería ser más precisa o intensa?

Como monsieur Dior se lo preguntaba de una forma tan directa, Célestine no tuvo miedo de proponer algunos cambios.

—En esta frase aparece dos veces la palabra «extraordinario». Tal vez debería cambiar el concepto por otro. Quizá «insólito» o «brillante».

—Muy bien, no me había dado cuenta de esa repetición.

En otra ocasión Célestine propuso cambiar la sintaxis. O convertir una frase compleja y larga por dos más breves. El jefe la animó a enumerar sin tapujos todo lo que a su juicio entorpeciera la fluidez del discurso. A veces cambiaba una frase que le había dictado el jefe mientras la escribía a máquina.

—Bravo, Célestine, tiene olfato para la lengua. A menudo son solo matices que convierten una fórmula pesada en una anécdota —la elogió el diseñador.

Estaba convencida de que monsieur Dior era un maestro a la hora de formular comentarios ingeniosos y enigmáticos. Como cuando hablaba del bautizo de sus vestidos: «Los vestidos de noche, a los que bauticé hace dos temporadas con nombres de músicos, esta vez llevan casi todos nombres de dramaturgos vivos. No preví las confusiones y malentendidos que conllevaría ese apadrinamiento en los salones y atelieres. Por la mañana, una clienta declaraba que se había vuelto loca por André Roussin, pero esa misma tarde comunicaba muy decidida por teléfono que prefería cometer una locura con Jean-Paul Sartre, después de haber probado a Roussin. Paul Claudel acabó con una banda en su vestido de noche, mientras que François Mauriac prefirió un bolero.»

A Célestine le gustaba en especial una frase con la que describía las ventajas de la vida del campo en su casa de la Provenza y que dejaba traslucir con claridad el dilema interno entre el modisto y la persona: «Aquí me olvido de Dior y vuelvo a ser Christian».

El estado de salud del jefe mejoraba cada día que pasaba en su confinamiento obligado, y el doctor Rostand estaba contento con su paciente. Célestine cocinaba caldo de pollo o preparaba ensalada con una vinagreta ligera. Se hizo con discos de arias de ópera de su cantante preferida, María Callas. Leía en voz alta los buenos deseos para su recuperación de los colaboradores y amigos, estenografiaba y escribía luego a máquina lo que le había dictado.

—Estamos avanzando bien con el manuscrito, Célestine —afirmó el jefe una tarde—. Quizá esta pausa involuntaria también ha tenido algo bueno. Aun así, todavía no he encontrado un título convincente para mi pequeña obra. Me gustaría llamarla *De la vida de un inútil*, pero ya hay una novela corta de un autor alemán que se titula así. Creo que se llama Joseph von Eichendorff. También me gustaría *Las ensoñaciones del paseante solitario*. Por desgracia, se me adelantó nuestro gran poeta y filósofo Jean-Jacques Rousseau. Pensemos juntos en un título para el libro.

Durante los días siguientes Célestine no dejaba de pensar

en la misma frase: «Aquí me olvido de Dior y vuelvo a ser Christian». Cuando un mediodía saboreaba una sopa de pescado con lavanda y nuez moscada, de pronto se detuvo y supo qué estaba buscando.

En cuanto mencionó su propuesta al jefe vio un brillo cálido en sus ojos. Repitió varias veces sus palabras, marcando levemente las sílabas con ritmo sobre la mesa.

—¡Es usted insuperable, Célestine! Así se llamará mi libro, y no de otra manera: *Christian Dior y yo*.

Al cabo de unos meses Célestine tenía el libro impreso en la mano y abrió la primera página, ilusionada. Cuando leyó la dedicatoria, se le encendieron las mejillas por la emoción y el orgullo.

> Para Célestine, mi maravillosa lectora. Mi más profundo agradecimiento.
>
> CHRISTIAN DIOR

Aunque no tuviera talento para ser escritora, como había demostrado su intento fallido, tenía el don de perfeccionar un texto con pequeños cambios. Eso le hacía sentir orgullosa.

Con eso se daba por satisfecha.

De momento...

49

—Imagínate, Célestine, un cliente que ha visto el cuento de Rosalie quiere conocerte sin falta.

Marie le contó exaltada que el desconocido le había entregado una tarjeta de visita con el ruego urgente de que se la diera a la autora e ilustradora «de este cuento infantil tan conmovedor».

Tres días después Célestine estaba en el edificio de la editorial Couchard et Taupin, en la avenue Gabriel, sentada en una butaca de estilo Luis XVI. Sobre la mesita de madera de nogal que tenía delante había una caja de trufas de praliné y champán, junto a una taza de café intenso y aromático. Enfrente estaba Fabius Merlot, un hombre de treinta y tantos años con el pelo negro rizado que le llegaba hasta la barbilla y la tez oscura. El editor aludió sin rodeos a su petición.

—Me tiene usted entusiasmado, mademoiselle Dufour. Por eso quería conocerla cuanto antes. Su cuento es una joya que no se encuentra todos los días. Con un texto adaptado a los niños cuyas frases parecen perlas ensartadas una tras otra. Los dibujos también son preciosos, por cierto. Tiernos, poéticos, ingrávidos... Bueno, a la editorial le gustaría publicar esta preciosa historia. ¿Le gustaría publicar con su nombre o preferiría optar por un pseudónimo?

Apenas media hora después Célestine paró a un taxi en la

calle delante de la sede de la editorial, convencida de que era todo un sueño. ¿Qué había ocurrido? Ella, a quien tanto le habría gustado presentarse como la sucesora de Germaine Mercier, ¿de repente era autora de cuentos infantiles? Le dieron ganas de soltar una carcajada.

¿Qué otras sorpresas le depararía el destino?

—¡Estoy muy orgullosa de ti! —exclamó Marie—. Tienes que contarle sin falta a monsieur Dior que a partir de ahora una de sus colaboradoras será una auténtica escritora.

—No, Marie. —Célestine se subió a Rosalie a su regazo. Le había llevado a su ahijada un bloc de notas y una caja de lápices de colores y ahora la niña quería pintar con ella un león—. Hace tiempo que no soy una auténtica escritora. De todos modos, me alegro de la publicación, claro, pero me gustaría usar el apellido de mi madre como pseudónimo. El hecho de que escribiera ese cuento fue muy íntimo, por motivos personales, nada más.

—Quiero pintar un león —exigió Rosalie, que extendió los lápices de colores sobre la mesa delante de ella—. La melena tiene que ser azul. O no, mejor amarilla.

50

—¿Le gustaría ir a un teatro de variedades? ¿Con acrobacias, baile y magia? —le había preguntado Robert Gardel—. Opino que las llamadas variedades deberían estar mucho más reconocidas.

La propuesta había sorprendido a Célestine. El abogado, por lo general tan serio y sobrio, resultó ser aficionado al entretenimiento ligero. Ese hombre era un misterio. ¿Por qué sentía palpitaciones solo con pensar en la forma en que le ofrecía el brazo o la ayudaba a quitarse el abrigo? Era un hombre al que le gustaban los hombres. Tenía que aceptarlo de una vez por todas en vez de dejarse llevar por arrebatos soñadores.

Llegaron a Bataclan, un local de esparcimiento al estilo chino, con una pintura oriental en la fachada y un tejado curvado de pagoda. En la planta baja había una cafetería y un teatro, en la planta superior una sala de baile y de conciertos.

Al entrar en el vestíbulo a Célestine le asombró la cantidad de lámparas doradas y la decoración desbordante en las paredes. Dragones con alas, monos, unicornios y zorros de nueve colas relucían con un brillante estallido de color. La gente entraba en tromba en el auditorio, y entre el murmullo de voces se oían idiomas extranjeros por todas partes. El aire estaba impregnado de tabaco y madera de sándalo, que se mezclaba con las lociones de afeitado de los hombres y el olor fresco a bergamota, romero, lirio, lilas, jazmín y muguetes. Muchas de las mujeres llevaban Diorissimo, el nuevo perfume del jefe, como comprobó con deleite Célestine.

También se dio cuenta de otra cosa: su acompañante parecía cambiado. Su mirada era clara y firme, como si se hubiera retirado el velo de melancolía que a menudo se imponía en su rostro. Todo su aspecto irradiaba algo alegre y desenfadado. Célestine supuso que había encontrado un nuevo amor, y procuró concentrarse en lo que sucedía alrededor.

El auditorio se llenó, los camareros y camareras, ataviados con túnicas chinas hasta el suelo, servían a los clientes. La gente charlaba y comía, reía y coqueteaba. La orquesta que se había instalado debajo del escenario entonó unos acordes. Luego se abrió un telón en forma de abanico sobredimensionado. Un presentador vestido de frac plateado y con sombrero de copa salió al escenario; llevaba los ojos y la boca maquillados en exceso. Saludó al público con una voz de falsete aguda y chirriante.

—*Mesdames et messieurs, ladies and gentlemen*, damas y caballeros. Bienvenidos a nuestro teatro de variedades del boulevard Voltaire. Me gustaría adentrarles esta noche en un mundo de fantasía y magia. Verán acrobacias, canciones y bailes, interpretados por los mejores artistas de Francia, ¡qué digo!, de Europa, si no del mundo entero.

A un ritmo rápido, los distintos artistas, bailarines y cantantes cautivaron al público. Tres malabaristas con atuendo oriental hicieron rodar platos de porcelana sobre unas varillas finas y largas. Una funambulista ejecutó saltos atrevidos, incluso atravesó un aro. Dos cantantes con maillot negro ceñido interpretaron un dúo. El texto estaba formado por una única palabra, miau, que se repetía sin cesar en los registros más diversos. Luego, un ventrílocuo hizo que su muñeco, una valquiria con la cara empolvada de blanco y el cabello negro, hiciera cumplidos ambiguos al público, lo que divertía a las damas de forma evidente e incomodaba a sus maridos. Daba la impresión de que tenían ganas de esconderse bajo la mesa.

Las dos horas pasaron volando y, cuando sonó el aplauso final, Célestine posó la mirada en las manos de su acompañante. Eran delgadas, finas, manos de pianista. Se sorprendió imaginando que esas manos le rozaban las mejillas, el cuello, la espalda, la cintura...

Antes de dejarse llevar más por la imaginación, Robert Gardel le ofreció el brazo y se dirigieron al guardarropa. Con la educación acostumbrada, la ayudó a ponerse el abrigo.

—Lleva un peinado nuevo, mademoiselle Dufour. Le sienta bien el pelo corto —le oyó decir de pronto.

—Hace años que llevo el pelo corto —le corrigió Célestine, que en ese momento deseó poder leerle el pensamiento. ¿Cómo podía ser que no se hubiera fijado hasta entonces?

Robert Gardel sacudió la cabeza, incrédulo.

—¿De verdad?

Cuando dio media vuelta para irse, Célestine oyó que decía en voz baja:

—¿Dónde tenía yo los ojos?

—¿Puedo abrirlo, *Cétine*? —Rosalie cortó con impaciencia el cordón y levantó con cuidado la tapa del paquetito. Luego soltó un grito de alegría—. Son muchos libros. Uno, dos, tres... ¡cuatro, cinco, seis! ¿Ahora todos los niños saben que la historia de la princesa es mi historia?

Sonriente, Célestine acarició la melena negra de su ahijada, tan parecida a la de su madre.

—Nadie salvo nosotras tres sabe que, en realidad, escribí el cuento solo para ti. Pero ahora lo pueden leer muchos niños. O pedirles a sus padres que se lo lean en voz alta.

—Pero entonces tienes que leerme en voz alta todos los libros. Quiero saber si en todos está la misma historia.

Marie dejó brioches de azúcar y una jarra de chocolate sobre la mesa.

—Servíos, *mes chères*. Hay que celebrar el éxito de Célestine.

—Tengo hambre. —Rosalie cogió con las dos manos un brioche y le dio un gran mordisco—. Está riquísimo. ¿Me harás otro cuento de princesas, *Cétine*? ¿Con una historia nueva? Que la puedan leer también muchos niños.

Las dos amigas se miraron y se echaron a reír al mismo tiempo.

—Tu ahijada está decidida a convertirte en una escritora de éxito. —Marie le guiñó el ojo a su amiga y cogió a toda prisa la taza de chocolate de Rosalie, que amenazaba con caerse del borde de la mesa.

—¿Por qué no? Ya tenía una idea... —reconoció Célestine, más bien para sí misma.

Imaginaba incluso una serie de cuentos. Cómo celebraban la Navidad las princesitas, cómo hacían un pastel en la cocina del castillo, o cómo aprendían a patinar en invierno en el estanque del jardín del castillo. Siempre se le ocurrían ideas nuevas, así que decidió escribir e ilustrar un cuento para Rosalie en Navidad y en su cumpleaños. ¿Quién sabe? A lo mejor un día monsieur Fabius Merlot también querría publicar las futuras historias.

¿Qué habría dicho su madre de ese giro?, se preguntaba Célestine. ¿Se habría sentido orgullosa? No, lo más probable era que Laurianne Dufour se inquietara porque su hija aún no se había casado y por tanto tampoco le había dado nietos.

Célestine engulló el último bocado de brioche con un suspiro y lo acompañó con un gran sorbo de chocolate. Quizá era mejor así, que su madre no presenciara cómo su hija llevaba una vida burguesa, pero muy distinta a la que había deseado para ella.

51

Célestine se preguntó si el cambio que había notado en Robert Gardel persistiría. Para su sorpresa, en su siguiente cita parecía aún más desenvuelto que la última vez.

—¿Qué hace en su tiempo libre cuando no va conmigo al teatro o a un museo, mademoiselle Dufour? —preguntó, y Célestine creyó ver un brillo en sus ojos. Sin embargo, probablemente era una reacción a la deslumbrante luz del sol.

Estaban delante de la entrada del Museo de las Artes Decorativas, donde habían visto una exposición con obras del célebre joyero y vidriero René Lalique. A Célestine le molestó el descaro e interés con los que Robert Gardel la miraba, y se sintió cohibida. Así, su respuesta fue sencilla y correcta.

—Me gusta leer. Sobre todo libros que hablen del pasado. A veces también voy al cine o paso el fin de semana con mi amiga Marie y su hija pequeña. Rosalie es mi ahijada.

—¿Ha quedado esta tarde? Me gustaría invitarla a un café. En mi casa.

—No... sí... yo... —tartamudeó Célestine, que casi creyó que tendría que pellizcarse para asegurarse de que no estaba soñando. ¿Qué ocultaba esa invitación? No lo sabía. Sin embargo, eso era lo que llevaba tanto tiempo deseando: saber cómo y dónde vivía ese hombre tan impenetrable y atractivo. Nunca creyó que le dejaría conocer su vida privada.

Antes de poder seguir hablando, Robert Gardel ya había parado un taxi.

—Me alegro de que tenga tiempo, mademoiselle Dufour.

Su piso del segundo distrito se encontraba en la segunda planta de un típico palacete urbano de color beige: techos altos, grandes ventanales que daban a la calle y el jardín y unas habitaciones de dimensiones generosas. Sin embargo, Célestine se llevó una sorpresa al descubrir que el mobiliario era muy distinto de lo que había visto hasta entonces. No se veían tallas ni decoraciones especiales, sino que predominaban las líneas claras y los ángulos rectos. Butacas, armarios, lámparas, todo el mobiliario tenía una función, sin ningún tipo de carácter ocioso. Aun así, la madera de color miel de los muebles trasmitía cierta elegancia y una sensación agradable en contraste con la piel y el cromo.

—Su piso es muy peculiar: moderno, monsieur Gardel —dijo Célestine cuando él le quitó el abrigo y lo colgó en un armario del pasillo con herrajes de hierro.

—Peculiar... en eso tiene razón. Pero la decoración no es en absoluto moderna. Los muebles son piezas heredadas. Mi tío paterno era arquitecto, y en la década de 1920 trabajó varios años en la Bauhaus de Dessau. No quiero aburrirla con la historia de la arquitectura, pero podría contarle una anécdota sobre cada mueble. ¿Quiere sentarse en el sofá? Voy a mirar un momento en la cocina si mi ama de llaves nos ha preparado café.

Célestine se dejó caer en el sofá de piel negro y se sorprendió. ¿Cómo iba a saber el ama de llaves que el dueño de la casa iba a volver? Y además con una invitada. ¿Robert Gardel tenía previsto llevarla a su casa?

Su desconcierto iba en aumento. Cuando desvió la mirada hacia la ventana vio un cuadro en el que aparecía una mujer joven con el cabello pelirrojo recogido y una sonrisa forzada en un retrato de tres cuartos. Llevaba una blusa blanca de encaje sin cuello y una falda de color verde pino. Al fondo se veía un paisaje parecido a un parque. Con sus pinceladas vaporosas aplicadas como por accidente, el cuadro recordaba a un maestro del impresionismo como los que se veían en el Museo del Louvre. Además, contrastaba de un modo sorprendente con el mobiliario parco de líneas rectas.

Célestine sintió una atracción mágica hacia los ojos oscuros de la mujer. Se levantó del sofá y dio unos pasos hacia el cuadro, con la sensación constante de que la mirada de la chica la seguía.

Robert Gardel se había colocado a su lado sin que se diera cuenta.

—En lo más profundo de su interior, Christian sigue siendo el galerista de sus años de juventud. Él me recomendó al pintor. Los dos fueron al colegio juntos en Granville. ¿Quiere que nos sentemos junto a la mesita? Espero que le gusten los macarons.

—Mucho. —Célestine notó en la nariz un olor intenso. Olisqueó la taza y bebió un trago—. Exquisito, el café es fuerte y aromático. El cuadro es realmente fascinante. La ropa y el peinado de la protagonista responden a la moda de nuestro tiempo, pero el retrato tiene algo que recuerda a los maestros impresionistas. Algo centelleante y ligero, como en los maravillosos retratos femeninos de Jean Renoir o Edouard Manet. ¿Quién es?

—Mi mujer.

—¿Su...? —Célestine estuvo a punto de atragantarse con el macaron. Seguro que lo había entendido mal. Notó que la sangre le latía en las sienes—. ¿Está casado?

—Lo estuve. Violette fue mi gran amor, nos casamos hace tres años. Murió a principios del año pasado de una neumonía. Estaba embarazada. Con ella también murió una parte de mí. Me refugié en el trabajo para no tener que pensar constantemente en ella. Sin querer, me alejé del mundo con mi pena.

Por lo visto, Christian se dio cuenta, por eso hizo esa pequeña maniobra. Iba camino de convertirme en un solitario. Hasta que un comentario suyo me devolvió a la realidad.

—¿Un comentario? —repitió Célestine, que unió las manos como si buscara dónde agarrarse.

Robert Gardel se inclinó hacia delante y le lanzó una mirada tierna y al mismo tiempo penetrante que solo consiguió aumentar su confusión.

—Estaba usted hablando de su infancia en Genêts, mademoiselle Dufour, y de por qué no había vuelto desde hacía tiempo. Por la tristeza que le provocaba la pérdida de su familia. Su sinceridad me impresionó y me conmovió. Luego dijo que había huido de su pasado y que aún no había reunido el valor de enfrentarse a él.

Las palabras llegaban a sus oídos como si procedieran de la lejanía.

—Puede que dijera algo parecido —murmuró Célestine, sin saber por qué de pronto se sentía mareada.

—Me pareció que estaba describiendo mi situación, y no la suya. Porque soy yo el que ha huido de su pasado y no ha conseguido hablar de su dolor. Sus palabras despertaron algo en mí. Nadie puede devolverle la vida a mi familia, pero yo puedo decidir volver a la vida, dar por concluido mi pasado y aceptar mi destino. Ahora soy consciente.

Célestine notó la garganta seca. ¿Qué se suponía que debía contestar a monsieur Gardel? Todo lo que pensaba de él se había desmoronado con unas cuantas frases.

Era evidente que no le gustaban los hombres. Quería a su mujer y sufría tanto por su muerte y la de su hijo nonato que había quedado completamente atrapado por la pena. Lo entendía muy bien. Y le entraron muchas ganas de apartarle los mechones de la frente.

Sin embargo, la confesión había sido demasiado repentina. Tenía que recomponerse y reflexionar. Pensar con calma.

—Lo siento por usted, monsieur Gardel... Si me disculpa, no me encuentro del todo bien. Creo que necesito irme a casa y descansar. Gracias por el café.

Se despidió precipitadamente y, cuando el taxi la dejó en el boulevard Jules Sandeau, subió corriendo a su piso y se dio un baño. Esparció un puñado de pétalos de rosa secos por la bañera, se sumergió en el agua caliente y cerró los ojos. Esta vez se permitió evocar las imágenes embriagadoras y desconcertantes. Las que antes intentaba reprimir a base de esfuerzo y fuerza de voluntad. A partir de ahora, ya no era necesario.

52

A la mañana siguiente se despertó con muchos remordimientos. No había sido muy delicado por su parte poner fin a la visita de forma tan abrupta después de que él se sincerara. ¿Qué pensaría ahora de ella Robert Gardel? Pasados dos días, Célestine no aguantó más. Marcó el número del abogado y pasó directamente a hablar de lo que la tenía angustiada.

—Siento mucho haberme ido así anteayer, sin más, monsieur Gardel. Estaba confusa y... fui una desconsiderada.

—Ya me temía haberla molestado por algo. ¿Se encuentra mejor? —se oyó al otro lado de la línea. Sonaba preocupado.

—Sí, estoy bien. De hecho, no me encontraba mal. Porque... yo... —Se quedó cortada, aunque había preparado con esmero las palabras.

—Quizá deberíamos continuar con la conversación en otro entorno. Estoy pensando en el Café Perroquet, cerca del teatro de la ópera. Mi hermano me lo recomendó. Dice que es la mejor y a la vez la más peculiar cafetería de la ciudad. ¿Qué le parece el sábado a las cinco? Reservaré una mesa.

—Es una idea fantástica —contestó Célestine, y esta vez lo decía muy en serio.

Célestine llegó al punto de encuentro un cuarto de hora antes de la hora convenida. Al entrar en el jardín de palmeras situado en la parte trasera de la cafetería se adentró en un remoto mundo exótico. Palmeras, helechos, plantas rastreras, bromelias, orquídeas: la flora tropical la cautivó. Una cascada descendía por una pared de roca hasta un estanque donde unos brillantes peces plateados se sumergían bajo los nenúfares. En un aviario se posaban sobre los ficus los coloridos papagayos a los que la cafetería debía su nombre, mordisqueaban cáscaras de cacahuete y pieles de manzana o se limpiaban las plumas. En un tronco vaciado asomaba la cabeza de un camaleón.

Un camarero la acompañó a su mesa. A Célestine le dio un vuelco el corazón. Para su sorpresa, Robert Gardel ya había llegado. Estaba ensimismado leyendo un periódico y no la vio hasta que se acercó a él. Enseguida lo dobló y se levantó.

—Mademoiselle Dufour, está usted magnífica. Fue una buena decisión decidirse por ese peinado, aunque fuera hace años. —Le guiñó el ojo y en el tono se notó cierta ironía.

A Célestine le agradó, así que se sumó a esa nueva naturalidad.

—Me gusta recibir ese tipo de cumplidos en cualquier momento.

Robert Gardel le pasó la carta.

—Por favor, ahórreme la decisión y escoja algo que le guste.

Con los *petit fours* y el aromático *darjeeling* afrutado se inició una conversación en confianza y desenfadada, como si se conocieran desde hacía una eternidad.

—Me gustaría darle las gracias, mademoiselle Dufour. Me ha hecho reflexionar sobre mi vida y, sobre todo, me ha hecho hablar. Me siento liberado. Aunque tenga la sensación de haberla desconcertado con algunas de mis observaciones.

Célestine se armó de valor. Necesitaba explicarse y esperaba que monsieur Gardel la entendiera.

—Lo tomé por una persona distinta —empezó con cautela.

—¿Eso significa que me tomó por un tipo encantador, parlanchín y apuesto?

Célestine sonrió al oírlo, pero luego volvió a ponerse seria.

—Usted es amigo de monsieur Dior.

—Sí, desde hace muchos años.

—Por eso pensé que era un amigo como los hombres que vienen a cenar por la noche y luego se quedan a dormir.

Robert Gardel no parecía impresionado ni sorprendido en lo más mínimo.

—Me confundió con un amante de Christian —aseguró con absoluta naturalidad.

Célestine asintió en silencio.

—Es un malentendido, sin duda, pero es culpa mía. Si hubiera sido capaz de hablar antes de mi pérdida y mi tristeza, también habría sabido antes quién soy en realidad. Christian es una persona maravillosa. Es sincero, de fiar y generoso. Ojalá pudiera vivir como quisiera. Espero que ese día llegue. Para él y para todos los demás que deben ocultar sus inclinaciones en público. No lo digo solo como amigo, también como jurista que considera que la criminalización del amor homosexual en nuestro país es un atentado contra los derechos humanos.

Célestine vio por encima del hombro de su interlocutor a dos papagayos que danzaban uno alrededor del otro y se frotaban con los picos. Luego volvió a prestar atención a Robert Gardel y lo miró a los ojos sin disimulo.

—Me alegro mucho de que sea como es.

—El placer es mío.

De pronto puso su mano sobre la de Célestine. Notó que el calor le subía por el brazo y el hombro, penetraba en su interior y encendía un fuego. Podría haberse quedado así para siempre.

Más tarde, cuando quiso subir a un taxi para volver a casa, Gardel la cogió de la manga. Se inclinó hacia a ella y le dio un delicado beso en la mejilla.

—¿Puedo llamarla esta noche antes de ir a dormir, Célestine? ¿Para darle las buenas noches?

—No tengo teléfono en casa, pero quizá debería pensar en poner uno.

Se incorporó y le devolvió el beso; olió la loción de afeitar, con aromas de cedro y cítricos, y notó su barba incipiente en la barbilla. Cerró los ojos un instante y supo que había ocurrido algo que jamás había previsto.

Se había enamorado.

53

Nunca se le habían hecho tan largos tres días a Célestine. Tres días en los que no paraba de pensar en la tarde que pasaron en el Café Perroquet, en la sonrisa de Robert, el timbre cálido de su voz, el apretón suave de la mano. Intentaba evocar en la memoria todas y cada una de sus palabras, todos los gestos y guiños.

Habían quedado en su bufete de abogados enfrente del Palacio del Elíseo. En cuanto Célestine entró en el despacho revestido de madera de nogal clara, Robert Gardel se levantó de su escritorio, se acercó presuroso a ella y cerró la puerta. La estrechó entre sus brazos sin decir nada y le dio un beso con ternura y naturalidad. Ella le rodeó el cuello con los brazos y le besó la frente, las sienes, las mejillas.

—Te he echado de menos —susurró ella, y apretó los labios contra la boca de Robert.

—Hace demasiado que no nos vemos. Exactamente sesenta y ocho horas y treinta minutos. Una eternidad. —Atrajo a Célestine hacia sí, y ella sintió un leve mareo.

Sin separar los labios de los suyos, la llevó hasta un sofá de terciopelo amarillo y se sentó a su lado. Cuando terminó el beso, Robert soltó un leve suspiro.

—Tengo que decirte algo que no me resulta fácil, Célestine. Me acabo de enterar. No podremos vernos durante otra eternidad.

Célestine tardó un rato en comprender. Aún no había saboreado del todo la alegría por volver a verlo cuando la noticia le provocó un escalofrío.

—Pero ¿por qué? —Metió las manos debajo de las mangas de la chaqueta de Robert para sentir su piel.

—Un colega de nuestra sede británica ha fallecido de forma inesperada a los treinta y nueve años. Tengo que viajar a Londres durante tres o cuatro semanas y ocuparme de sus clientes hasta que encuentren a un sustituto.

—Tres o cuatro semanas... —murmuró Célestine, apesadumbrada. Apoyó la cabeza en su hombro y se limpió una lágrima. Él le acarició el cabello con cuidado.

—Créeme, preferiría quedarme aquí para saber de ti todo lo que aún desconozco, pero ya lo recuperaremos en cuanto vuelva a París.

—¿Y cuándo te vas a Londres? —preguntó con cautela Célestine, con la esperanza de que les quedara como mínimo algo de tiempo juntos.

—Mañana a primera hora, en el primer avión. Todavía tengo que hacer la maleta. —Recorrió con el dedo el contorno de los labios de Célestine y le besó la punta de la nariz.

—No me gustan las despedidas, Robert. Me entristecen —contestó Célestine, y tragó saliva—. Prefiero pensar en el momento de tu regreso. Entonces te invitaré a mi casa y cocinaré algo para los dos.

—Eso sí es motivo para acabar lo antes posible con el trabajo. Luego deberíamos conocernos a fondo. Aunque, en realidad, ya estamos en ello... —dijo Robert, que hundió el rostro en su pelo. Célestine notó que un escalofrío le recorría la espalda y deseó que esa sensación de embriaguez no acabara nunca.

Todas las mañanas y todas las tardes Célestine recibía un telegrama de Londres. Y ella entregaba todos los mediodías una respuesta por correo postal en la avenue Henri Martin. Como el empleado de la ventanilla no le había garantizado una conexión telefónica antes de fin de año, habían acordado comunicarse así.

¿Cómo iba a soportar tanto tiempo hasta que volviera Robert? Pensaba en él casi todos los segundos del día, y de noche soñaba lo que de día no se atrevía a imaginar. Igual que hacía balance siempre que cumplía años, ahora que su vida había dado un giro inesperado también quería rendir cuentas. No solo había huido de su pasado; se había engañado. Por miedo a otra decepción, se había convencido de que también podía ser feliz sin un hombre y había puesto su libertad e independencia por encima de todo lo demás. De repente, ahora pensaba en un futuro al lado de un hombre sensible y en formar su propia familia.

Para distraerse, los fines de semana iba al cine y veía varias películas seguidas. O hacía con Marie y Rosalie una excursión al zoo, donde su ahijada vio por primera vez un león vivo. El entusiasmo de la niña y su sincero asombro ante un animal tan imponente le dio la idea a Célestine de que su siguiente historia transcurriera en África. Un hada acompañaría a la princesa y sus compañeras de juego sobre una alfombra mágica.

«Te echo de menos y estoy deseando estrecharte entre mis brazos», le había escrito Robert en un telegrama. Y en el siguiente: «Ojalá estuvieras aquí conmigo, con uno de esos vestidos que te hacen estar tan fascinante y única. Podríamos ir a ver una obra de teatro que está en cartelera ininterrumpidamente desde 1952: *La ratonera*, de Agatha Christie. Y luego... eso preferiría decírtelo en persona».

Célestine guardaba los telegramas en una cajita de madera con unas rosas pintadas a mano. Cada tarde leía antes de acostarse promesas cariñosas que luego se hacían realidad en sus sueños.

—Estás radiante y feliz. Se te nota a cien metros de distancia que estás enamorada —aseguró Marie—. Hace unas semanas me habría parecido imposible. Eso me da esperanzas de encontrar algún día yo también al hombre adecuado. —Su amiga deshizo en la lengua una trufa de chocolate con deleite y le guiñó el ojo a Célestine.

54

Tras muchas dudas, monsieur Dior se tomó en serio el consejo de su médico y escogió un balneario en Montecatini, en el norte de Italia. Hacía días que estaba de un humor excelente, llevaba corbatas coloridas y pañuelos de bolsillo y encargó a su mayordomo, Charles, que hiciera una docena de maletas con ropa ligera de finales de verano. Célestine sabía cuál era la causa de su buen humor: un joven cantante de Marruecos acompañaría al jefe. Y su nombre era Jacques, de verdad.

—No me reconocerá, Célestine, volveré delgado y repleto de energía —bromeó el jefe al despedirse—. Después del balneario quiero ir a mi casa de verano y diseñar la nueva colección. Monsieur Saint Laurent me sustituirá en el taller entretanto. Por primera vez dejo el destino de la empresa en manos de otras personas. —Sin embargo, luego se detuvo y un brillo de inseguridad atravesó sus ojos—. Quizá debería aplazar lo del balneario. Madame Delahaye, mi adivina, vio algo que no supo interpretar...

En todas las cuestiones importantes de su vida, el jefe pedía consejo a madame Delahaye. Célestine recordó su encuentro con esa mujer peculiar con un vestido rojo que predijo su futuro en la calle. La desconocida habló de un pájaro negro que aparecía de la niebla y volvía a desaparecer. Y de una paloma blanca que se iba alzando el vuelo. La adivina también vio cómo Célestine seguía a la paloma hasta el horizonte. Sin duda, el pájaro oscuro era Jean-Luc, que la había decepcionado de una forma tan amarga. La paloma blanca solo podía ser Robert Gardel. Sin embargo, quizá la visión solo coincidía por casualidad y no tenía nada que ver con una auténtica visión de su vida, pensó Célestine.

Sin embargo, primero tenía que disipar las dudas del modisto.

—Váyase, monsieur Dior. No podría encontrar a un sustituto más fiable. Además, está el teléfono y el telegrama. Puede relajarse unos días tranquilamente y delegar una parte de responsabilidad.

El jefe se acarició la barbilla, pensativo.

—Tiene razón, Célestine. Tengo que aprender a soltar cosas. Nadie es inmortal. Desde hace algún tiempo noto que la edad pasa factura. En algún momento otra persona ocupará mi despacho de la avenue Montaigne y las maniquís presentarán vestidos que no habré diseñado yo.

—No diga eso, monsieur Dior. —Célestine rechazó con vehemencia esa idea funesta.

—Ay, no solo me estoy haciendo viejo, también me estoy volviendo un sentimental... ¿Por qué no se va unos días, Célestine? Si quiere puede coger vacaciones en cualquier momento.

—Pero ya sabe que yo estoy muy a gusto aquí y que no me iría jamás de París —contestó Célestine, que no envidiaba ni por un segundo a monsieur Dior por el inminente viaje.

—Como quiera, es usted libre de decidir lo mejor para usted. —El modisto se frotó los ojos con el dorso de la mano. ¿Célestine había visto una lágrima? Una extraña inquietud se apoderó de ella cuando el jefe continuó con la voz ronca—. Gracias por aguantar tanto tiempo con un viejo extravagante como yo, Célestine. Sin usted tendría un atelier de moda, pero no un hogar.

Algo hizo que Célestine se quedara sin aliento y un escalofrío le recorrió la espalda.

—Para mí no hay nada más bonito y emocionante que trabajar con usted —afirmó, porque tenía la sensación de que debía explicarse—. Gracias, monsieur Dior, por todo lo que ha hecho por mí. Cuídese mucho.

La carta llegó el día de la partida del jefe, y Célestine sintió ganas de reír y gritar de júbilo. Monsieur Fabius Merlot, de la editorial Couchard et Taupin, preguntaba si le apetecía crear tres cuentos más con la princesita. Había conquistado los corazones de las niñas y, por lo visto, también de sus madres. Célestine debía ir lo antes posible a la editorial para comentar los detalles.

—Si siempre que se publica un cuento tuyo lo celebramos con pastel y chocolate tendré que preocuparme en serio por mi figura. Necesitaré comprarme vestidos nuevos —bromeó Marie.

—Yo no —chilló Rosalie, que se abalanzó sobre su madrina para darle un beso en la mejilla—. ¿Me escribirás también un cuento sobre cómo la princesa llega al país de Jauja? Allí hay todos los días pastel, cacao y mucho chocolate. ¡Por favor, *Cétine*! Tienes que escribirlo. Y cuando vaya al colegio, te leeré los cuentos en voz alta. Te lo prometo.

55

«Regreso el 18 de octubre. Abrazos y besos. Robert», le había escrito en un telegrama.

Célestine empezó con los preparativos por la mañana. Puso la mesa con un servicio de porcelana diseñado por Christian Dior que se había vendido con el mismo éxito que su moda y su perfume. Dobló las servilletas de tela, colocó varias veces las flores, fue a buscar un momento velas del color de las rosas, puso a enfriar champán y vino blanco y preparó el menú: una sopa ligera de verdura con hierbas frescas, ensalada con nueces tostadas, ragú de ternera con boletus y patatas Macaire y, de postre, crema de vainilla con rodajas de manzana cocida.

Por la tarde se dirigió al aeropuerto. Tenía entendido que el avión de Robert aterrizaría hacia las cuatro.

El taxista gritó sucios improperios porque una obra poco antes del aeropuerto de Orly le obligó a cambiar de dirección y dar un rodeo. Célestine, por su parte, maldijo para sus adentros porque ese contratiempo podía hacerle llegar tarde. Sin embargo, en cuanto puso un pie en el vestíbulo de llegadas oyó por el altavoz que el avión procedente de Londres acababa de aterrizar.

¿Qué diría Robert cuando viera que había acudido a recibirlo sin avisar? Después de cuatro interminables semanas sin verlo. Era un día tan especial que Célestine quería estar lo más elegante y guapa posible. Se había decidido por un abrigo de color verde claro de la colección actual de otoño-invierno de su jefe, con un pañuelo de seda de color salmón y zapatos de tacón del mismo tono. El diseñador había llamado a su colección línea Aimant, en recuerdo de todos aquellos que amaban y eran amados.

Un grupo de personas que por lo visto iban a recoger a familiares o amigos esperaba impaciente delante de una cinta. Se abrió una puerta, salieron los primeros pasajeros con sus maletas y fueron recibidos con alegría o entre lágrimas por sus seres queridos. Célestine se puso de puntillas para ver por encima de las cabezas de los que esperaban.

Por fin, después de que hubieran atravesado la puerta varias docenas de viajeros, lo vio. Alto, con una sonrisa deslumbrante y un mechón de pelo colgando en la frente. Ya iba a levantar la mano y se disponía a saludar cuando se quedó sin aliento. Cerró los ojos con la esperanza de que fuera un espejismo.

Contó hasta tres muy despacio, conteniendo la respiración. Abrió los ojos con cuidado y vio muy claro lo que su mente había entendido hacía rato pero su corazón no quería admitir.

Al lado de Robert caminaba una mujer joven y muy guapa, con una melena negra y rizada hasta los hombros. Lo agarró del brazo, lo miró y dijo algo que le hizo sonreír.

Célestine dio media vuelta a toda prisa y buscó refugio tras un anuncio. Rezó por que no la hubiera visto. No sabía cuánto tiempo estuvo así, incapaz de moverse. ¿Quién era esa mujer? ¿Su prometida? ¿Su segunda esposa? Su hermana seguro que no, porque Robert solo le había hablado de dos hermanos.

—¿Se encuentra bien, mademoiselle? —oyó de pronto una voz desconocida. Miró a un anciano con gafas que la observaba con gesto preocupado.

—No pasa nada... nada —balbuceó.

Se dio la vuelta con brusquedad, se dirigió a la salida dando tumbos y le hizo una señal a un taxi. Le dijo al taxista su dirección pero, cuando giró por el boulevard Jules Sandeau tras lo que le pareció una eternidad, la invadió una extraña aflicción. La idea de volver sola a su piso, de ver la mesa puesta para una celebración con el ramo de flores hizo que dejara de llorar un momento.

—He cambiado de opinión, monsieur. Lléveme a la rue Capron número 4, por favor.

El taxista frenó, giró en medio de la vía y avanzó en dirección a Montmartre. ¿Y si no encontraba a Marie en su casa ni en el trabajo?, pensó Célestine, temerosa. Probablemente su amiga estaría de compras con Rosalie o en casa de una compañera de juegos.

Célestine subió los escalones a toda prisa, de dos en dos. Llamó al timbre sin aliento. Esperó. Llamó una segunda vez, una tercera. Cuando por fin se abrió la puerta y apareció Marie con un cucharón en la mano, su amiga se le echó al cuello sin decir nada.

—¡Hombres! ¡No se puede confiar en ellos! —rezongó Marie cuando Célestine le contó lo sucedido en el aeropuerto y se secó las lágrimas—. Me alegro de que Rosalie esté jugando en casa de una amiga, así podemos hablar tranquilas.

—Pero estaba convencida de que Robert era distinto. Me parecía tan comprensivo, tan sensible y vulnerable.

—No, si encima lo defenderás, a ese... ese asqueroso. —Marie sacudió la cabeza en un gesto de desaprobación y llenó dos tazas de chocolate caliente hasta el borde—. Ten, bebe, *ma chère*. El chocolate es un bálsamo para el alma —le dijo, y añadió dos cucharadas de azúcar a la taza.

—Es la tercera vez que me equivoco con un hombre. Primero Albert, luego Jean-Luc y ahora el señor abogado, tan fino. Con él me he equivocado incluso el doble. Primero pensé que era homosexual, luego que era sincero. No conozco a los hombres, solo soy una tonta ingenua —se quejó Célestine, que notó al mismo tiempo una rabia incontenible. Rabia hacia los tres hombres, pero sobre todo hacia sí misma—. ¡No volverá a pasarme! ¡Para mí el tema de los hombres está zanjado para siempre! —Hizo un gesto tan impetuoso con la mano que golpeó la taza y derramó un poco del líquido marrón. Marie cogió un trapo y secó la mesa.

—Creo que te sentaría bien un cambio de aires, Célestine. ¿No te dijo monsieur Dior que podías cogerte vacaciones en cualquier momento?

—No tengo ganas de viajar. Preferiría no ir siquiera hoy al boulevard Jules Sandeau y esconderme en algún sitio donde nadie me encontrara para taparme la cabeza con una manta.

Marie se levantó de la silla de un salto y abrazó a su amiga, que se quedó perpleja.

—Conozco un escondite perfecto para ti. Te quedas unos cuantos días con nosotras y, mientras yo trabajo, haces algo con Rosalie. La niña se llevará una alegría enorme y tú tendrás una distracción.

Célestine soltó un suspiro de alivio.

—No lo había pensado. ¿Sabes que es la tercera vez que me das cobijo?

—Si es necesario, no será la última. —Marie se acarició las caderas curvas riendo. Estaba muy atractiva con el vestido azul ceñido que llevaba—. Por desgracia no usamos la misma talla, así que no puedo prestarte nada mío. Si quieres, luego voy a buscar algo de ropa a tu piso. Y también me llevaré la comida que has preparado. Sería una lástima que se echaran a perder esas delicias. ¿Tienes champán en la nevera? ¡Fantástico! Nos lo beberemos esta noche. Y brindaremos por nuestro bienestar personal.

56

Célestine había llamado a madame Luling para comunicarle que quería irse de viaje unos días. Monsieur Dior había autorizado las vacaciones. Así, todos los días hacía una excursión con Rosalie y se dejaba distraer por la despreocupación infantil de su ahijada. Un día vieron un espectáculo de marionetas en un molino en desuso de Montmartre, luego compraron queso, verdura y flores en el mercado. Otro día recorrieron el Sena con un bote y un artista del papel les hizo un retrato en el pont de l'Alma.

Poco a poco, Célestine iba tomando distancia de su sueño roto de ser feliz junto a Robert. Se había equivocado, pero no quería seguir reprochándoselo. Pronto Robert pertenecería al pasado. Ahora quería concentrarse en el presente. Rosalie era una personita muy segura de sí misma, y Célestine se sentía orgullosa de ser su madrina.

Marie entró por la puerta con las mejillas encendidas por la emoción y, antes de haberse quitado el abrigo, soltó:

—No te imaginas lo que me ha pasado hoy. Una mujer desconocida ha llamado a madame Renard a la cervecería y ha pedido hablar conmigo. Me ha preguntado si era la amiga de mademoiselle Célestine y si sabía dónde se alojaba ahora mismo. En la casa de costura solo le han dicho que te habías ido de viaje. Le he dicho que hacía mucho tiempo que no sabía nada de ti. Entonces la mujer me ha dicho que te dijera algo sin falta la próxima vez que te viera... —Marie soltó un bufido y luego hizo una mueca de desdén.

—Pero cuéntamelo ya, ¿qué tienes que decirme? —inquirió Célestine. De pronto recordó que ya había vivido una situación parecida. Hacía años, cuando alguien intentó ponerse en contacto con ella a través de Marie...

—Bah, nada importante. Por lo visto, un tal monsieur Robert Gardel ha tenido un accidente y está en el hospital...

—¿En el hospital? ¿En cuál? —preguntó Célestine, nerviosa.

—Eso... ya no lo sé.

—Marie, tienes que recordarlo. ¡Por favor! —suplicó Célestine.

Marie se puso un dedo en la nariz y pensó un rato.

—Creo que era el hospital... ahora no recuerdo el nombre, pero creo que estaba en el distrito vigesimosexto, en la rue Chardon-Lagache. ¿Por qué te interesa?

Célestine cogió el abrigo y el sombrero del armario en un abrir y cerrar de ojos.

—¡No irás a visitar...! —exclamó Marie, pero Célestine ya corría hacia la puerta y bajaba la escalera.

—Monsieur Gardel se encuentra en la sección de Cirugía, tercera planta —le informó el amable portero.

Mientras Célestine esperaba el ascensor, se preguntó qué hacía en realidad allí. Robert Gardel le había mentido y engañado. ¿Por qué esperaba pese a todo que no hubiera sufrido heridas graves? La visión de pacientes empujados en sillas de ruedas o camillas por los cuidadores en los pasillos la impresionó. Una embarazada tosía sentada en un banco y se apretaba con ambas manos su cuerpo henchido. Una anciana con bata esbozó una sonrisa desdentada a Célestine mientras agitaba los puños por encima de la cabeza y balbuceaba palabras incomprensibles. Deseó que aquellos encuentros no fueran un mal augurio.

La enfermera jefe de sección era una mujer regordeta con una amplia sonrisa y una voz suave y melosa que sin duda calmaría a los pacientes.

—¿Es usted familiar de monsieur Gardel? El paciente se encuentra en la unidad de cuidados intensivos.

Célestine se asustó. Entonces Robert debía de estar grave.

—¿Puedo verlo? —preguntó, y notó una carga pesada sobre los hombros.

—Por desgracia, no. Los pacientes de cuidados intensivos no pueden recibir visitas.

—Pero puedo dejarle un mensaje, ¿verdad? —¿El suelo se tambaleaba o estaba mareada?

—Por supuesto, mademoiselle. De todos modos, los médicos decidirán cuándo leerá el paciente el mensaje.

Célestine buscó en el bolso lápiz y papel, nerviosa, pero solo encontró una tarjeta de visita del jefe.

«¿Cómo estás? ¿Cuándo puedo verte? Célestine», apuntó. En el dorso vacío de la tarjeta escribió el nombre de su amigo.

La enfermera jefe cogió la tarjeta y frunció el entrecejo.

—¿Robert Gardel? Espere un momento, tengo que comprobar algo... —Desapareció en la sala de enfermeras que tenían enfrente y salió con un informe médico.

—En la unidad de cuidados intensivos hay un monsieur Gardel, pero con otro nombre. Monsieur Robert Gardel recibió ayer el alta.

Célestine estuvo a punto de lanzarse al cuello de la enfermera. Entonces Robert no estaba tan grave como temía al principio.

—¡Muchísimas gracias! —exclamó mientras daba media vuelta y caminaba hacia el ascensor. De pronto le entraron las prisas. Necesitaba verlo.

Célestine llamó al timbre sin aliento después de subir la escalera. Como si la esperaran, se abrió la puerta. Alguien le tendió la mano. Era una mano de mujer, fina, con una manicura perfecta. Pertenecía a una mujer joven, preciosa, con una melena negra y rizada que llegaba hasta los hombros. ¡En el marco de la puerta estaba la acompañante de Robert en el aeropuerto! Célestine no sabía si desmayarse o dar media vuelta y largarse corriendo.

—Usted debe de ser mademoiselle Célestine Dufour. —La mujer hablaba con acento inglés, y Célestine pensó si no sería mejor largarse corriendo primero y luego desmayarse, cuando hubiera llegado al refugio seguro que era el piso de Marie.

—Soy Pamela Gardel. Pase, por favor. Robert me ha hablado mucho de usted. Mi cuñado se alegrará de recibir una visita tan encantadora.

Célestine aceptó la mano que le tendía y se dejó guiar hasta el salón como si estuviera anestesiada.

—Tome asiento un momento. Voy a ver si el paciente está durmiendo.

Célestine se hundió lentamente en el sofá de piel y procuró aportar claridad al caos de sus pensamientos y sensaciones. La mujer del aeropuerto había aludido a Robert como su cuñado, así que no era su prometida ni su segunda esposa, sino...

La voz con acento inglés hizo que Célestine alzara la vista.

—Robert quiere verla ahora mismo. ¿Sabe dónde está el dormitorio? —Señaló una puerta abierta al final del pasillo—. Ahora que mi cuñado está cuidado, voy a retirarme por hoy. Espero volver a verla pronto.

—Igualmente, madame Gardel.

Célestine caminó de puntillas hasta el final del pasillo. Vio a Robert pálido, sentado en la cama con un pijama de seda azul y una tirita en la frente. Debajo de un ojo tenía un hematoma que le llegaba casi hasta la barbilla y llevaba el antebrazo derecho escayolado.

—Célestine, por fin... —Le hizo una señal con la mano izquierda para que se acercara. Ella se sentó a su lado con cuidado y rozó con los labios la mejilla sana.

—¿Qué ha pasado, Robert?

Él giró la cabeza a un lado y le dio varios besos largos y ardientes.

—Me encantaría seguir así pero, para contestar a tu pregunta: un taxista tenía mucha prisa y yo me interpuse en su camino. —Apartó la manta y entonces Célestine vio que también tenía la pierna inmovilizada. Asustada, retrocedió hasta el borde de la cama.

—¿Te duele mucho?

—Ahora que estás aquí, no. —Le sonrió y dio un golpecito con los nudillos en el yeso—. Los médicos tienen la esperanza de que dentro de dos meses pueda patinar sobre la pista de hielo del Bois de Boulogne. Y eso que yo no sé patinar...

En ese momento Célestine sintió que la tensión se relajaba en su interior y rompió a llorar sin freno. Por vergüenza, por haber sospechado que la engañaba, y por el alivio porque pronto estaría curado.

—Me alegro tanto... ya pensaba que... que tú... Marie me contó que una mujer desconocida había llamado... y le pidió que me dijera que habías tenido un accidente.

Le acarició el dorso de la mano en círculos con las yemas de los dedos.

—Fue idea de Pamela. Le conté que estaba preocupado porque no te localizaba en ningún sitio. ¿Dónde te habías metido? En la avenue Montaigne me dijeron que te habías ido de viaje. Te escribí para decirte que volvía el 18 de octubre. ¿O no recibiste mi telegrama?

Célestine tragó saliva y evitó mirarlo a los ojos.

—Sí que lo recibí. Fui al aeropuerto para darte una sorpresa. Entonces te vi con esa mujer...

—Pamela es mi cuñada, da clases en la academia de las artes y diseña papel de pared. Vinimos juntos de Londres porque ella estaba de visita en casa de su hermana. Mi hermano y ella viven en Fontainebleau desde que se casaron hace dos años.

Célestine se tapó los ojos y balbuceó:

—Lo siento, Robert. No lo pensé. Pensé que...

—Empiezo a imaginar qué pensaste: que Pamela y yo éramos pareja. Entonces huiste de mí. ¿Porque estabas celosa?

Ella dejó caer las manos y asintió en silencio.

—Genial. —Robert se acercó a ella y le puso el brazo sano sobre el hombro. Ella olió su loción de afeitado y de pronto se dio cuenta de que había echado de menos ese olor.

—Me siento halagado, Célestine. Tus celos me demuestran que te importo. ¿Podemos recuperar aquí la cena de celebración, siempre y cuando pueda no vestirme para la ocasión? Si me lo cortas todo en trozos pequeños, hasta puedo comer solo. Pese a los yesos, puedo hacer algunas cosas... —Besó el vello del inicio del cabello en las sienes y siguió hacia los lóbulos de las orejas, luego bajó centímetro a centímetro hasta la nuca—. No te imaginas lo mucho que deseaba que llegara este momento.

57

Rosalie estaba de morros y se aferraba a la mano de Céles-tine.

—¿No puedes quedarte más tiempo, *Cétine*?

Ella se inclinó y cogió en brazos a su ahijada.

—Mi querida Rosalie: he vivido con vosotras una semana entera maravillosa, pero ahora tengo que volver a casa. Si tú quieres y tu madre está de acuerdo, puedes venir de visita al boulevard Jules Sandeau y quedarte a dormir en mi casa.

—¡Sí! —A la niña se le iluminó el rostro. Corrió hacia su madre y se acercó a ella—. ¿Me dejas, mami? Tienes que dejarme. ¡Por favor!

Marie se encogió de hombros y asintió, resignada.

—Si tantas ganas tienes, estoy de acuerdo. —Luego susurró a Célestine con una media sonrisa—: De todas formas, esta niña siempre consigue engatusarme, no tiene sentido resistirse.

Le dio al taxista la dirección de la casa de costura. No quería dejarlo en una llamada por teléfono, tenía que decirle en persona a madame Luling que había vuelto de las vacaciones. Sintió un escalofrío al recordar los detalles de la noche anterior. Las palabras repletas de deseo, las suaves caricias, el ansia y la entrega impetuosa, cuya intensidad aún le provocaba estremecimientos.

El taxi giró por la avenue Montaigne. Célestine miraba por la ventanilla con una sonrisa cuando de pronto vio algo que al principio le molestó y luego la inquietó. En la calle, delante del palacete de color arenisca con el número 30, había cientos de empleados de la casa Dior. Algunos parecían petrificados, otros juntaban las cabezas, muchos lloraban.

Célestine abrió la puerta del coche y cruzó corriendo la calle. Deseó que solo fuera una pesadilla y que en cualquier momento despertara en la cama, pero en el fondo de su corazón sabía que no estaba soñando.

«En algún momento otra persona ocupará mi despacho de la avenue Montaigne, y las maniquís presentarán vestidos que no habré diseñado yo...» Esas fueron sus palabras.

«Cuídese mucho», se oyó decir de nuevo.

Caminó hacia la puerta de entrada de madera y cristal como si estuviera en trance. Ahí estaba madame Luling, con las manos juntas y el rímel negro corrido en las mejillas. Cuando la directora de ventas la miró, Célestine leyó en los ojos enrojecidos e hinchados la respuesta a una pregunta que no había formulado en voz alta.

No hizo falta.

El mundo de la moda llora desconsolado

Ayer, martes, se celebró el funeral por Christian Dior, diseñador de moda fallecido en el balneario Montecatini de la Toscana el 24 de octubre de 1957 a la edad de cincuenta y dos años. Dos mil personalidades acudieron a la iglesia parisina de Saint-Honoré-d'Eylau, entre ellos el escritor y pintor Jean Cocteau, así como la duquesa de Windsor.

Miles de personas abarrotaron las calles para despedir al mayor genio de Francia, el hombre que amaba a las mujeres y que lo dio todo por sacar a la luz su belleza. Por la noche, la place de l'Étoile se sumergió en un mar de flores depositadas en su honor.

El sucesor de Dior como director artístico será su hasta ahora ayudante, Yves Saint Laurent, de veintiún años, que también participó en el traslado del ataúd.

Epílogo

Un deslumbrante sol de invierno brillaba sobre la ciudad y hacía relucir los ventanales de la iglesia de La Madeleine con todo su colorido. A solo unos pasos, en la rue Royale, Célestine pasó sus primeros años en París. Ahora estaba en la puerta de bronce, abierta de par en par, de esa iglesia que parecía un templo. Desvió la mirada hacia arriba, donde tres cúpulas consecutivas abovedaban la nave de la iglesia, y esperó en silencio ver ahí una señal del hombre que la habría acompañado ese día de enero de su trigésimo quinto aniversario. Llevaba un vestido blanco hasta los tobillos con un escote en forma de corazón bordado con perlas, la cintura estrecha y una banda que iba desde la cadera izquierda hasta el dobladillo de la falda.

Acarició con las puntas de los dedos el cabello oscuro de su ahijada, que la miraba con un brillo en los ojos y una cesta llena de rosas balanceándose con ilusión en la mano.

—Está usted arrebatadora, madame Gardel. Si me permite llamarla así... —Su padrino de boda parecía nervioso, sonreía retraído y le colocaba bien el velo que medía varios metros de largo y rodeaba el vestido como si se tratara de una nube vaporosa.

—Se lo agradezco. También por haber hecho posible que, a partir de unos cuantos garabatos en lápiz en una hoja de papel, surja un sueño de seda y bordado.

—Para mí ha sido una necesidad y también un honor hacer realidad un diseño que monsieur Dior le dedicó personalmente.

La música festiva empezó a sonar e inundó el interior de la iglesia; el organista tocó el «Preludio en do mayor» de Johann Sebastian Bach. Célestine sintió que una profunda calma y seguridad se extendía en su interior. El padrino le ofreció el brazo.

—¿Está lista, madame Gardel?

—Sí, monsieur Saint Laurent. Estoy lista.

Agradecimientos

Todo empezó un día en que yo paseaba por París cuando era una joven estudiante. De pronto me vi frente a un escaparate donde se exhibía un traje que desprendía algo mágico. Era una chaqueta de color crema entallada en la cintura sobre una falda negra oscilante que llegaba hasta las pantorrillas. Las medidas me parecieron tan armónicas y equilibradas que me recordó a la proporción áurea que se encuentra en las construcciones o esculturas antiguas, así como en la pintura renacentista. O en las obras de arte que ejercen desde tiempos inmemoriales una fuerza de atracción en los espectadores.

Estaba en la avenue Montaigne, delante del número 30, y el conjunto pertenecía a la primera colección de un modisto cuyo nombre, incluso hoy, más de seis décadas después de su muerte, hace que el corazón de las mujeres palpite con más fuerza: Christian Dior. En el texto explicativo leí que habían sacado el traje Bar con ocasión del aniversario del maestro. Con ese gesto querían honrar al modisto y al mismo tiempo recordar algo que caracterizó en gran medida la moda de la década de 1950 y de lo que ese conjunto era todo un símbolo: el New Look.

Pasados unos años, en otro viaje a París, topé de nuevo con el apellido Dior. Esta vez fue en forma de un perfume del que una dependienta de las Galeries Lafayette me puso una gota en la muñeca: Miss Dior. Lo olí y recordé el traje del escaparate. De pronto quise saber más del creador de la prenda y el perfume.

Busqué noticias de coetáneos y fuentes bibliográficas, visité exposiciones donde se exhibían sus diseños y un día acabé con su autobiografía en las manos. Me fascinó lo que contaba Christian Dior, ese artista cargado de energía, refinado y al mismo tiempo tímido, modesto y aun así admirado en todo el mundo. Su vida personal seguía siendo vaga e incierta, y eso me molestó. Al mismo tiempo, pensé que por discreción había querido callar algunas cosas, y eso quedaba oculto entre líneas.

Me pregunté cómo se aproximaría a Christian Dior alguien que nunca se hubiera dedicado a la moda, a un hombre cuyo nombre era más conocido en el extranjero en la década de 1950 que el del presidente francés. Un hombre que trabajaba como un poseso, sin tener en cuenta su salud. Un perfeccionista que solo interpretaba el papel de gran modisto para el público y que habría preferido seguir siendo Christian. En todo caso, así lo admite en sus memorias.

De pronto, el personaje de Célestine apareció en mi mente, una mujer joven que llega a París procedente de su pueblo natal en provincias con una mirada abierta y sin prejuicios para huir de su pasado.

Observé cómo se desenvolvía en su vida en la metrópolis, se convertía en una parisina experta en moda y seguía albergando en su interior preguntas y búsquedas porque aún no había encontrado su lugar. El sitio de una mujer francesa en los años de la posguerra que tenía la posibilidad de escoger entre una vida familiar tradicional y ser dueña de su destino.

Me gustó la lucha de Célestine por la sinceridad, su sensibilidad y su lealtad hacia Dior. Tampoco quería negarle la felicidad personal, que anhelaba en su fuero interno.

No podría haber escrito este libro sin la ayuda de mi hija Pauline. Me ha animado cuando creía que me faltaban fuerzas. Nunca ha dudado de que lo conseguiría.

Mi maravillosa agente Franka se dejó conmover por la vida de Célestine e intercedió por la chica normanda de provincias. Gracias a ella esta historia ha encontrado a la editorial adecuada.

Stefanie Werk, mi editora de Aufbau Verlag, me ha hecho reflexionar en diversas ocasiones con sus preguntas críticas y luego me ha llevado a investigar de nuevo. Descubrí algunos descuidos por mi parte gracias a su precisión. Se lo agradezco a ella y a toda la plantilla de la editorial, que han colaborado a que una primera idea se convirtiera en un manuscrito y luego en un libro.

Mi vieja amiga Urte Schink también ha acompañado esta vez el desarrollo de mis personajes de principio a fin con tanto cariño como conocimiento. Integré encantada sus perspicaces comentarios en mi relato.

Mi fantástica lectora de pruebas Marlies Umlauft tiene un sentido infalible para los estados de ánimo. En numerosas ocasiones sabía mejor que yo lo que sentía mi protagonista y cómo debía comportarse en una determinada situación.

¿Qué sería de mí sin mis amigas y colegas, que me brindaron ayuda no solo técnica, sino también vital? Os nombro de norte a sur: Stefanie Lettau, que me dio valiosas indicaciones para generar y solucionar conflictos; Ute Baur-Timmerbrink, la especialista en la época de la posguerra y el día a día de la gente en aquellos tiempos. Algunas mañanas tuvimos secuestrada la línea telefónica entre Berlín y Hamburgo. Heidi Rehn, que me procuró referencias literarias, fotografías, películas y artículos de prensa. Y Friedel Wahren, cuyo olfato para escenarios, lenguas y personajes he podido disfrutar en cinco libros anteriores.

Sois mis animadoras, y os lo agradezco.

A vosotros, queridos lectores y lectoras, os agradezco el interés y la atención. Por supuesto, os recomiendo viajar a París y visitar el número 30 de la avenue Montaigne, donde hoy en día sigue estando la casa de moda Dior. O a Normandía, Granville, y visitar el museo de la villa Les Rhumbs. Pasead por las fastuosas rosaledas y admirad las arrebatadoras vistas al mar. En esta casa Christian Dior pasó su infancia. Es una joya, y es la única casa de Francia dedicada a un diseñador de moda.

AGNÈS GABRIEL,
Hamburgo, noviembre de 2019

Para seguir leyendo

Barde, François, «Wie Gott in Frankreich? Alltagssorgen der Franzosen», *Die Zeit*, n.º 42/1947.

Cullen, Oriole, *Dior*, catálogo de exposición del Victoria & Albert Museum, Londres, 2019.

Dior, Christian, *Das kleine Buch der Mode*, Hamburgo, Eden Books, 2014.

—, *Christian Dior y yo*, Barcelona, Ed. Gustavo Gili, 2007.

—, *Ich mache Mode*, Alemania, Ed. Wiesbaden, 1952.

Giroud, Françoise, *Dior. Christian Dior 1905–1957*, París, Editions du Regard, 2006.

Goetzinger, Annie, *Ein Kleid von Dior*, Leipzig, Kult Comics, 2017. [Hay trad. cast.: *Una chica Dior*, Barcelona, Norma Editorial, 2016.]

Grenard, Fabrice, *La France du marché noir (1940–1949)*, París, Ed. Payot, 2008.

Nagels Reiseführer, *Paris und Umgebung*, París, Nagel Vig, 1952.

Palmer, Alexandra, *Dior*, catálogo de exposición del Victoria & Albert Museum, Londres, 2009.

Picaper, Jean-Paul, y Norz, Ludwig, *Die Kinder der Schande. Das tragische Schicksal deutscher Besatzungskinder in Frankreich*, Munich, Ed. Piper, 2005.

Pochna, Marie-France, *Dior*, Barcelona, Poligrafa Artbooks, 1997.

Rasche, Adelheid y Thomson, Christina (eds.), *Christian Dior und Deutschland 1947 bis 1957*, Stuttgart, 2007.

Sinclair, Charlotte, *Vogue on Christian Dior*, Londres, Quadrille Publishing, 2012.